불

feu

Maria Pourchet

불

너의 그늘을 등불로 삼아 너울거리며 번져오는 그을린 새벽

마리아 푸르셰 장편소설

김주경 옮김

비채

차 례

너는 그의 손을 보고 조금 놀란다. 남자 몸에 실수로 연결된 소녀의 손 같아서. 가느다란 손가락과 매끄러운 손목, 부드럽고 동그란 손가락 관절, 너무 얇아서 속이 다 비칠 듯한 피부, 툭 불거진 혈관. 그의 오른손이 올리브와 빵 위에서 움직이는 동안 너는 꿈틀거리는 그의 근육을 바라본다. 그가 물병을 들어 올리자 어린아이처럼 연약한 근육이 미세하게 떨린다. 모든 게 아주 허약해 보이고, 작은 손짓에도 부러질 것만 같다. 그가 너의 목을 조르는 건 불가능하리라고, 너는 생각한다. 너는 계속 살핀다. 짧게 다듬은 손톱, 반지를 꼈던 자국조차 없는 넷째 손가락, 거의 보랏빛에 가깝도록 창백한 손끝. 혈액순환이 원활하지 않은 듯하다. 복사뼈와 짙은 색의 양복 사이로 대략 2센티미터 정도, 얼룩 하나 없이 새하얗고

두툼한 면양말이 보인다. 너는 몸에 딱 붙는 그의 깔끔한 셔츠를 보면서, 한 번 세탁하면 많아도 두 번 이상은 안 입을 거라고 추측한다.

갑자기 셔츠에 가려진 그의 몸이 보고 싶다.

얼른 눈 돌리지 못하겠니. 병적일 정도로 보수적인 여자들의 무덤 속에서 너의 엄마가 황급히 끼어든다.

너는 돋보이면서도 피폐한 그의 피부가 무엇 때문에 그토록 생기를 잃었을지 짐작해본다. 사랑 때문은 아닌 듯하다. 그럼 뭘까? 어떤 충격이나 게으름, 혹은 알코올처럼 생활 습관에 달린 문제일 수도 있다. 너의 시선은 더 위로 올라간다. 그의 손에서 팔꿈치로, 그다음엔 목에서 입술로. 그의 입술에 수직으로 새겨진 문신 같은 슬픔을 보며, 너는 너도 모르게 그 기원을 찾는다. 여자? 누군가의 죽음? 아니면 살면서 겪은 일들로 인해 스스로에게 느끼는 피로감? 관자놀이와 광대뼈 밑으로 조금 그을린 갈색 피부를 보고 너는 그가 다른 사람들처럼 센 강변을 달리는 모습을 상상한다. 짧게 깎은 머리에 대해선? 아직 생각 중이다.

직접 물어보지 그러니. 하녀 같은 삶을 살면서도 매우 솔직하고 용감했던, 천국에 있는 너의 엄마의 엄마가 속삭인다.

　대체 누가, 어떤 고통이, 어떤 충격이 그를 그렇게 짠한 마음이 들게 하는 몸으로, 과거의 모습을 깨진 거울로 비추는 듯한 얼굴로, 그렇게 비관론자적인 손으로 만들었는지 직접 물어보는 것. 그건 아주 민감한 문제다. 너는 그를 모른다. 너는 현대사 심포지엄의 발언자로 초청하기 위해 그를 만난 것이지, 하나의 풍경화를 마주하고 있는 게 아니다. 너는 그의 참여를 끌어내야 한다. 그의 서사가 아니라.

　또박또박 발음하는 법과 청중 설득하는 법을 어디서 배우기라도 한 듯, 그의 목소리는 여느 사람과 사뭇 다르다. 네가 자신을 지루하게 여긴다고 생각하는지, 그가 주의를 환기하듯 네가 놓친 한 문장을 힘주어 다시 말한다. 왜 하필 자기냐고. 인문과학의 정상회담이라고 할 수 있을 심포지엄에 왜 은행가를 개입시키느냐고. 연구자들, 언어학자들, 작가들 모임에 왜 하필이면 나 같은 금융업계 족속을 초대하는 거죠?
　너는 선명한 대비를 위해서라고 말한다. 그러자 그는 그런 이유라면 자신이 네가 찾는 바로 그 인물이라고 말한다. 자기보다 더 적임자는 없겠다고.

그러더니 그는 입을 다물었다. 갸름한 그의 얼굴에 아주 잠깐 경계심이 사라진다. 처음으로 너는 뭔가 취약하고 상처 입은 어떤 것이 마치 표류하는 난파선의 한 조각처럼 그의 내면에서 올라오는 걸 발견한다. 그 배가 난파하기 전엔 어떤 모습이었을지 궁금해진다. 처음엔 별로 눈에 띄지 않고 이목구비도 그럭저럭 평범하다고 생각했음에도, 지금 너는 그가 아주 잘생긴 얼굴이라고 생각한다.

제발 쓸데없는 생각 좀 그만두고 일이나 해라. 죽도록 일한 유능한 여자들, 무보수 노동자들이 모여 있는 지하 세계에서 네 엄마가 짜증스럽게 말한다.

너는 안경을 꺼내 쓴다. 상황에 따라서 다크서클이나 갑자기 떠오른 공상 따위를 감추기에 아주 유용한, 시력 교정과는 전혀 무관한 무색투명의 순수한 액세서리다. 너는 꽉 찬 메일함과 수신 거부 등의 장벽을 넘어 끝내 그를 만나게 한, 그를 연이어 추천했던 누군가에게 마음속으로 감사를 표한다. 신기하다. 요즘은 명성 없는 대학교에서 미디어의 힘도 빌리지 않고 개최하는 심포지엄이라면 무료 방청이라고 해도 사람들이 거의 관심을 보이지 않는 법인데…….

그러게, 별일이네, 잘됐지 뭐니. 네 엄마가 묘비 밑에서 한마디 거든다. 적어도 네 공부에 그 많은 돈을 들인 보람은 있구나.

너는 그에게 고맙다고 말한다. 약속을 잡으려 전화했을 때 선뜻 오늘 이 시간을 내주겠다고 말해줘서.

웨이터가 와서 주문하시겠느냐고 묻는다.

너의 초대 손님은 차라리 요즘의 상황에 감사해야지, 자기에게 고마워할 일은 아니라고 말한다. 전화로만 연락했다면 어려웠을 거라고. 다만 코로나바이러스로 인해 사람을 만나는 게 위험한 일이 됐으니 드디어 자신에게 무슨 일이 벌어질 가능성이 커졌다는 생각에 기꺼이 이런 기회를 남용하기로 다짐했다고. 그의 말에 너는 생각한다. 오늘의 위험 요소는 나라는 거군. 그렇게 생각하니 슬며시 기분이 상하지만, 한편으론 흥미롭기도 하다. 성가신 기분을 뒤로하고 너는 이번 심포지엄의 쟁점에 대해 친절하게 설명한다. 12월에 세리지에서 이틀 동안 '이 시대', 말하자면 아직은 이름 붙일 수 없으나 가히 위기의 시대라고 할 수 있는 우리 시대를 규정지어보자는 취지예요. 그러자 네 말이 채 끝나기도 전에 그가 나선다. 이 시대는 총체적 문제를 안고 있는 최악의 시대죠.

그의 말에 따르면, 지금은 한 아이가 응애, 하고 세상에

나오는 순간 이미 4만 유로의 빚을 떠안는다. 그들의 조부모가 일생을 외상으로 살았기 때문이다. 집 한 채, 자동차 한 대, 각 방에 텔레비전 하나씩……. 항공모함을 유지하고 아프가니스탄에 군대를 파견하는 등 빚이 쌓일 대로 쌓여서 이 시대는 이제 출구 없는 막다른 골목에 이르렀고, 이런 상황은 끝없이 지속되겠죠. 쟁점은 고지서예요, 이 시대는 고지서 시대라고 할 수 있어요. 뭐, 이름이야 뭐라고 붙여도 상관없지만, 아무튼 다음 세대는 빚을 상환하려 들지 않을 겁니다. 차라리 인공호흡기도 거부하고 생을 끝내려 하겠죠. 그러니 시대란 건 이제 없어요, 전쟁이 있을 뿐이죠. 뭐 마실 거라도, 식전주라도 주문할까요?

네가 묻는다. 아이가 있어요?

그가 대답한다. 개가 있어요, 한 마리.

로르, 제발 그만해라. 땅속에서 지켜보고 있는 네 엄마가 지친 목소리로 말한다. 초상화라도 그릴 것처럼 그 녀석을 뚫어지게 쳐다보는 짓거리 좀 그만해! 그냥 자연스럽게 보란 말이야.

클레마티스가 유리 천장을 향해 뻗어 있는, 온실처럼 보이도록 인테리어에 잔뜩 힘을 준 레스토랑 안에서, 유명 브랜드의 양복을 입은 백인 남자가 음식을 씹으며 재앙을 이야기한다. 자기랑은 결코 상관이 없을 폭력적인 전투를 예언하면서. 그가 또 말한다. 그나저나 감색 옷을 입으셨군요, 올해 유행하는 색이죠, 저도 항상 그 색을 입어요. 너는 기분이 나쁘지 않다.

웨이터가 주문하시겠느냐고 재차 묻는다. 이번에는 채근하는 투다.

너는 메뉴판을 찾는다. 너의 자리 건너편, 손자국으로 얼룩진 제법 큰 거울에 갖가지 요리와 온갖 치즈의 이름이 사인펜으로 적혀 있다. '38유로짜리 가자미 요리'와 '날버섯 요리' 사이로 너의 모습이 비쳐 너는 흠칫 놀란다. 그저께 롤을 말아 손질한 머리와 한쪽 귀를 소라처럼 살짝 감싸고 있는 손, 약간 확장된 동공, 그리고 놀라울 정도로 많은 연구가 존재하는 '모나리자의 미소'가 보인다. 그는 가자미를, 너는 타르타르를 주문한다.

너는 빵을 씹어 비죽거리는 듯한 네 입 모양을 감춘다. 가격에 비해 너무 성의 없이 표현된 우스꽝스러운 요리 이름과 극히 적은 음식량을 지적하며 네가 과장된 목소리로 말한다. 가난한 사람들은 당연히 푸짐하게 먹는 게 꿈일 테니, 취향 없이 그저 비싸니까 맛있을 거라고 생각하는 자들이나 이 식당을 선호하겠다고. 그러는 사이에 무려 40유로짜리 요리인 '해동한 생선' 20그램이 나온다. 이 시대가 최악의 시대라는 건 바로 여기서도 증명되겠군요. 너는 일부러 입에 음식을 가득 담고 이야기한다. 악착같이 사는 사람들, 정말 아껴 쓰고, 좀처럼 돈을 쓰지 않는 사람들에겐 더욱 그렇겠죠, 아무튼 이런 이야기는 여기서 끝내기로.

  그가 무의식적으로 자기 의자를 뒤로 뺀다. 네가 가늠하는 너희 둘 사이를 암시하는 거리가 멀어진다. 숨도 쉬지 않고 음식을 씹는 너에게 그가 다시 말을 잇는다. 오늘 아침에 주식시장에서 모든 거래 가격이 시합이라도 하듯 다 떨어졌는데, 이건 최악의 상황이 올 거라고 알려주는 신호예요, 언제, 어떤 형태로 그 최악의 상황이 찾아올지 전혀 모르는 상태에서 막연히 기다리고만 있어야 하니까 이 견디기 어려운 긴박감이 모든 시대로 연장되고 있는 거죠, 그 반대로 우리가 먼저 현 상황을 최악이라고 선포할 수도 있고, 그것 역시 사실일 테지만, 무슨 의미가 있겠어요, 이제 규정할 수 있는 시대란 건 더는 존재하지 않고, 다만 시대에 대한 수많은 버전, 수많은 이야기만 난무할 뿐이예요. 그는 이만하면 네 심포지엄에서 발표할 준비는 다 된 것 같다고 결론을 내린다. 출구 없는 막장 시대, 고지서의 시대, 막연한 유예기간의 시대, 수많은 버전의 시대, 이 네 가지 측면으로 보면 좋겠군요, 로르,

어떻게 생각하세요?

너는 그 구호들이 진부하다고 생각한다. 심포지엄이 개최되기까지 아직 시간이 있으니 더 보강할 수 있을 것이다. 일단 너는 훌륭하다고 말한다. 그리고 너 역시 순발력 있게 아주 근사한 표현을 덧붙여서 분위기를 활기차게 만들고 싶지만, 머릿속에선 아무것도 생각나지 않는다. 그림 하나만 떠오를 뿐. 만일 네가 이 남자를 그린다면, 목판 위에 유화로 육체적 본능과 천사가 벌이는 전투가 고스란히 드러나는 순교자의 얼굴을 그릴 것이다. 피렌체 화풍으로.

별 헛소리를 다 하는구나. 너의 유령 엄마가 더는 못 참겠다는 듯 내뱉는다. 손재주라곤 눈을 씻고 봐도 없는 네가 붓이나 꽤 잡을 줄 아는 것처럼 말하다니.

레스토랑의 문이 열리고 시원한 바람이 들어온다. 어느 고위직 임원 두세 명이 1인당 60유로씩 회사 경비로 처리하고 떠났다. 너희도 식사를 끝냈다. 너는 네 요리가 무슨 맛이었는지 모르고, 궁금하지도 않다. 갑자기 그가 의자를 가까이 끌어당기더니 자기 접시를 밀어내면서 두 손을 양옆으로 벌린다. 너는 순간 그 손짓의 의미를 깨닫는다. 교양 따위는 벗어딘진 육체의 언어…… 그가 다가온다.

그냥 쥐가 난 거야. 네 엄마가 깊은 한숨을 쉰다.

너는 커피를 주문하고, 그도 커피를 주문한다. 그가 식탁 위에 팔꿈치를 올린다. 핏기 없는 그의 두 손이 다시 서로 달라붙는다. 너는 그 두 손을 잡고 싶다. 하지만 새를 잡으려다가 종종 그 새를 죽일 수도 있다는 걸 너는 알고 있다.

썩 나가지 못하겠니! 이미 소멸한, 그러나 모르는 게 없는 여자들이 모인 지하에서 네 엄마가 쉰 목소리로 외친다.

너는 주섬주섬 소지품을 챙긴다. 연필 한 자루, 겉치레를 위한 안경, 휴대전화……. 네 딸이 다니는 고등학교로부터 부재중 전화가 여덟 통이 와 있다. 놀랄 일도 아니지만. 너는 유리 천장을 향해 173센티미터에 달하는 너의 몸을 쭉 펴면서 일어난다. 너의 키에 그가 놀란 것 같다. 늦게 도착한 탓에 너의 앉은 모습만 보았으니까. 너는 이제 가야 한다고 말한 뒤, 그가 따라 일어나기를 기다린다. 그런데 그는 움직이지 않는다.

예의라곤 코딱지만큼도 없는 놈. 영국 여왕 엘리자베스 2세의 남편인 필립 공의 최초 팬클럽 회원들이 모인 천국에서 네 엄마의 엄마가 한심스러워한다.

그는 아무 말 없이, 얼빠진 표정으로 너를 바라본다. 침묵이 내려앉는다. 어쩌면 그 침묵 속에서 오후 내내 머무르며 커피를 마시고, 외설적인 질문들을 던지고, 목판 위에 그림 그리는 법을 배울 수 있을지도 모른다.

그 순간 너는 너의 평범한 동료 교수들처럼 너의 학위와 강의실을 떠올린다. 너는 사과한다. 죄송해요, 정말 일하러 가야 해요.

'정말'이라고 말할 필요 뭐 있어, 죄송할 건 또 뭐고. 백골만 가득한 땅에서 네 엄마가 지적한다. 난 할 일이 있어요, 그 한마디면 될 텐데.

네가 말을 잇는다. 연구실 조교가 따로 전화할 거예요, 저는 한 시간 후에 사라져야 하거든요, 유감이에요. 그가 묻는다. 네? 뭐라고요? 너는 말실수를 했다고 말한다. 사라지는 게 아니라, 가야 한다는 말이었어요, 학교에 강의하러 가야 해요, 해마다 점점 많은 자료로 뒷받침해야 하는 강의죠,

'유럽 두려움의 역사'라고…….

"당신은요?" 그가 말한다.

"내가 뭘요?"

'당신도 두려운가요'라는 의미라는 거, 너는 알고 있다.

식탁을 떠나면서 너는 재킷을 떨어뜨렸고 고맙다는 말을 웅얼거렸다. 너는 말 그대로 허둥거렸다. 그는 네 허술함이 어디서 비롯한 건지 제멋대로 상상할 수 있을 것이다. 너는 그곳을 나와 곧장 도시 밑으로 내려간다. 수도권 고속전철 B노선이 너를 싣고 간다.

시대^{Époque}. 여성명사, '멈춤'을 의미하는 고대 그리스어 에포케^{epokhê}에서 비롯된 단어…… 열차가 멈춘다.

／

　라데팡스 방향이요. 택시 안으로 급히 뛰어들면서, 퓌토 쪽의 북쪽 타워로 가달라고 덧붙인다. 아직 막히지 않을 테니까 D9번 도로로 가주세요, 기다리는 사람들이 있으니 서둘러주시고요. 그런 다음 휴대전화를 꺼내 병적으로 '안녕, 카리?'를 검색한다. 곧 마음을 편안하게 해주는, 새끼 돼지보다는 소아과 간호사가 연상되는 연한 핑크빛 건강관리 앱이 실행된다. 화면에 건강지수가 뜨도록 '카리, 오늘은 어때?' 하고 말하니 곧 수치가 떠오른다. 약간 떨어졌지만 이 정도면 괜찮다. 그럴 수도 있지. 체온 37.5도? 당연하지. 그런 온실 같은 곳에선 숨이 답답한 법이잖아. 혈압 수치도 놀라울 건 없다. 난 지금 녹초가 됐으니까. 그리고 보니 이 말을 보름째 반복하고 있군……. 심박수 분당 80회? 이 정도밖에 안 됐다고? 이상한걸. 그 여자가 적어도 90까지는 올렸을 거라 생각했는데. 아무것도 바르지 않고, 마치 산짐승 뜯어 먹듯이 스테이크를 씹던 그 입술로……. 어쩌면 앱이 제대로 작동이 안 된 건지도 모른다. 그럴 수 있지, 중국산 앱이니까. 14시 45분. 그 여자는 최소 이십 분 전에 이미 나를 잊었을 것이다. 난 그녀가 완전히 내 취향이라는 걸 들키지 않으려고 최선을 다했다. 누구도 나보다 더 감쪽같이 감출 순 없었으리라. 그녀는 처음엔 실내장식에 특히 관심을 보였고, 나중엔 살짝 지루했는지 하품을 했다. 그 중간엔 마치 감옥에라도 갇힌 눈빛으로 문을 바라봤고, 내 명함은 한번 들여다보지도 않고 집어 들어 식탁보의 빵가루를 쓸어냈다. 세련되게 비스듬히 잘린 디자인에 120그램의 무게, '책임자'라는 꼬리표를 달고 빵 부스러기 청소기로 재활용되는 명함. 이 시대는 쓰레기 천지의 시대다.

"손님, 다 왔습니다." 이제 나만 오면 된다는 CEO의 문자가 막 도착한 순간에 택시 기사가 말한다.

빌딩 앞 광장, 가지각색 형태의 빌딩들을 지나 회전문으로 들어선다. 승객을 가득 채우고 엘리베이터가 출발한다. 다크서클을 달고도 미소 짓는 얼굴로 2층과 5층 사이에서 내리는 한 무리의 직원들. 건물의 안전과 유지 보수 관련 일을 하는 이들의 층에서는 데운 도시락 냄새가 풍긴다. 후줄근한 옷차림에 호감이 가지 않는 표정, 식당에서 포장해온 음식물 냄새를 풍기는 연구개발자들은 10층에서 20층 사이에서 내린다. 그리고 마침내 내 차례. 스포츠를 좋아하고 책임감이 강하지만, 실질적인 일은 하지 않는 임원이 내리는 층. 혼자 35층까지 올라가는 동안 늘 아랫배에서 뭔가 어찌할 수 없는, 간질간질한 기분이 느껴진다. 유리빌딩 꼭대기 층이 주는 도취감. 이 거대한 상자 속에 갇힌 지 십 년이 지나자, 지하에 설치된 승강기 모터의 힘으로 35층까지 올라온 것을 마치 스스로의 힘으로 오른 듯이 착각하는 어리석은 놈. 속에서 미세하게 욕지기가 치민다.

그렇게까지 불쾌하진 않지만 묘한 기분을 억지로 이끌고 응접실 앞까지 걸어가고, 거기서 그 감정은 잠시 멈춘다. 그러나 밤색 줄무늬가 있는 붉은 카펫 위에 이르면, 난 다시 울고 싶어진다. 하지만 앞으로 나아간다. 이제 더는 땅에 닿지 않는다. 나와 지면 사이엔 지하철은 차치하고도 무려 서른네 개의 층이, 열두 개의 주차장과 실내 공기조절을 위한 20미터 길이의 통풍관이 층층이 쌓여 있다. 15미터 길이의 복도를 천천히 집어삼키듯 나아간다. 미터당 1000유로 정도의 앙고라 폴리아미드 직물로 덮은 복도는 미터당 2만 유로인 시멘트 포석으로 이루어져 있다. 아니, 2만 5000유로로군, 30층부터는 더 비싸니까. 높은 층수는 더 큰 안락을 보장한다. 회의실까지 10미터를 남기고 속도를 더 줄이며 느릿하게 걷다가, 문 앞에 이르면 거의 마비 상태가 된다. 시뻘건 카펫이 고집스럽게 이어지는 그곳에서 보스의 목소리가 튀어나온다.

"드디어 나타나셨군, 클레망." CEO인 올리버가 말한다. 내 정신이 맑았다면 그 말투에 미세하게 섞인 짜증을 감지했을 것이다. 뼛속까지 오싹하게 만드는 그의 차갑고 시퍼런 안광에 미세 혈관이 터져 붉은 기가 맴돈다. 시뻘건 카펫과 아주 잘 어울린다.

보통 이곳에선 모두가 좀 고역스러운 표정이다. 이곳은 그런 장소니까. 이 년 전부터 좋지 않은 주식 사정에 고전하고 있는 상업은행 건물의 꼭대기 층에서 반나절이나 걸려 진행되는 위기 대책 회의. 버뮤다 삼각지가 선박들을 실종시킨다면, 이곳은 미소를 실종시키는 곳이다. CEO, CFO, CRO, CDO 등 뜻을 유추하기도 어려운 주요 최고 책임자들이 모인다. 대표이사CEO 올리버, 최고자금책임자CFO 사피아, 최고위기관리책임자CRO 그레트…… 최고데이터책임자CDO인 아민으로 말하면, 난 그가 하는 일이 정확히 뭔지 모른다. 그가 정직하다면 아마 자기도 모른다고 고백할 것이다. 이들은 아까부터 어떤 주제를 놓고 열띤 회의를 하던 중이었고, 난 그

일에 대해 당연히 알고 있어야 하는 상황일 터다. 내가 그 교수의 셔츠 속에 감춰진 가슴이나 떠올리고 있는 동안, 반드시 열어봐야 했을 메일이 들어왔을 것이다.

"어이, 빌어먹을 클레망 씨, 자넨 어떻게 생각하나?"

만일 내가 '뭘?' 하고 되묻는다면, 분명코 난 코로나바이러스 이후 경제 전환기 속에서 민첩하지 못한, 순발력 꽝의 쓸모없는 자로 여겨질 게 빤하다. 난 잠시 망설이다가, 눈앞에 닥친 역경에 낙담하는 태도와, 굳이 그 역경을 감수할 필요는 없다고 보는 낙관적 태도 사이에서 불만스러운 표정을 짓는 쪽이 좋겠다고 판단했다. 이번에도 성공이다. 사피아가 내 표정에 공감하는 듯 고개를 끄덕인다. 시장 활동의 책임자가 부재하는 이상, 우리로선 어떤 결론도 내릴 수 없다는 것. 그러면서 자신의 어깨 한쪽으로 늘어뜨린 긴 머리를 쓰다듬는다. 솟구치는 석유처럼 검고 윤기 나며 깔끔하게 정리된 그 머리가 내게 어떤 영감을 주는 것도 같지만, 난 아직도 그 교수를 생각 중이다. 온실 속 그녀의 들끓던 욕망을.

"자네, 그 멍청한 놈에게 말했나?" 올리버가 내게 묻는다. 분명 지금의 이 비극을 초래한 책임자를 말하는 거겠지.

일단 안 했다고 대답한다. 확률은 반반.

"잘됐군. 내가 이야기하지."

빙고.

공립 고등학교 운동장에 오십 명 정도의 소녀들이 놀랍도록 침착함을 유지하며 전투대형으로 서 있다. 안뜰이라고 부르는 게 더 어울릴 듯한 운동장을 둘러싼 학교 담장이 스프레이 페인트로 쓴 구호들로 덮여 있다. 평화주의와는 거리가 먼 문장들. 점점 강해지는 내용에 따라 글자 크기도 커진다. 탈의실에 환기구를 설치하라, 동굴처럼 퀴퀴한 냄새가 난다, 공간을 더 만들지 않으면 우리가 나가겠다.

너는 갈색 머리에 동그란 얼굴을 가진 교장 파비엔 메르탕 앞에 앉아 있다. 너의 요란스러운 딸이 주동한 이 집단행동을 너에게 설명해줄 여자. 너와 그녀는 함께 네 딸을 바라보고 있다. 청바지와 저지 티셔츠 차림으로 네 옆에 앉아 있는 침묵의 덩어리, 꽉 다문 조개처럼 사과의 뜻은 전혀 비치지 않고 얼굴엔 스프레이 페인트 가루를 잔뜩 묻힌 너의 딸. 후드 밖으로 삐져나온 까맣고 긴 머리카락이 아이의 내면에 짐승이 존재하고 있음을 보여준다. 베라, 열일곱 살. 운동장에 나와 있는 아이를 불러내기 위해 전전긍긍하는 중산층 부모들은 감히 감당해내지 못할 세대, 항상 화가 나 있으며 생기 없는 세대를 대표하는 창백한 얼굴의 아이.

너는 네가 아이 교육을 포기하지 않았음을 메르탕에게 보여주려고 아이의 후드를 뒤로 잡아당겨 벗긴다. 베라는 후드를 벗고 싶지 않다는 의지를 강하게 전달하듯 곧바로 다시 후드를 덮어쓴다. 메르탕은 후드 싸움이 끝났으면 이제 오늘 사건의 본론으로 들어가면 고맙겠다고 말한다.

작은 정치극이자 이 어처구니없는 소동이 시작된 첫 번째 무대는 오늘 아침 11시경 드뢰 선생의 문학 수업이었다. 남성 소설가나 극작가, 시인이 언급될 때마다 학생들이 한 명씩 말없이 교실을 나가버린 것이다. 고답파 시인에 관한 수업이었다고, 메르탕이 메모를 들여다보며 알려준다. 같은 시간, 경제학 수업에서도 아무 죄 없는 교사가 케인스나 마르크스, 스티글리츠 등의 이름을 입에 올릴 때마다 아이들이 한 명씩 빠져나갔다. 저자가 특히 많이 나오는 철학 시간엔 니체와 쇼

펜하우어 사이에 한 명씩 교실을 떠나다가, 여성 철학자 한나 아렌트까지 이르기도 전에 교실엔 이미 한 명밖에 남아 있지 않았다. 미술사 수업이 중간까지도 진행되지 못했으니, 역사 수업은 말해 뭣하겠느냐고 메르탕이 말한다. 첫 번째 그룹의 학생들이 나간 건 1914년에 오스트리아 황태자와 장 조레스가 연달아 사망하면서 제1차 세계대전이 일어나게 된 경위를 설명하던 때였고, 두 번째 그룹은 1793년 혁명 이후 열한 달 동안 이어진 공포정치에 대해 이야기하는 동안 사라졌다. 여자들의 이름은 교과서에 없었다. 굳이 찾아보자면 장 폴 마라를 암살했던 미친 여인의 이야기가 있겠지만, 그조차 언급되지 않았다. 첫 수업이 시작한 지 사십오 분 만에 모든 과목에서 학생 3분의 2가 학교 건물 밖으로 나가 운동장에 모였다. 과학과 체육처럼 성별 차이가 크지 않은 몇 가지 과목만 수업이 진행될 수 있었다.

운동장에 모인 소녀들은 미동도 하지 않았다. 아이들은 아연실색하고 있는 교사들도 자기들의 뜻에 참여해주길 기다리고 있었다. 학교 정문엔 기자들이 진을 쳤고, 트위터는 선동적인 반향을 일으키고 있다. 이 연령대의 소녀들이 파블로프 학설을 증명하듯 다른 기관에서도 같은 행동에 나설 경우 국가적인 난장판이 시작될 것은 자명하고, 정부 지원금은 끝장이 날 판이다. 자, 어머님, 어떻게 생각하시나요?

여기서 '어머님'이란 당연히 너를 말하는 것이다.

　　너는 아무 생각이 없다. 너는 그 남자의 이름을 떠올리며 그를 생각한다. 그에게 말하고 싶다. 클레망, 정말 놀라운 시대예요. 너는 네 역할을 하겠답시고 시대 이야기를 꺼내며, '정말 막다른 골목에 이른 시대로군요' 따위로 뭔가 할 말을 찾는 짓거리는 참기로 한다.

/

십 분 후, 가구회사의 접착제를 절약하는 대신 고객의 꼬리뼈는 작살 내기로 작정한 것 같은, 유리처럼 투명한 합성수지로 만든 소파 끝에서 아주 약간 미끄러진 것만 빼면, 난 처음과 똑같은 자세를 유지하고 있다. 돌아가는 상황을 계속 관찰하고 있지만 아직 잘 모르겠다. 올리버가 금융시장감독청에 통지하는 건 언제쯤이 좋을지 물어봤고, 난 '하지 말라'라고 그가 원하는 대답을 해주면서 침착하게 문제의 핵심에 다가가는 중이다. 두세 개의 정보만 더 있다면 이 뜻밖의 재앙의 본질을 정확히 알아내서, 이번에도 다른 네 명의 경쟁자를 제치고 이 멍청한 게임에서 이길 수 있을 텐데.

사람들은 내가 별로 위급해 보이지 않는다고 생각할 것이다. 그러나 사실 그럴 필요는 조금도 없다. 오, 여러분. 우

28

리 방키즈*에 오신 걸 환영합니다! 우리 빙산은 더러운 일은 절대로 일어나지 않는, 더할 수 없이 맑고 순수한 세계입니다! 그러기 위해 여기 사는 펭귄들은 늘 최악을 상상하도록 필요 이상으로 훈련받았다. 하기야 안 그랬으면 이들은 벌써 진저리를 쳤을 것이고, 갖고 있던 주식을 몽땅 헐값에 처분하거나 다른 일들을 시도해보는 등 단체로 개인행동에 나섰을지도 모른다. 지금 여기서 일어나고 있는 공포스러운 상상은 증권시장이 아예 붕괴할지도 모른다는 데까지 이르기 직전이다. 특별한 증거도 없고 목격하지도 않은 일을 떠들어대며 그렇게 믿는 것은 황량한 환경에서 살아남기 위해 가장 널리 퍼져 있는 생존 방식이다. 나는 함께 점심을 먹었던 교수가 자기 남편과 더는 섹스를 하지 않을 거라고 생각하고, 나의 개는 내가 전지전능한 신이라고 생각하며, 프랑스는 믿음직한 남자의 통치를 받고 있다고 생각하고, 우리 '빙산'은 이름 그대로 흘러 떠내려갈 거라고 예측된다. 그리고 난 〈파이낸셜타임스〉에다 우리는 아직 끄떡없다고 말할 것이다. 사실 이번 겨울에 교외에서 있을 심포지엄에서 순전히 구색을 갖추기 위함이 아니라면 그 교수에겐 굳이 내가 필요하지 않으며, 빙산은 불분명한 대혼잡을 실제로 느끼기도 전에 상당량

*   Banquise. 빙산이라는 뜻으로, 은행Banque과 유사한 발음을 활용한 언어유희.

의 충격을 미리 흡수할 수 있을 것이다. 비극도, 진실도, 결국은 하나의 이야기일 뿐이다. 1929년에도 단순히 경제공황 때문에 자살한 사람은 아무도 없고, 세계적인 금융투자회사 메릴린치도 다른 이름으로 불리긴 했으나 당시에 이미 존재했으며, 살아남았다. 만약 맨해튼 금융 지구의 시더스트리트에서 어디선가 추락해 산산조각이 난 사람을 목격했다면, 그건 그 사람이 주식으로 망했다는 이유 말고도 암이나 도박, 여자 문제 등 여러 가지 이유가 겹쳤음을 의미한다. 게다가 활공은 상상하기엔 멋지지만 실제로 실행하기란 쉽지 않으므로 많은 사람이 가스나 권총을 사용했고, 그것이 그때 추세였다. 2008년도의 금융 위기도 마찬가지로, 하나의 이야기다. 리먼 브라더스는 지금도 여전히 건재하고, 과도한 채무를 지고 거리에 나앉은 애틀랜타의 몇몇 소상인들처럼 작은 투자자들의 비극은 통계에 잡히지도 않는다.

"클레망?"

결국 내 차례까지 오는군. 원하신다면.

"대체 어쩌다 우리가 제네랄 은행보다 더 한심해진 거지?" 올리버는 넋이 나가기 직전이다. "나는 우리 경쟁사가 잘했다는 둥 멍청한 소리는 듣고 싶지 않아!"

그래, 기다린 보람이 있었다. 이제 이야기의 논점이 뭔지 깨닫는 데 필요한 것들을 모두 파악했고, 대화에 참여할 수

있게 되었다. 사실상 우린 수익성 있는 주식 거래에서 엉망진
창의 결과를 냈다. 여기까진 새로울 게 하나도 없다. 하지만
온갖 더러운 방법으로 고객들을 꾀는 제네랄 은행보다 더 끔
찍한 결과를 냈다는 게 문제다. 이게 알려지기까지 하면 그야
말로 최악이 될 것이다.

"모든 요소를 확인하기 전까지는 투자자들에게 이익 경
고*를 하면 안 돼. 모두 동의하죠?" 내 말에 사피아가 불안한
미소를 지으며 수긍한다. 지나치게 새하얀 그녀의 치아가 지
나치게 검은 머리카락과 대비를 이룬다. 내가 샤넬이었다면
그걸 보며 새로운 여성용 셔츠를 떠올렸겠지만, 이 나이엔 너
무 늦은 일이다. 하긴, 이미 모든 게 글렀다. 우라질.

"당연히 그래야지." 내가 말했다.

이것으로 내 연봉이 정당화된다. 세계적인 백신을 찾거
나 중동 지역의 평화 협상 같은 문제 아니면 신경도 쓰지 않
는 사람들 대부분에게 내 연봉 따위가 무슨 의미가 있을까마
는, 어쨌든 이 연봉을 유지하려면 모든 걸 참아내야 한다. 온
갖 정보와 헛소문을 참아내고, 일간지 〈에코〉 기자에게 전화
해서 뭔가를 슬쩍 흘리려는 햇병아리 연수생을 참아내고, 부
정적인 감정까지도 함께 나누려는 별 볼 일 없는 파트너를 참

---

*   Profit warning, 상장회사가 증권거래소를 통해 투자자에게 발행하는 경고 선언.

아내고…… 기타 등등, 기타 등등. 설령 한 국가의 크기만큼 큰 문제라 해도 지구 전체가 그것을 모르고 있는 한, 그 문제는 없는 게 된다는 것이 내 임무의 기반을 이루는 생각이다. 일곱 번째 대륙이라 불리는 태평양의 미세플라스틱 쓰레기 문제나 시리아 문제 따위를 온 세상이 잊고 사는 건 나 같은 사람 덕분이다. 자랑하고 싶지는 않지만 난 과장 없이 말 그대로 권위 있는 엘리트 교육을 받았다. 참는 것도 하나의 재능이고, 난 굳이 노력하지 않아도 능히 해낸다. 어렸을 때부터 그랬다. 일곱 살짜리 성숙한 소년 안에 미래의 파리 마라톤 24등(케냐인의 기록인 두 시간 삼십 분)의 싹이 있었다는 건 아무도 짐작 못 했고, 그때부터 난 이미 훈련에 들어갔다. 호흡과 피로, 소변을 참고, 콧물과 고통과 눈물과 분노를 참았다. 누군가의 따귀를 때리거나 욕설을 지껄이고 싶은 욕망은 완전히 사라졌다. 나는 천치처럼 참았고, 그래서 지금은 뭐든 아주 자연스럽게 참는 것에 전문가가 되어버렸다. 젊은 사람들에게 가르쳐줘야 할 정도다. 젊은이 중에는 아무것도 할 줄 모른다는 것 때문에 미래를 두려워하는 자들도 있으니까.

"클레망?"

네, 대표님.

"계속해보게."

다행히 먹혀든 것 같다.

의자 뺏기 놀이라도 해야 할 것처럼 의자가 죽 늘어선 한 회의실에서, 너는 교장 메르탕 앞에 마치 열등생처럼 앉아 잘못을 시인하는 너의 목소리를 듣고 있다. 물론 베라는 길들일 수 없는 아이이긴 하지만 문제는 저예요, 그동안 무슨 일이 일어나고 있는지 짐작조차 하지 못했으니까요……. 너는 자책한다. 집에 충분히 있지 않았고, 아이의 이야기에 더 귀를 기울이지 못했으며, 너무 대충 듣고 넘겼다고. 교장도 더 문제 삼지 않고 이쯤에서 마무리 짓고 싶어 한다.

그러나 상황을 더 악화시키지 못해 안달이 난 아이처럼 베라가 한마디 한다. "유감이네요."

이번에도 교장은 최대한 화를 억누르면서 말한다. 시위의 자유에 대해선 다음으로 예정된 회의 때 다시 이야기하자고. 물론 베라가 다음번 학급 평의회 후에도 학교에 남아 있을 경우의 이야기지만. 지금 메르탕은 베라가 어떻게든 종이 울리기 전에 여자아이들을 해산시켜주기만 바랄 뿐이다.

베라는 창문으로 십 대 무리를 살핀다. 함께 담배를 피우며 참을성 있게 기다리는, 서로 단단히 결합된 무리를.

"저 애들은 '여자아이들'이 아니에요. 임계질량이죠. 핵분열 연쇄반응을 일으키는 데 필요한 최소한의 질량이요. 최소 질량은 흩어지지 않아요. 분명히 활용되죠."

한계에 다다른 파비엔 메르탕은 베라가 시도하려는 광고성 시위가 학교 앞에 경찰들을 불러 모은 정도로 끝나야지, 더 확산해선 안 된다고 강하게 못을 박는다. 마침내 베라가 휴대전화에 몇 글자를 작성했고, 그러자 운동장의 소녀들이 각자 베라의 메시지를 확인하더니 즉시 흩어졌다. 너는 네 아이에게 감명을 받는다.

너는 너의 아이와 같은 사람이 되고 싶었다. 행동하는 사람. 항상 의존과 분노 사이의 중간 어디쯤 어정쩡하게 서 있는 네가 아니라.

일을 마무리 짓기 위해 메르탕은 베라가 잘못했다고 사과하길 종용했다.

"우리만 잘못한 건 아니잖아요." 베라가 말한다.

이번에도 죄송하다고 사과하는 건 너다.

"아무도 안 속아요, 베라 양. 학생은 지금 사람들의 시선을 끌고 싶은 거예요."

"정확히 맞히셨어요, 교장 선생님. 더 확실하게 시선을 끌려면 뭘 해야 하죠? 익사라도 해야 하나?"

"입 다물어." 말은 그렇게 하지만, 네 목구멍에선 네가 지금까지 한 번도 제대로 입을 열어본 적이 없다는 후회가 슬며시 부풀어 오른다.

"뭐, 원하신다면."

너는 문제를 일으킨 딸을 데리고 피로에 지친 상태로 그곳을 떠난다.

"베라, 넌 나를 기진맥진하게 만들어."

"일을 벌인 건 난데, 피곤한 건 엄마라고?"

베라는 네가 이런 시위와 스프레이 페인트, 또 고작 별볼 일 없는 고등학교에서 정학당하는 것 따위에 분노하는 까닭을 전혀 이해하지 못한다. 너의 아이도 너처럼 뭔가에, 그게 뭔지도 모르면서 붙잡혀 살아야 하는 걸까?

물론 너는 알고 있다. 네가 무엇에 붙들려 있는지. 아이에게 말해줄 수도 있다. 너는 너를 지배하는 것, 너를 안심시키는 것, 너를 진정시키는 것, 바로 가정에 붙들려 있다. 만일 네가 포기하면, 네 가족은 죽는다. 그래서 너는 가구에 집착하고, 반복되는 가족 행사에 집착하고, 단어에 집착한다. 행운과 집, 바캉스 같은 단어들. 의심이 들수록 너는 더욱 집착하고, 그래서 지치고, 그래서 더 들러붙고, 더 미소를 짓는다.

아마 베라는 해군들 사이에선 그런 사람을 물러터진 멍청이라고 부른다고 말할 것이다.

그때 학교에서 수업 시작을 알리는 종이 귀가 따갑도록 울리고, 너는 그 소리 덕분에 대답을 회피한다. 너의 시대는 네가 행동하는 걸 피하게 해준 저 종소리와 같다. 그래, 이것이 네가 아까 클레망에게 말하려고 찾던 바로 그 구호다.

너희는 학교 철문 앞에서 말없이 버스를 기다린다. 베라가 담배를 피운다. 너는 아이를 측은하게 바라본다. 결핍된 아이, 어쩌면 폭탄을 만들지 않고는 배길 수 없는 아이…….
속속 등장하는 새로운 변이 바이러스들 틈에서도 네가 살아남는다면, 너는 그 폭탄이 터지기 직전에 재깍거리는 초침 소리를 듣게 될지도 모른다. 너는 그 애에게 말해주고 싶다. 젠더 전쟁이 너의 전쟁은 아니었다고. 그 전쟁이 아니어도 너에겐 해야 할 일들이 아주 많았다고. 어딘가에서 태어나고, 버티고, 악착같이 손에 넣는 법을 찾고, 진저리를 칠 정도로 책 전체를 암기하고, 한 남자를 만나고, 그를 잃어버리고, 이리저리 뛰어다니며 빌어먹고, 임신하고, 하마터면 잡아먹힐 뻔하고, 부활하고, 제자리를 되찾고, 또 임신하고……

"뭐? 담배 하나 달라고?" 베라가 놀라며 묻는다.

"안 될 거 있니?"

너도 바로 이 나이였다. 너도 이 아이처럼 견고하고 고집스러운 것으로 이뤄진 삶을 생각했었다. 하지만 그 이후로 너는 삶이란 있는 그대로 흘러가는 것임을 배웠다. 타협하고, 반복하고, 더러 잊어버리면서, 혹은 치유되면서……. 그때의 나이와 지금의 나이, 그 둘 사이에서 오랜 잠을 잔 것 같다.

"그 사람한테 오늘 일 말할 거야?"

"네 아빠한테?"

"응, 엄마의 남자한테."

"아니."

회전문을 지나 주차장에 들어선다. 라이트밴에 올라 라디오 클래식 방송을 틀고 볼륨을 최대한 높인다. '터키 행진곡'에 맞춰 미친놈처럼 마구 핸들을 두들긴다. 진정하라, 이건 내 차가 아니다. 빙산 소유의 차다. 회사는 차를 빌려주는 대가로 나를 죽도록 부려먹는다. 난 가장 큰 차인 라이트밴을 골랐다. 소란스러운 아이들을 데리고 다녀야 하는 사람들이 주로 찾는 차종을 고른 이유는 나 때문이 아니라, 개 때문이다. 이 차를 무척 좋아하는 그 녀석이 내가 직장에 다니는 진짜 이유다. 파리 서쪽 도시 낭테르에서 쿠르브부아를 지나 파리의 강변을 거쳐 집에 돌아오면, 파파, 이 녀석이 날 반겨준다. 요란하게 짖어대고, 침을 흘리고, 날 좋아하며, 전적으로 내 탓이지만 악취를 풍기는 버니즈 마운틴 도그. 이 녀석을 비누질해서 씻긴 지 아주 오래되었다. 마지막으로 목욕을 시켜줄 때 녀석의 목 밑에 불길하게 느껴지는 작은 혹들을 발견했다. 그 후 한 달 동안이나 녀석을 방치했다. 혹의 정체를 확인할 용기가 나지 않았다. 겁이 났다. 난 녀석을 파파라고 부른다. 몹시도 거룩하신 나의 어머니는 눈곱만치도 반응하지 않지만, 난 어머니가 화가 나서 길길이 날뛰는 꼴을 보려고 그렇게 이름 붙였다. 파파, 즉 '아빠'는 일반적으로 가정의 가장을 의미하니까. 난 이 '일반적인 경우'에서 이미 너무 많은 실패를 맛보았기에, 어느 날부턴가 이제 그만두겠다고 다짐하고 선언했다. 자, 이제부터 우리 집의 '아빠'는 개야. 이렇게라도 다시 시작해야지.

물 한 잔을 마시고, 셔츠를 빨래 바구니에 넣은 뒤, 나와 파파는 센 강을 따라 1킬로미터 정도를 산책하기 위해 집을 나선다. 속보로 이십 분 정도 걷고 나니, 내가 목줄에 매여 끌려가는 기분이다. 편의점을 지나 플라타너스 나무 밑에서 오줌을 누이고, 곧장 튀일리 공원까지 걸어가다가, 나는 부랴부랴 다시 돌아가려고 파파와 실랑이를 벌인다. 독일인 포르노스타 레베카가 떠올라서. 어제 HD 화질로 그녀가 다른 배우 위에 올라타는 장면까지 보던 중에 연결이 끊겨버렸다. 관리비 빼고 월세만 무려 6000유로인 집이건만, 어찌된 게 통신사는 자기들이 원할 때 광섬유를 설치하러 온다. 하지만 파파는 오르세 미술관까지 계속 가겠다며 거부한다. 좋아, 그러지 뭐. 파파는 날 선택한 덕에 재미를 아주 톡톡히 본다. 개가 이처럼 주도권을 쥘 수 있다는 건 아주 이례적인 일이니까.

그런데 그녀가 문자를 보내왔다. 온실 속의 여자, 묘한 느낌을 주던 여자, 어제 만났던 그 여자가. 중요한 건 아니지만, 그 순간의 상황을 지리적으로 배치해보면 내가 프랑스 어학원 앞에 서 있을 때였는데…… 어쨌든 그녀가 먼저 문자를 보내왔다. 보통의 경우 여자들은 늘 기다린다. 여자들은 상황을 잘 모르는 한, 말하자면 내가 죽었는지 어떤지 분명하지 않은 한에는 오랫동안 어떤 행동도 취하지 않는다. 상대편 참호에서 먼저 움직이길 기다리는 것이다. 그런데 움직이는 기색이 전혀 없다면, 즉 완전한 침묵이 계속되면 그때부터 마음대로 경멸의 말들을 쏘아댄다. 호모라느니, 개새끼라느니, 유부남이었다느니, 전화번호를 괜히 알려줬다느니…….

그녀는 그러지 않았다.

'안녕하세요, 클레망. 파리 13구에서 만난 로르예요. 그때 너무 빨리 헤어져서 아쉬웠어요. 조금 더 시간을 내주실 수 있을까요?'

줄임말 없이 띄어쓰기도 잘했고, 악센트 기호도 빠뜨리지 않았으며, 짝짓기 계절에 어울리게 주어와 동사의 시제 짝

짓기도 정확하게 맞췄다. 만일 내가 답문을 보내면 둘 중 한 명은 희생당하는 어떤 일이 일어나고 말 것이다. 만일 답문을 보내지 않으면 늘 그렇듯이 권태로운 날들이 이어질 것이다. 파파, 회전문, 위기 대책 위원회, 호들갑, 소개팅 앱, 또다시 회전문, 손 세정제, 주차장, 파파, 자위, 곯아떨어지기, 차갑게 굳은 정액, 개 사료, 공영 라디오방송 '프랑스앵테르', 출근 알람, 리복 운동화를 신고 질주하기, 주차장, 손 세정제, 위원회, 8월 휴가 때 비행기를 타고 이곳을 뜰 때까지 지겹도록 반복될 위기 대책 위원회, 힐튼 호텔, 세상의 끝, 창녀, 복귀, 짧은 겨울, 짧은 햇빛, 짧은 목표, 실적 평가, 보너스. 그런데 이런 내 삶에 불현듯 나타난 **안녕하세요, 클레망. 파리 13구에서 만난 로르예요.** 이건 어쩌면 익사 직전에 수면으로 끌어올려 숨을 쉬게 해주는 구원이다. 감격스럽고…….

두렵다.

계단을 오르다 말고 나는 '네, 내일'이라고 답문을 써서 보냈다. 아무래도 상관없고 별로 신경 쓰지 않는다는 듯이 보이고 싶어서 구두점도, 대문자도 붙이지 않았다. 어차피 내일이라고 해서 내가 준비될 가능성은 없다. 그녀 앞에 나설 만한 남자가 되기 위한 시간, 충분한 책을 읽고, 세상에 대해 조금이라도 낙관적인 비전을 발전시킬 만한 시간은 절대적으로 부족하다. 내일 나는 시체로 발견될 수도 있다. 내가 죽을지 안 죽을지는 오늘 밤 우리 집 발코니 밑 도로가 얼마나 매력적인지에, 아니면 상주 다리에서 몸을 굽히는 순간 파파가 목줄을 얼마나 세게 당기는지에 달렸다. 지난겨울 영하 7도의 날씨가 이어지던 날, 강물 아래 죽은 자들의 왕국에 합류하려고 했을 때처럼…… 그때 난 잔뜩 취한 상태였고, 취기 때문인지 내친김에 진흙탕으로 뛰어들었다가 뭔가에 머리를 부딪혔다. 연락을 받고 뒤늦게 어머니가 병원에 도착했을 때는 난 이미 이송된 후였고, 재빠르게 사고에 대처한 소방대원들만 있었다. 나만 제쳐두고 빠르게 변화한 사회 풍조로 인해 한 명의 여성 소방관을 포함한 4인 1조의 소방팀이 더는 입을 수 없을 셔츠와 구두 한 짝까지 건져냈다. 그날 일의 대차대조표를 작성하자면, 일단은 양복 3000유로로…… 전체적으로는 모르겠다. 하룻밤 소방관 한 명의 인력에 드는 비용이 얼마인지 전혀 아는 바가 없으니.

내일이라. 나는 두렵다. 로르, 우린 너무 빠르고, 너무 늦었어요. 상상 속 로르가 속삭인다. 클레망, 심호흡을 해봐요. 내가 대답한다. 그러죠, 나의 구세주여.

23시 10분. 적당한 생각이 떠오르지 않아 그냥 자려고 했는데, 바로 그때 휴대전화 화면에 뜬 문자 알림이 눈에 들어왔다. 정확히 한 시간 전에 도착한 빙산의 메시지다. 볼 것도 없이 끔찍한 내용이겠지만 이젠 익숙해졌다. 내가 속한 부서를 포함해 다섯 개의 부서는 내일 8시에 소집이란다. 염병할 놈들, 8시라니, 증권거래소가 문을 열기도 전인데. 아무래도 뭔가 찜찜한 냄새가 난다. 잠에서 깨어나 날 찾아온 걸 보면, 파파도 그 냄새를 맡은 게 확실하다. 파파, 이거 좀 보렴. 기획부 비서가 두 가지 선택지를 보내왔어. 초대를 받아들일 건지 안 받아들일 건지, '예스'인지 '노'인지 선택하래. 하지만 조심해야 해. '노'는 그냥 웃자고 해보는 농담 같은 거니까. 본래 윗사람들은 아랫사람들의 거절 따위는 절대로 용납 못 한단다. 누군가가 대놓고 나를 겨냥해서 화학무기 공격을 하거나 뭐 그 비슷한 일을 당했다면 또 모를까……. 이 시대는 드디어 '노'라고 말할 수 있는 권리를 확보함과 동시에, 그런 권리를 행사한 국민을 실업자로 몰아넣을 권리를 갖게 되었어. 중요한 건 그런 권리가 왠지 합법적이라는 느낌을 준다는 거야. 차츰 더 커지는 여성 인권과, 나아가 동물권까지 포함한 모든 권리가 말이야. 아, 물론, 좀 더 기다리긴 해야겠지만. 이미 이 시대는 '청년'이라는 테러리스트들을 보유하고 있단다. 어쨌거나 난 '예스' 칸에 표시했어. 자유 시민답

게, 아주아주 자유롭게. 파파, 보렴. 내 이름이 보란 듯이 초록색으로 떴어. 그러니까, 나는 제일 먼저 이름이 초록색으로 표시된 사람이야. 다른 사람들은 아직 대답하지 않고 있구나. 그들에겐 휴대전화 외에도 다른 삶이 있는 거겠지. 일단 난 자러 가야겠다. 파파, 불 끄고 싶으면 꺼도 돼.

캄캄한 밤, 늪지대에 새들이 등장하는 꿈이 펼쳐진다. 새들은 발이 너무 짧아서 진흙 속에 폭 파묻힌다. 하지만 아무리 발이 짧아도 새는 새다. 이 꿈이 증명해준다. 내 잠재의식이 완전히 쓰레기는 아니라는 사실을.

일부러 약속 시간에 늦었다. 지금 난, 말하자면 정상 상태다. '될 대로 되라는 식의 상태'와 '죽어가는 상태', 그 사이 어딘가에 있으니까. 약속 장소를 잡을 때 그냥 머릿속에 떠오른 바의 이름을 말했는데, 그 바를 보면서 지금 드는 생각은 어쩌자고 이딴 곳을 떠올렸을까 하는 것이다. 로르는 이 구린 분위기와 등나무 의자, 시시덕대는 종업원들이 내 취향이라고 생각할 것이다. 그녀는 이미 도착했다. 생각보다 짜증이 난 것 같지는 않고 조금 더 기다릴 의향이 있는 듯하다. 책을 읽고 있는데, 딴 데 정신을 팔면서 책을 읽는 척하는 다른 여자들과는 근본적으로 달라 보인다. 아무래도 내가 실수를 한 것 같다. 아침부터 미리 오늘 만남을 대비했어야 했는데. 아니면 집에 가서 옷이라도 갈아입고 나올까……. 한 발 한 발다가가 인사를 건넸다. 반갑습…… 아니, 안녕하세요, 미안합니다. 평소처럼 적절한 말을 꺼내지 못했고, 평소보다 조금 더 난처하다. 상대는 위원회가 아니라 여인이고, 내가 침묵하는 건 불가사의한 내면의 이유 때문이 아니라 손까지 축축하게 젖을 정도의 바보 같은 긴장감에 기인한 것이다.

"뛰어오셨어요? 어디서 오시는 거예요?"

상처받은 유년기, 내면으로부터 도피해왔죠…… 웃기지도 않는 바보 같은 말들만 머리에 맴돌아 모두 삼켜버린다. 나는 사과도 하지 않고 대뜸 회사를 들먹였다. 회사에서 위기 대책을 위한 긴급회의가 있었어요, 하지만 곧 충분한 자금을 확보하게 될 거예요, 흔한 문제죠, 아, 난 탄산수로 주세요, 사적인 이야기지만 내 연봉은 30만 유로예요, 나쁘진 않지만 올해는 보너스가 없을 거예요. 로르가 뜨악한 표정을 짓는다. 내 딴에는 내가 그녀의 가치에 걸맞은 자라는 걸 보여주려는 거였다. 물론 책 이야기를 하면 더 좋았겠지만 난 책 읽을 시간이 없는 사람이고, 뉴요커처럼 새하얀 치아를 유지하는 데 들인 비용이나 내가 신은 구두의 가치를 그녀가 알아채지 못한다면 나로선 직접 강조할 수밖에 없지 않은가. 그녀가 화장이라도 고치러 화장실에 가게 할 수만 있다면 내 연봉의 절반이라도 지불하고 싶다. 그새 내 얼굴을 좀 살피고, 셔츠라도 바지 속에 집어넣을 수 있게……. 하지만 어림도 없다. 로르는 어디서 굴러먹다가 왔는지 모를, 눈앞에 있는 개자식 앞에선 절대로 멋을 부리지 않는 여자임이 분명하다. 더는 무슨 말을 꺼내야 할지 모르겠다. 그런데 빨대가 꽂힌 이 거품 나는 물은 뭐지.

"탄산수예요. 당신이 주문한 거잖아요."

단절된 대화를 다시 이어갈 소재가 전혀 없다. 로르는 누가 봐도 예쁜 얼굴이다. 지난번에는 그녀를 전체적으로 보지 못했는데, 꽤 괜찮은 많은 남자가 눈독을 들였을 것이다. 아무래도 이 여자는 경사진 비탈처럼 위험하다. 난 균형을 잃고 미끄러져 넘어질 것이다. 그러니 차라리 이렇게 하자. 당장 계산하고 여기를 빠져나가, 집에 돌아가서 혼자 자위나 해야겠다. 그러려면 가슴이든 목이든, 이 여자의 디테일한 부분이 필요한데…… 빌어먹을, 눈은 못 보겠다. 그녀의 얼굴을 일 초라도 가릴 수 있다면 좋겠는데, 공공장소에서 의무적으로 마스크 쓰는 규칙을 어째서 여기선 안 지키는 건지. 아니면 그녀와 딱 한 번만 접촉하고, 영원히 사라지는 건 어떨까. 교수님, 아니 로르, 머리카락에 뭐가 묻었군요, 종잇조각 같은 거, 제가 떼어드릴…….

"클레망, 심호흡을 좀 해보세요."

네, 교수님.

너는 분명 실망해야 한다. 그를 비웃거나, 적어도 그에 대해 다시 생각해야 한다. 너는 알아야 한다. 자신을 연봉 액수로 소개하는 남자는 머저리고, 따질 것도 없는 파렴치한이라는 걸. 그런데도 너는 흥분해서 축축해진 상태로 그 남자가 불쌍하다고 생각한다. 노동 시장에서의 가치로 자신을 소개하는 사람은 노예다. 고대에 신체가 절단되어 몸무게에 따라 금이나 소금으로 거래되던 검투 노예 출신의 트라키아인들은, 에페수스Ephesus의 노예시장에서 귀족 계급이라 할 수 있는 환관들만큼이나 높은 자신의 가격을 스스로 뽐내며 자랑했었다. 그들의 시대와 클레망의 시대 사이에 자유가 생겨났건만, 그는 다시 스스로를 노예로 추락시켰다.

애 좀 봐라, 정신을 못 차릴 정도로 돈이 남아도는 인간이 불쌍하다고? 결혼해서 하녀처럼 죽도록 일한 여자들의 천국에서 네 엄마의 엄마가 눈물이 나올 정도로 웃는다.

그 외엔 기억나는 게 하나도 없다. 조금 전 바의 등나무 의자에 앉아 둘이 마주 보고 있던 건 전혀 생각나지 않는다. 전례 없이 차분하던 너와 대조적이던 그의 부산스러움도, 또 그에게 나와주셔서 고맙다고 말하던 네 목소리도 너는 생각나지 않는다. 사실 그때의 목소리는 결코 너의 목소리라고 할 수 없었다. 그 말 다음에 '너무 늦긴 했네요'라고 덧붙인 것만 너다웠을 뿐이다. 네가 지금과 다른 누군가가 될 때, 그때부터 뭔가가 시작된다.

벌써 밤 11시다. 증권시장은 절대로 잠을 자지 않는다지만, 너의 집에선 모두 잠을 자는 중이다. 너도 밤새도록 욕조에 앉아 밤을 보낼 순 없다. 너 자신을 보라, 속옷 차림에다 휴대전화 화면의 푸른빛에 눈이 부은 너는 일종의 오류와 같다. 한 시간 전, 그가 너에게 문자를 보냈다. '당신은 대체 누구죠?' 너는 그를 아주 쉽게, 그저 낚을 상대를 찾아다니는 남자라고만 생각했었다. 하지만 그 메시지를 받은 순간부터 너는 아직까지 대답할 말을 찾고 있다. 백지 답안을 내놓는 법이 결코 없는 너는 단 하나의 질문이라도 그냥 넘어가는 일이 없고, 그래서 지금도 뭔가를 털어놓으려 한다. 밤이니까, 또 그가 답을 기다리고 있으니까. 스스로를 있는 그대로 드러내고 싶다는 욕망……. 너는 누구인가. 너는 지적인 여자는 아니다. 단지 유용한 어떤 것, 어떤 갑옷이 필요해서 학위를 땄을 뿐이다. 쉽게 사라질 네 얼굴의 아름다움만으로는 충분치 않았다. 그런 갑옷이 없었다면 세상이 너를 쉽게 무너뜨렸을 것이다. 너는 속이기 쉬운 바보가 아니다. 조금 전 그가 말한 것처럼, '명석한 두뇌와 평균을 뛰어넘는 끈기가 만나 이뤄진 결실'도 아니다. 너는 단지 커피와, 함께 잡담을 나눌 교수들, 밝은 조명이 무상으로 지급되는 곳이기에 대학에 이십 년 동안 몸담고 있을 뿐이다. 너는 자랑스럽지 않다. 너는 의지적 활동과 사회적 프로그램의 이행에 따른 결과를 구별한다. 고학력이 대중화되면서 평가절하된 너의 학위와, 인플레이션으로 피상적으로만 부풀려진 봉급, 그런 것들은 그저 시간의 흐름에 따라 자연히 나타났을 뿐이고, 너는 네 부모와 다를 것이 없다. 과거로부터 발전했다는 착각만 빼고. 결국 너는 제자리에 머무르기 위해 말할 수 없는 노력을 펼쳤던 셈이다. 너는 날아오르는 백조가 아니라 햄스터이며, 금발이 아니라 태생부터 재로 덮인, 생기 없고 지루한 밤색 머리카락이다. 너는 귀감이 되는 존재가 아니다. 대부분의 시간에 너는 사람들이 생각하는 그런 여자가 아니다. 잠이 오지 않는다.

"로르!"

앙통은 자고 싶을 것이다. 당연하다.

"나 지금 욕조에 있어!"

그는 조금만 더 지나면 너를 기다리지 않을 것이다. 십 분 후면 잠이 그를 덮쳐, 여덟 시간은 족히 사로잡을 것이다.

"지금이 몇 시인 줄 알아? 정말 너무하네."

욕실의 희미한 불빛 밑에서, 너는 스스로 인정할 수 있을 진실을 찾으며 답을 구하는 중이지만, 생각나는 게 별로 없다. 네가 찾은 진실이란 이런 것들이다. 우선 너의 엄마. 그녀는 죽었고, 강박적이고, 수다스럽다는 것. 그리고 네가 사랑한다고 확신할 수 있는 사람들은 베라, 안나, 네 친구 가브리엘, 그리고 앙통이라는 것. 이토록 짧은 명단인데, 그것도 이런 순서로 사랑한다는 건 부끄러운 일이라는 것. 이게 바로 안나의 아빠인 앙통을 향한 진실이라는 것……. 이렇게 되기 전에는, 그는 네가 깨어 있으면 함께 잠들 수 있을 때까지 기다리는, 그런 남자였다. 네가 혼자 흔적도 없이 태어난 폭탄 같은 여섯 살짜리 아이의 손을 쥐고 있을 때, 그는 기적처럼 다가와서 네 삶에 질서를 부여했다. 사랑은 아니었지만 그렇다고 흘러가는 만남도 아니었다. 차라리 갑작스럽게 불어온 돌풍에 가까웠다. 파리의 믿기 어려운 집세와 결코 끝내지 못할 것 같은 논문의 무게에 짓눌려서 서른다섯의 나이에 벌써 침몰하고 있을 때, 그는 너의 모든 것이 되기 위해 자기가 뭘 해야 할지 알고 있었다. 그는 너의 삶에 시간과 습관, 리듬을 새겨넣음으로써 네 몸의 일부가 되었다. 그를 만나기 전에 너는 수업 사이사이 짬을 내서 쪽잠을 잤고, 밤에도 일을 했다. 베라는 주로 시리얼을 먹였고, 너는 달걀과 흰 치즈로 끼니를 때웠다. 너와 베라는 주방 벽에 버팀목 하나를 볼트로 죄어 붙인 널판 위에 그릇을 올려놓고 식사했다. 그래서 베라는 상 차리는 법을 배우지 못했다. 그때는 모든 게 희미했고, 위태로웠고, 피곤했다. 이후에 앙통과 함께하며 너는 학교 일정에 따라 미리 휴가를 계획할 수도 있다는 걸 알게 되었고, 4월이면 프랑스 북부 도시 디나르에서 지냈으며, 마침내 모로코까지도 여행하게 되었다.

그러나 함께 걸을 때 너와 앙통의 손은 도통 맞잡아지지 않는다. 너희의 몸 전체가 그렇다. 너의 머리는 그의 어깨에 올려지지 않는다. 그의 어깨는 언제나 너를 맞이할 준비를 갖추고 있지만, 늘 텅 비어 있다. 너는 이런 감정의 결합에는 시간이 좀 걸릴 뿐이라고 생각했다. 그리고 더는 그것에 대해 생각하지 않는다.

베라는 행복해 보였으며, 일 년 사이에 6센티미터나 자랐다. 너는 주택보험과 상호보험 따위를 알게 되었고, 비평서적도 정기구독하게 되었다. 언젠가 라데팡스에서 이십 분 거리의 근교인 빌다브레이에 집을 보러 갔고, 그 집은 곧 너희의 것이 되었다. 철책 담이 두르고 있어 아주 조용하며 집 뒤에 세쿼이아 나무도 심을 수 있는 그런 동네에서, 너희 집은 쾌적한 삶에 필요한 거의 모든 걸 제공해주었다. 여러 개의 방과 통유리창이 장착된 커다란 거실, 밭을 일굴 수도 있을 정원, 거기다 가스 난방까지. 좀 외진 곳이어서 장을 보는 게 문제지만, 삶의 활력 면에서 고려하면 참작할 만했다. 바닥 재료로 사용한 나무에까지 관심이 미친 너는 1제곱미터당 오리목의 가격이 얼마인지도 알아보았다. 같은 해에 너희는 대출을 최대로 늘려서 앙통의 병원 건물을 취득했다. 너는 이보다 더 좋을 수 없고 더 나을 수 없는, 말하자면 안도감의 한계치를 경험하게 되었다. 훌륭한 주택이라는 건 자고로 훌륭한 야외 공간을 포함한다. 너는 4월에서 10월까지 켜둘 수 있는 정원용 램프와 인테리어 전문 브랜드의 긴 의자에 이어 해먹까지 구매했다. 해먹을 묶을 적당한 두 그루의 나무는 찾지 못했지만. 너는 네가 사는 동네의 선거인명부에 이름을 올렸다. 운동복을 입고 지냈던 첫 번째 임신 때와는 달리, 진짜 임부복을 입고 지낸 빌다브레이에서의 두 번째 임신 기간은 별달리 기억할 만한 일도 없이 스치듯 지나가버렸다. 너는 아무것도 묻는 법 없이 조용하게 크는 아이, 안나를 낳았다. 너는 담배와 늦잠, 일요일에 하는 뻔한 활동들보다, 편안한 이웃 관계와 쾌적한 동네, 루아르 와인의 즐거움에 더 익숙해졌다. 그러는 사이 해먹은 결국 베라가 자기 방에 설치했다. 너는 끝내 채소밭을 가꾸지 않았다. 등이 너무 자주 아파서. 너는 평온은 곧 파란을 불러온다는 사실을 알고 있다. 시작은 고요하지만, 점차 고함처럼 커질 파란을.

"로르!"
"곧 갈게."
"복도에 불 꺼! 버튼 누르는 건 안나도 할 줄 안다고!"

클레망은 아직도 메신저 앱에서 기다리고 있다.

"로르! 젠장, 난 아침에 일찍 일어나야 하잖아!"

너라는 존재를 한 문장으로 말할 능력이 없어서, 너는 네가 가진 특성으로 너를 표현한다. 결핍. 그리고 증명된 유일한 진실인 너의 육체. 너는 네 속살을 파고들어, 너의 밤을 새하얗게 만드는 그 욕구에 대해 말하고 싶다.

너는 겨우 두 번 만났을 뿐인 남자에게 문자를 보낸다. 당신을 원해요.

너는 혼자 웃는다. 오랜 세월 쌓은 품위와 관습, 원칙, 규범, 지혜, 신중, 성찰, 여유, 존중, 재치, 정절…… 이 모든 걸 단 하나의 문장에 불태워버리다니. 남김없이 모두 태워버린 까닭에, 너에겐 그렇게 얻은 이 홀가분한 기분을 표현할 단어 하나 남지 않았다.

너는 불을 끈다. 꾸밈없이 투명한 이 밤, 너는 어둠 속에서도 아무런 거리낌 없이 침실까지 곧장 걸어간다.

기억해라. 너는 네 안의 그늘을 등불로 삼고, 너의 욕망을 바로 너 자신으로 받아들였다.

6월 5일 19시 44분, 체온 36.8도
호흡수 분당 17회, 심박수 분당 95회
혈압 108.6/72.2mmHg

마음속에서 밀고 당기는 뭔가가 일어나는 걸 지켜보며 며칠이 흘렀다. 영화감독 프랑수아 트뤼포가 찍은 영화 〈남과 여〉에서 남자 주인공이 아무런 전조도 없이 받은 '당신을 사랑해요'라는 전보처럼, 로르가 느닷없는 메시지를 보내왔다. 로르는 트뤼포를, 장면도 깨끗하게 못 찍고 6월에도 목까지 올라오는 스웨터를 입는 그 감독을 정말로 좋아하나 보다. 손 세정제, 오후 시간, 인사과 직원 시빌이 구글 캘린더에 한 시간 단위로 표시한 일정표, 읽지 않은 5674통의 메일, 변비, 숨을 참으며 쫙 핀 손, 위장이 뒤틀리는 통증, 여성 핸드볼 팀과의 파트너십 갱신, '예스' 혹은 '노', 형편없는 4분기 결과를 발표하기 전에 금융가에 먼저 경고하기. 결과를 먼저 발표하는 건 절대 안 된다. 이번 상황도 별일 없이 넘어갈 수 있다. 모든 건 다 지나가기 마련이니. 그리고 또, 바닥 카펫을 바꿀 것인가 상장을 폐지할 것인가, 5899통의 읽지 않은 메일과…… 로르의 메시지. 로르의 메시지엔 좀 더 늦게 답장을 보낼 것이다. 트뤼포처럼 저돌적인 로르. 그녀는 '노'라는 말을 듣게 되겠지만, 내 답이 정말 '노'인지 아닌지 곧 알게 될 테다. 언론의 공식 발표와 우리 쪽의 불확실한 자산 유동성, 다시 손 세정제, 빌어먹을 마스크, 엘리베이터, 핸드볼 팀과의 공동 성명서 발표…… 신용평가사에선 판단을 미루고, 올리버는 그들 입맛대로 내릴 결정에 집중하느라 숨까지 죽이고 기다리는 중이다. 그러고 보니 생각나는 영화가 있다. 친애하는 로르, 장 뤽 고다르의 영화 〈네 멋대로 해라〉라는 영화를 찾아서 봐요. 우리가 비록 실제로 섹스는 못 하더라도, 적어도 그의 영화를 보며 숨을 헐떡거릴 수는 있겠죠. 나는 문자를 보내고 기다린다. 이 기분이 정말 좋다. 한마디만 더 듣고 싶고, 하루만 더 지속하고 싶다. 그러고 나면 멈출 것이다. 이건 옳지 못하고, 위험하니까. 로르가 아직 내 문자에 답을 않고 있는 건 한 남자와 아이의 잠자리를 챙겨주고 있기 때문이겠지. 그런데 갑자기 한밤중에 말도 안 되는 문자가, 오 분 동안이나 발기를 지속시키고 족히 이 주간은 스트레스를 받게 할 문자가 도착했다. 이미 일은 잘못된 방향으로 흘러가고 있다. 내일은 반드시 멈춰야 해, 나는 분명 내가 원할 때 멈출 수 있다. 로르에게 키스하는 걸 자제할 수 있을 것이다……. 그런데 정신을 차리니 벌써 우리는 차 안에서 키스를 하고 있다. 먼저 허물어진 건, 눈을 감은 건 그녀다. 확신할 수는 없지만 아마 맞을 것이다. 그녀가 나보다 더 원한다.

지하 주차장의 흐릿한 조명 아래, 그의 차 안에서 그가 너에게 키스를 했다. 우아함과는 거리가 먼 방식으로 그의 혀가 너의 입천장과 치아를 훑고 다녔고, 소녀의 손처럼 가녀린 그의 손이 네 성기의 깊은 곳을 더듬었다. 바지 위로 더듬는 것을 제외하곤, 그는 자신을 만지는 건 허용하지 않았다.

그날로부터 열흘이 지났다. 너는 흥분을 억누르지 못해 거의 미칠 것 같고, 온몸에 미열까지 느낀다.

열하루째. 6월의 비정상적인 날씨가 파리의 중심가에 소란을 불러온다. 가면을 쓴 것처럼 해석되지 않는 은밀한 도시가 이제 수치심을 넘어 굴욕감마저 느끼고 있다. 오늘만큼은 이 도시가 너와 꼭 닮았다. 너는 배도 고프지 않고 조금의 짜증도 나지 않지만, 때때로 달콤하면서도 바싹 탄 냄새를 풍긴다. 과일을 먹을 때나 책을 손에 쥘 때도 너는 입과 손에서 낯선 페니스의 감촉을 느낀다. 밤이면 너는 더위를 핑계 삼아 테라스로 나와서 끊었던 담배를 다시 피운다.

열이틀이 지나고, 열사흘이 지난다. 아침마다 앙통이 일어나서 욕실로 사라지는 동안 너는 깊은 잠에 빠진 척한다. 욕조에 물이 떨어지는 소리가 들리면 너는 아주 짧은 그 틈을 이용해서 네 성기를 애무하고, 네 배를 쓰다듬던 그의 손가락들을 되살려낸다. 물소리가 그치면 이불 속에서 감은 눈으로 일 초씩 시간을 재며 이뤄지던 너의 방탕한 짓거리도 끝이 난다. 너는 온몸을 떨면서 간신히 신음을 억누른다. 앙통은 옷을 입으러 방으로 들어왔다가 여전히 누워 있는 너를 발견하고, 오늘도 자기가 안나를 등교시켜야 하는 거냐고, 첫 환자들이 벌써 대기실에서 이야기를 나누며 코로나바이러스를 주고받고 있을 텐데 정말 이럴 거냐고 소리 지른다. 앙통은 계속 너에게 신경질을 낸다. 이런 일은 계속될 것이다. 너는 기지개를 켜며 사과하고, 누군가의 손길을 기다리며 인내하는 네 몸을 칭찬하고 네 어깨에 입을 맞춘 뒤, 옷을 입는다.

보름째. 이제 너는 정오에 아무것도 먹지 않는다. 강의가 없는 시간에 너는 화장품이나 가방 등 필요도 없는 물건들을 사들인다. 너는 인터넷 쇼핑몰을 뒤져보다가 여성 속옷이 네가 알지도 못하는 재질로 만들어졌다는 것과 바로 그 재질이 관능적이고 마른 체형에 일조한다는 사실을 알게 되었다. 열엿새째 날은 수요일이고, 너는 소르본에서 강의를 한다. 보마르셰 대로의 한 매장 진열대에서 검은색의 시스루 속옷 한 점을 발견한 너는 불쑥 가게 문을 열고 안녕하세요, 라는 말도 없이 안으로 들어선다. 너는 코르셋이나 뷔스티에라고 부를 그 속옷을 옷걸이에서 떼어낸다. 실크로 만들어진 똑딱 단추로 가랑이 안쪽 부분을 열게 되어 있다. 터무니없이 비싸다. 지하에 있는 네 엄마는 너더러 지금 장난하는 거냐고 묻고 싶을 것이다. 절약에 대해, 그리고 성기보다 훨씬 우수한 '머리'를 지닌 지적인 여성의 위엄에 대해 배워온 너는 그 가르침으로 다시 돌아오려고 애쓰며 결국 속옷을 제자리에 걸어놓는다. 너는 마치 미술 초대전을 관람하고 나오는 것처럼 실망과 씁쓸함을 느끼며 속옷 가게를 나선다. 그러다 갑자기 다시 가게 안으로 들어가서 그 속옷을 거의 뜯어내다시피 낚아챈다. 그러고는 계산대에서 카드단말기 위에 찍힌 가격, 290유로를 읽으면서 그 돈으로 살 수 있는 서른여섯 가지도 넘을 가정용품 생각에 마음이 무거워진다. 290유로는 여자애들 구두 다섯 켤레 값이고, 새 세탁건조기에다 롤랑 바르트 저서 하드커버 판본을 더한 값일 뿐 아니라, 세 달 분량의 보험료와 맞먹는 가격인데…….

이 여편네야, 제발 그만 닥쳐. 네 엄마의 엄마, 진짜 전쟁을 겪어본 여자인 너의 할머니가 하늘에서 명령한다. 그에게 한 손으로 똑딱 단추 여는 법을 가르쳐주기나 해, 어차피 인생은 짧고 롤랑 바르트 같은 건 아무짝에도 쓸모없는 거야.

열이레째 날. 너는 그로부터 네 입술에 관한 메시지 한 통을 받았다. 그날 밤, 너는 안나를 침대에 눕히고 자장가도 없이 아이가 혼자 잠들게 하고, 크게 틀어놓은 주간 뉴스 채널 앞에 양통을 혼자 버려둔 채, 레오뮈르 거리에 사는 가브리엘을 만나러 빌다브레이에서 차를 몰고 파리로 향한다. 너는 아주 비싸고 희미한 불빛의 호텔 바에 도착한다. 이곳은 입구에서부터 편안한 기분이 들게 한다. 너는 네 집보다 더 네가 있어야 할 자리에 와 있다고 느낀다. 너는 잠깐 멈춰 서서 가브리엘을 지켜본다. 그녀는 너를 기다리면서 누군가와 통화를 하고 있다. 그러다 갑자기 일어나서 옆 테이블에 있는 양초 하나를 집어 다시 소파로 돌아오더니, 그제야 너를 알아보고 팔을 흔들며 로르, 하고 부른다. 어느 대도시를 가나 늘 이런 장소들을 드나드는 사람에게서 흔히 볼 수 있는, 사랑스러우면서도 무심한 태도로 이뤄지는 몸짓. 네가 나지막한 긴 의자에 앉자 아직 뻣뻣한 감이 있는 새 트렌치코트에서 바스락 소리가 난다. 가브리엘은 먼저 네 얼굴을 보고 놀랐기 때문에 너의 새 코트는 눈치도 채지 못한다. 너는 오는 도중에 화학물질이나 인화물질 테러를 당하기라도 한 듯, 혹은 오르 가슴을 느끼거나 코카인이라도 흡입한 표정이다. 그녀는 네 허리와 어깨를 껴안으면서 부쩍 더 말랐다고, 엉덩이 살이나 가슴이 하나도 안 잡힌다고 나무라듯 말한다. 그녀가 너를 바라본다. 그녀는 오래전부터, 그러니까 기숙사 생활을 할 때부터 네가 언제 흥분했는지를 금방 감지해왔고, 오늘도 너에게 어서 말해보라고 재촉한다. 그러고는 낯선 남자에 대해 이야기하는 너의 목소리를 진지하게 듣는다.

가브리엘은 너의 이런 모습을 한 번도 본 적이 없다고 말하고, 너는 행복하다고 말한다. 그녀는 다른 할 말을 찾지 못한다. 너에게 뭐라 하는 것은 너를 벌하는 일이 될 테니까. 하지만 두 번째 잔을 비운 뒤에 그녀는 플로베르의 소설 속 주인공 보바리 부인과 그녀의 빌어먹을 운명을 인용하며 한마디 했다. 너는 네 번째 잔을 마시고 머리카락을 뒤로 젖히면서 플로베르의 몇 구절을 완벽하게 외운다며 자랑스럽게 암송한다. **내게 애인이 생겼어, 애인이 생겼다고! 엠마는 그렇게 되뇌었다. 그 생각을 하는 순간 또 한 번의 성숙기가 찾아온 것처럼 기쁨을 느꼈다.**

"사춘기야." 가브리엘이 네 눈앞에서 휘날리는 머리카락을 너의 귀 뒤로 넘겨주면서 말했다.

"뭐라고?"

"사춘기라고, 성숙기가 아니라. 벌써 기억력이 떨어지네."

가브리엘은 배운 건 없고 가진 건 돈뿐인 자신이 학사에 석사, 박사까지 딴 여자의 잘못을 바로잡고 있다며 웃는다. 너무 앞질러서 생각하는 거야, 너는 아직 애인이 없어, 그 정도 관계라면 아직 얼마든지 빠져나올 수 있어. 그녀는 마치 너와 클레망의 관계가 죽음이라도 되는 것처럼 말한다.

시간은 아주 빠르게 흘렀다. 이제 집으로 돌아가야 한다.

너는 여기, '패션위크'를 위해 새로 단장한 이 호텔에서 잠들고 싶다. 적어도 한 잔 정도는 더 마시고 문 닫는 시간까지 테이블마다 놓인 양초 연기에 질식하고 싶다. 이전엔 집으로 돌아가는 게 당연했다. 그런데 이젠 집에 돌아가는 일이 왠지 늦는 것 같고, 뭔가를 잃어버리는 것 같다.

생마르탱 거리에 세워둔 차로 가면서 너는 가브리엘에게 말할 것이다. 모든 사람이 그렇게 한다고 말해줘, 모두가 한두 번은 망설이다가, 그다음엔 돌진해버린다고, 모두가 그런다고 말해줘……. 그러면 가브리엘도 마지못해 말할 것이다. 그래, 모든 사람이 다 그래.

열여드레째 날인 다음 날, 새벽부터 형벌이 찾아온다. 너는 이제 아무것도 참아낼 수 없다. 너 자신도, 다른 사람들도,

네 몸에 옷이 닿는 감촉도. 이런 판국에 안나는 아무렇게나 이를 닦고 곧장 초콜릿을 먹는다. 아이들의 응석을 받아주는 것은 지난달로 끝이 났다. 기린 모양으로 생긴 안나의 칫솔이 이 분 동안 빛을 낸다. 아마존에서 열 개에 5유로를 주고 산, 건전지를 게걸스럽게 먹어 치우고 연간 1인당 탄소 부채까지 폭발시키는 쓸모없는 물건이다. 안나가 우물거리느라 기다리는 이 분 동안 너는 또다시 그날의 주차장을 떠올린다. 자동차, 그의 혀, 그의 손가락들, 네 몸과 가죽 시트 사이를 비집고 들어온 그의 손. 너는 그가 지금 이곳에 와서 아무 말 없이 너를 강간하고 사라져주길 바란다. 너의 불면과 함께하는 그, 뒤죽박죽된 상상, 모든 걸 다 잃을 수 있는 위험, 아직은 머릿속에만 머무르는 정도지만 곧 너를 물어뜯을 수치심……. 그럼에도 너는 그가 와주기를, 창문을 넘어 이 욕실로 뛰어들기를 간절히 바란다. 너는 너의 딸에게 말할 것이다. 잠깐 잔디밭에 나가서 놀려무나, 아냐 여긴 아무도 없어, 엄마가 지금 할 일이 있어서 그래. 아이는 곧 밖으로 나가겠지. 그가 말 없이 샤워기 밑에서 너에게 달려든다. 그와 너 사이엔 어떠한 장애물도 없을 테고, 너희는 십 분 동안 나체로 대화를 나눌 것이다. 모든 게 끝난 뒤 그는 차고 문을 통해 나가고, 너는 일하러 갈 것이다. 그러곤 그를 영영 보지 못할 것이다.

땀에 흠뻑 젖어 깨어났다. 알람을 듣지 못했다. 공영 라디오방송 '프랑스앵테르'와 파파는 아까부터 깨어나 각기 다른 방식으로 언성을 높이는 중이다. 벌써 두 번째로 더러운 발을 가진 새들의 꿈을 꾸었다. 지난겨울에 마르세유 팀과 올림피크 리옹 팀이 0 대 0으로 비기는 꿈을 꾸고 나서 바로 그날 저녁에 정말로 두 팀이 0 대 0으로 비겼던 걸 보면, 아무래도 6월이 끝나기 전에 그 검은 늪지를 실제로 보리라고 기대해도 될 듯하다. 침대에서 30미터 거리에 있는 커피머신을 작동시킬 틈도 없이 곧바로 우라질 놈의 하루를 시작해야 하다니. 내가 잠에 빠져 있는 바람에 미처 상의할 수 없었던 탓인지 파파가 현관 앞에 똥을 싸질렀고, 세탁건조기에 넣어둔 반바지는 건조기 물탱크 안에 물이 가득 차 있어서 제대로 마르지 않았다. 최악의 아침. 아무래도 재수 더럽게 없는 날이 될 것 같은데, 이런 날을 대체 왜 시작해야 하는 건지.

축축한 반바지에 운동화를 신고 볼테르 역으로 나선다. 평소보다 팔 분 늦어서인지 늘 마주치던 행인들은 보이지 않는다. 대신 아침 운동을 시작한 여자들이 보이는데, 그들은 집중해서 뛰지 않고 달려가는 와중에 찡긋 인사를 날린다. 아주 조금 늦게 나왔을 뿐인데 다른 세계에 온 것 같다. 수도권 전철 A노선을 타면 그럭저럭 시간에 맞출 수 있겠지. 이 시간에 자동차로 가면 죽음뿐이다. 늘 7시에 만나던 사람들이 아니라서 무슨 일이 일어날지 알 수 없다는 게 문제지만.

아침에 발가벗고 샤워실로 직행하는 나를 멈춰 세운 문자가 떠오른다. 빙산의 주가가 12퍼센트 떨어진 반면, 옆 빌딩의 주가는 거의 같은 수준만큼 올라갔다고. 진흙 속에 발이 빠진 새들은 바로 우리였다.

라데팡스 역, 명찰을 꺼내고, 회전문을 지나, 엘리베이터에 오르고, 35층에 내린다. 그런데 무언가 이상한 냄새가…… 나로군. 씻을 시간이 없었다. 시시각각 창문에서 뛰어내리고 싶게 만드는 지랄 같은 하루로 들어오신 걸 환영합니다. 시빌에게 인사하고 복도에 들어선다. 임원회의실에 도달하려면 30미터를 더 가야 한다. 나는 언제나, 절대로 뛰지 않는다. 허둥지둥 뛰는 건 너무 고분고분한 것처럼 보일 테고, 나는 이미 충분히 복종하고 있다. 천천히 걷고, 심호흡하고, 집중한다. 조금은 도움이 되겠지. 이미 모두 스크린 앞에 모여 있다. 조금 늦게 발표하기로 결정했던 우리의 형편없는 성과가 알려지면서, 빙산의 신용등급이 낮아지리라는 소문이 주식시장에 돌고 있다. 확인되지 않은 소문이지만 그사이에 주가는 계속 곤두박질 중이다.

금융 데이터 분석 화면에 하나의 문장이 **빨간색**으로 깜빡거린다.

"마이너스 10퍼센트." 올리버가 죽을 날을 받은 사람처럼 말한다.

"개장 이후로 총 13퍼센트가 떨어졌어요." 아민이 휴대전화 앱을 보면서 한마디 덧붙인다.

올리버의 눈은 깜빡거리지도 않고 스크린에 고정되어 있다. 표정으로 보건대 그는 이미 마음속에서 기절한 상태다. 그의 얼굴이 곧 모든 걸 나타내는 화면이다. 벌써 그는 우리가 자금에 쪼들린 나머지 세계적 전문 소독 업체에다 빌딩의 일부를 전세 내주고, 그 회사와 전선을 공유하는 상상을 하는 듯하다. 사피아는 임원회의실 안쪽에서 통화 중이다. 미국 신용평가회사 '스탠더드 앤드 푸어스'와 전화하는 거라고 그레트가 알려준다. 생 로랑의 랩스커트를 입은 서른여덟 살의 그레트를 보면 깔끔하게 정돈된 모델하우스가 연상된다. 하지만 생기 없는 눈빛이라는 작은 문제가 그녀의 집에 방문할 생각을 단념시킨다. 내일은 금요일이니 그레트는 칼 라거펠트 청바지를 입을 테지만, 나는 그런 것엔 매혹되지 않는다. 벽지가 부족해 드러난 하얀 벽과 밤색 줄무늬가 쳐진 구제불능의 붉은색 카펫에 주목할 것이다.

"마이너스 14퍼센트. 이제 안정된 거 같은데."

"더 내려갈 거야."

"방광이 터지겠군."

올리버가 나가자 쥐 죽은 듯 조용해진다. 아직은 겨드랑이가 젖지 않았고, 얼굴도 아직 장례식장에 온 사람 같지는 않지만, 저마다 머릿속에서 계산기를 두드리느라 진땀이 날 것이다. 모두의 좌뇌가 퇴직금 액수를 계산하기 시작한다. 아민이 과세 대상 급여에 아우디를 포함할지 고민하는 동안 주식은 마이너스 15퍼센트로 떨어진다. 올리버가 돌아온다. 금융평가기관과 통화 중인 사피아가 그에게 눈짓으로 들어보라고 신호한다. 그냥 생각나서 하는 말인데, 사피아와 그레트는 열 명의 임원 중에서 단 두 명뿐인 여성 임원이다. 머지않아 다음번 조직 개편 때 많은 변동이 있을 텐데, 그땐 다섯 명

중에 두 명이 될 것이다. 이미 결정이 난 사항으로, 남자 임원들은 반 이상이 밀려날 예정이다. 안 나가겠다고 커튼을 잡고 징징대봤자 소용없다. 하기야, 여긴 커튼도 없지. 고정된 로프를 이용해 35층 빌딩 벽에 붙어서 공중곡예사처럼 유리창을 닦는 창밖의 기술자, 중장비 회사 캐터필러의 작업화를 신은 마티아스가 선명히 보인다. 그는 목요일에 내 방 유리창 밖에서 일할 때면 늘 담배를 피운다. 전에는 석공 일을 했었는데, 그때보다 빌딩 꼭대기에서 일하는 지금이 더 낫다고 한다. 그가 걱정하는 건 단 하나, 갑자기 기습적으로 내리는 비다. '아, 그건 정말 이만저만 귀찮은 게 아니에요.'

"우리 신용등급이 하락했어." 올리버가 수화기를 내려놓으며 말하는 순간, 난 마티아스의 삶을 상상하고 있었다. 에누리 없이 딱 2700유로의 월급에다 야외에서 일하고, 언제라도 허공으로 뛰어내릴 수 있는 미래 시대의 직업. 지금까지 우리는 이 직업을 과소평가했다.

"이제 우린 AA 등급이야."

주식시장에서 AA는 초등학교 때 '노력이 필요함'이라는 언급과 함께 나오는 C의 성적과 같다. 선을 넘은 점수, 공개적인 수치, 자루 속에 두 다리를 넣고 펄쩍펄쩍 뛰어가는 우스꽝스러운 경주에서의 꼴찌……. 올리버의 더할 수 없이 근사한 셔츠에서 곧 선명한 파산의 냄새가, 시큼한 악취를 풍기는 에르메스 땀 냄새가 난다. 그의 상상력을 엿보고 싶어서 그의 머릿속을 다시 들여다본다. 이런, 넷플릭스에 올라온 드라마처럼 온통 뒤죽박죽이다. 그는 이제 이 빌딩을 떠나, 등록금이 아주 비싼 사립 초등학교가 즐비한 런던에 정착할 생각이다. 이곳은 청소업체와 유럽에서 제일가는 금융정보 저장 전문업체인 어떤 데이터 센터가 나눠서 월세를 내겠지. 그러면 우리는……. 고층 빌딩 등반가인 마티아스만이 이 유리창에서 직업을 보존할 테다. 난 애플 컴퓨터 한 대와 고물차 한 대만 챙겨서 뒤도 돌아보지 않고 떠날 생각이다. 후회는 없다. 사피아가 보너스를 제외하고 연봉 40만 유로가 되지 않는 자와는 잠자리를 갖지 않겠다고 했다고, 최근에 올리버가 이런저런 속내를 털어놓다가 말해버렸기 때문이다. 혹시 사피아가 미국 투자기관 관련 일의 책임자가 되어서 차라도 내오는 일에 날 고용해준다면, 난 유감스럽기 그지없는 그 이야기는 들은 적 없는 셈 칠 것이다.

한 십오 분 정도, 일어나지도 않을 이런 이야기들을 생각하며 나는 혼자 흥분했다. 계속 앉은 자세로 이마를 긁는다. 사실은 흥분했으면서도 겉으로는 무기력할 정도로 덤덤해 보일 수 있는, 서커스 학교 정도는 나와줘야 보일 법한 이런 능력에 나는 높은 자긍심을 갖고 있다. 지나간 세 번의 4분기를 조용히 비교해본다. 올해 1월엔 이보다 훨씬 더 상황이 나빴었는데 지금은 그 사실을 벌써 기억도 하고 있지 않다는 걸 떠올린다. 그때 이미 오늘을 예견했어야 했는데. 나는 내일 공표할 대본의 초고를 휴대전화에 작성한다. '잘 해결될 것이다. 우리는 이탈리아와 스위스, 미국 쪽 파트너의 도움을 받아 추가 자금을 조달할 계획을 가지고 있다.' 이것이 시장을 안정시키고, 특히 주주들을 안심시킬 것이다. 시장은 어차피 내키는 대로 나아가겠지만.

시장, 그것은 실재한다.

너는 허겁지겁 안나를 학교에 데려다준 뒤에 수도권 고속전철을 탔다. 그런데 실수로 반대 방향으로 가는 차를 타고 말았다. 너로서는 처음 겪는 일이다. 학교에 도착해서도 학위 논문 구두 심사가 열리는 강의실이 몇 층인지 헷갈렸고, 결국 다른 강의실 문을 열고 말았다. 지하에 있는 네 엄마가 소리를 지른다. 로르, 이게 바로 사인이야, 신호라고! 로르, 내 말 들어, 이러다가 넌 길을 잃고 말 거야, 네 운명이 잘못된 길로 가고 있잖니!

너는 표정을 관리한다.

사인과 신호…… 그것들은 문맹자를 위한 것이고, '운명' 따위는 낙오자를 위한 것이다. 너는 가야 할 길을 잘 알고 있다는 표정으로 돌아섰고, 뒤늦게 221호 강의실로 들어갔다. 미안하다는 말은 생략했다.

   아주 똑똑한 학생 하나가 벌써 칠판 앞에 서 있다. 너의
동료들 세 명, 카데르, 장 미셸, 그리고 성자라고 불리는 니콜
라가 맨 앞줄에 앉아, 여름 휴가를 맞기 전 마지막 통과의례
인 이 참기 어려운 지루한 구술시험을 의연하게 견디는 중이
다. 장 미셸은 때 이르게 반팔 셔츠에 여름 샌들을 신고 있다.
너는 안녕하세요, 하고 인사한 뒤에 자리에 앉아 오 분만 준
비할 시간을 달라고 학생에게 요청한다.
   "무, 물론이죠." 스물두 살의 애송이 청년이 더듬거리며
말한다.
   "괜찮아요, 로르?" 장 미셸이 염려하는 표정으로 말한
다. "얼굴빛이 붉은데?"

   너는 자리에 앉아 심호흡을 하고 학생에게 집중한다. 그
는 약간 흥분했고 많이 긴장한 듯 보인다. 주머니 달린 모래
색 조끼 밑으로 혁명적인 문구가 인쇄된 티셔츠가 보인다.
'체 게바라, 당신의 시선이 우리를 인도한다.' 저 문구가 저
청년에게 자신감을 불어넣어야 할 텐데. 학생의 관자놀이에
서 땀이 흐른다. 너는 저 시기의 긴장과 불안을 잘 안다. 너
역시 사회생활 초기에 불안한 민낯을 감추기 위해 사나워 보

일 정도로 건방진 모습으로 무장한 적이 있다. 하지만 이젠 다 지나간 일이다. 장 미셸이 너에게 몸을 기울여 귀에 대고 속삭인다. 네 옆에 앉으리라 생각해서 폴로 셔츠를 다림질까지 해서 입었노라고. 너는 그에게 고맙다고 말하고, 칠판 앞의 딱한 청년은 성스러운 자기 셔츠에다 벌써 다섯 번째로 손을 닦는다. 장 미셸이 작은 소리로 말한다. 자, 이제 시작하세요. 카데르가 휴대전화를 들더니, 요리할 때 아주 유용하다는 타이머 앱을 실행시키며 간청하듯이 말한다. 간단히, 요점만 말해줘요.

너는 청년이 프랑스 국립 도서관의 역사 자료실에서 세 달이나 조사해서 내놓은 놀라운 결과물의 발표를 조금도 듣지 않는다. 네 안에서 최소한의 기대감이 부글거리며 올라오는 소리만 계속 듣고 있을 뿐. 발표는 곧 끝났다. 학생이 구두 발표한 내용을 성자 니콜라가 여러 관점에서 언급하고 나서, 원고를 제출하라고 말한다. 카데르는 꽤 진지한 척 굳이 안 해도 될 질문들을 했고, 청년은 그게 실은 진짜로 자기에게 묻는 게 아니라는 사실을 몰라서 당황해 어쩔 줄 모른다. 적어도 세 달에 한 번씩, 카데르는 자신의 영향력을 잊고 순전히 학문적 능력을 과시하기 위해 학생들을 곤혹스럽게 만든다. 그리고 너는 청년이 발표한 내용을 전부 이해하지 못한 상태에서, 그가 20점 만점에 적어도 14점은 받을 자격이 있다고 결정을 내린다.

　너는 사랑을 주고 싶고, 받고 싶다.

　캠퍼스에서 나오는 버스를 타고서 너는 클레망에게 문자를 보낸다.

　'정오에 만나요. 어디든 상관없어요. 로르.'

6월 23일 10시 15분, 체온 37.1도
호흡수 분당 18회, 심박수 분당 84회
혈압 106.9/71.4mmHg

극도의 고요함. CEO의 시선이 잠시 화면을 떠나서 우리의 등줄기를 하나하나 훑는다. 노트북 위에 웅크리고 있는 아민의 몸, 자판과 정확하게 수직을 이룬 향기 나는 사피아의 꼿꼿한 몸, 그리고 얌전히 노트북과 휴대전화 화면을 번갈아 살피는 나의 몸.

"뭐야?" 올리버가 버럭 소리를 지른다. 엑토르가 손에 신문을 들고 막 들어온 참이다. 아주 젊은 나이에 회계감독관으로 근무했던 엑토르는 여기서는 그다지 젊다고 할 수 없는 비서실장이다. 올리버는 그에게 더러운 일거리들을 맡겨서 그의 지성을 나쁘게 착취한다. 올리버가 그에게 욕을 한다. 그의 모카신이 찍찍거리는 소리를 냈기 때문이다. 엑토르가 사죄한다. 엑토르가 이런 대우를 참는 데는 나름의 생각이 있기 때문인데, 말하자면 이런 것이다. '조금 더 버티면 박봉의 고위공직자 생활을 피하고 떼돈을 벌어서 마흔일곱부터는 아예 일을 하지 않고 살 수 있다.' 그게 아니면 그는 대부호들의 과세 문제와 관련된, 새로운 경제활동의 전형을 위해 은밀한 일을 하고 있는지도 모른다. 어쩌면 진짜 더러운 일을 하는 건 바로 나일 수도 있다. 엑토르가 CEO에게 메모를 전달하자, 올리버가 그걸 읽고 내게 건네주며 말한다.

"자, 'AA 등급'이 공식화되면 내일 발표할 내용의 초안일세. 보게, 썩 나쁘진 않아."

아, 그렇게 되는 거로군. 생각이 짧았다. 그러니까 엑토르는 내 일을 가로챌 생각이다. 난 그가 건네준 메모지로 밑이나 닦을 생각으로 그에게 미소를 짓는다. 어차피 9월이면 그는 해고된다. 올리버는 일 년에 한 명씩 나가떨어지게 만든다. 그러는 동안 내 휴대전화는 십 분째 진동 중이다. 프레데릭 바종이 보낸 메시지. 그는 미국의 미디어 그룹 블룸버그의 경제부 기자가 된 대학 동창이다. 한때는 샤토브리앙 같은 작가가 되지 못하면 죽어버리겠다고 하던 친구다. 그가 이렇게 내게 똥줄이 타도록 전화를 하는 건 그리 드문 일은 아니다. 그러니 더 기다리게 해도 괜찮다. 그는 대체 빙산에서 무슨 일이 일어나고 있는 거냐며, 같이 점심을 먹자고 문자를 보냈다. 일 년 내내 우리 회사 법인카드로 그에게 밥을 사 먹이고,

바에 데리고 가서 그를 위해 무보수로 훌륭한 기삿거리를 던져주고 있기에, 나는 내가 그를 지배하고 있다고 멋대로 생각한다. 사실 객관적으로 보면 그가 체격도 훨씬 크고, 환경도 더 좋은 곳에서 태어났는데.

엑토르가 찍찍 신발 소리를 내면서 떠나자, 이번엔 시빌이 들어와서 블룸버그의 신참 기자들을 보내겠다는 프레데릭 기자에게 뭐라고 대답해야 하느냐며 애를 태우고, 올리버는 프레데릭 같은 놈들과 다른 언론사 기자들이 이 난장판에 대해 또 얼마나 터무니없는 기사를 써낼 것인지 걱정이 태산이다. 그리고 나는 정오에 있을 언론 브리핑을 방치하고 있다. 바로 로르의 메시지 때문이다. 이건 그냥 메시지가 아니라 아예 명령이다. 로르는 나더러 자기와 한 시간 후에 만날 약속을 잡으라고 한다.

이럴 줄 알았다. 젠장. 쉽게 믿어버리고 한 치의 의심도 않는 순진한 여자 같으니. 빌어먹을, 게다가 그녀는 남자가 당연히 보여야 할 모습이 있다고 생각한다. 남자는 모름지기 참호 속에서도 겁 없이 움직이고, 아침이면 온 얼굴로 불어닥치는 'AA 등급'의 돌풍에 맞서 폭풍우를 헤집고 빌딩 앞 광장을 종횡무진으로 가로지르며 달리고, 13시에 한 여자의 품에 안기고, 15시에는 효과적으로 기자회견을 감당하고, 그사이에 잠깐 짬을 내서 클럽 샌드위치 하나를 먹어야 한다고, 남자라면 이 끝에서 저 끝까지 온 세상을 땅 짚고 헤엄치듯 손쉽게, 혹시 좀 더 느긋한 남자라면 아예 누워서 떡 먹듯 수월하게 돌아다닐 수 있어야 한다고……. 젠장, 뭘 좀 아시길 바랍니다. 교수님. 제발요.

잠깐이지만, 이렇게 쓰고 싶은 생각이 들었다. 로르, 난 어린애고, 앉은뱅이요, 나와 함께한다는 건 내 손목을 잡고 길을 건너고, 내 휠체어를 밀어주는 여자가 된다는 거요. 하지만 자제한다. 흔히 장래 유망한 동료들에 대해 말할 때처럼, 우리 사이에서 공을 던질 사람은 그녀다. 그녀가 던지면 나도 던져야 한다. 보여줘야 한다. 그녀의 그 빌어먹을 시대와 함께 살든지 아니면 도망치든지, 둘 중 하나를 선택해야 한다. 한순간 화가 나고 땀이 난다. 다름 아닌 내가 바로 그 '빌어먹을 시대'라는 사실에. 아직 정오도 되지 않았는데 임원회의실에서 제네랄 은행 놈들이랑 누구 고추가 더 큰지 재본답시고 이미 녹초가 된 상태에서, 한 여자를 붙잡기 위해 반경 4킬로미터 안에 있는 호텔 방을 예약해야 한다니. 게다가 그 여자는 나중에 나의 3분기를 분석해본 후, 내가 9월에도 지난 6월보다 나아진 게 하나도 없다는 걸 깨닫고 크게 실망할 것이다. 젠장.

정원으로 향한 철책 문을 막 여는 순간에 그가 음성메시지로 강 왼쪽에 위치한 호텔 주소를 알려주었다. 라데팡스에 파노라마 같은 전경을 자랑하는 고층 호텔이 수두룩할 텐데 왜 굳이 이렇게 먼 곳을? 뭐, 상관없지. 너는 집 안으로 뛰어들어간다. 집에 있는 거울마다 너는 남자의 시선으로 너 자신을 들여다보고, 네 허리의 움직임을 통해 꿈꾸는 여인의 방탕한 리듬을 느낀다. 너는 조심해야 한다고 생각한다. 어쨌든 이번이 마지막이야.

너는 새 속옷들을 보관한 서랍을 뒤적거린다. 무엇을 찾아야 할지 정확하게 알고 있다. 다른 여자들이 그러듯이 너도 속옷으로 북처럼 탄력 있는 피부를 선보일 수 있다는 사실에 즐거워하며 준비한다. 야만스럽고, 은밀하고, 외설스러운, 자연 그대로의 의식을 치르기 전에 여러 가지 제스처를 취해보았고, 머리는 묶는 쪽을 택했다.

그는 생루이 섬 끝에 있는 부르봉 부두의 인도에서 너를 기다리고 있다. 넥타이를 맨 탓에 그의 얼굴은 전보다 갸름하고 남성적으로 보인다. 너는 그가 조금 차가워 보인다고 생각한다. 얼마 안 가 알게 될 일이지만, 은행에서 나올 때면 그는 언제나 그런 모습이다. 그가 자기 직장을 항상 '빙산'이라고 부르는 건 그 은행이 마치 영원한 잠, 완전한 소멸을 불러오듯이 자기 내면의 온도를 뚝 떨어뜨리기 때문일 것이다. 그는 그 냉기를 깨뜨리기 위해선지 여기 부르봉 부두 19번지에서 1864년부터 1943년까지 카미유 클로델이 살았다고 알려준다. 집 정면에 설치된 작은 표지판에 극히 짧은 그녀의 일대기와 로댕에게 보내는 편지의 발췌문이 적혀 있다.

"항상 결핍된 무언가가 나를 괴롭힌다." 클레망이 음색 없는 목소리로 소리 내어 한 문장을 읽고 나서, 너희의 목적지는 여기가 아니라고 덧붙인다. 이곳은 호텔이 아니다.

그가 네 팔을 잡는다. 그의 몸에서 네 몸으로 무언가 전해진다. 그가 너에게 보내는 메시지, 그게 무엇인지 너는 곧장 알아차리지 못한다. 그러다 기억해낸다. 아주 오래된 것…… 그건 바로 두려움이다. 네가 자기의 하루를 완전히 망쳐놨다고, 그가 걸어가면서 아주 단정적인 어조로 말한다. 너는 그를 방해하는 건 그에게 아주 심각한 일이라는 걸 깨닫는다. 그리고 부정을 저지르는 짓과 다른 일을 동시에 하는 건 쉽지 않다는 사실도 깨닫는다. 걸음이나, 호흡마저도.

너의 비밀은 정오에 시작된다. 너는 도시에서 모든 걸 배웠지만, 한 번도 도시에 있는 호텔을 대낮에 마주한 적은 없었다. 호텔 접수처는 아이를 데리고 온 브뤼셀 지역 출신의 부부와 온갖 가방으로 혼잡하다. 아이는 초등학생인 게 분명하고 벨기에인일 것 같다고, 클레망이 잠시 두려움을 잊어보려는 듯 덧붙인다. 너희는 긴 의자에 앉아 참을성 있게 기다린다. 너희 차례가 되자, 호텔 직원이 눈길도 주지 않고 조금 전에 전화로 예약하셨던 분이냐고 클레망에게 묻는다. 그가 넥타이에 목이 짓눌리는지 신음하듯 대답한다. 예, 저예요. 그러면서 넥타이를 다시 고쳐 맨다. 너의 아버지 이후로 오래전부터 자살을 연상시켜, 네가 매번 고개를 돌리게 만드는 그 기계적인 손동작. 너는 초연하고 아무런 책임도 없다는 표정을 지으면서, 역사가 인류에게 가한 이 잠잠한, 침묵의 폭력을 생각한다.

호텔 주인이 미심쩍은 눈초리로 슬쩍 쳐다본다. 그의 생각이 들린다. 쯧, 또 한 명의 고객이 단두대로 가는군. 어쩌면 오히려 그가 내 안에서 외치는 소리를 들었을지도 모른다. 도와주세요, 제발, 내가 이 여자와 관계를 맺으면 결국 그녀를 파멸시키든지 내가 파멸될 거야……. 난 그런 바람은 품지 않는다. 오늘날은 타인에 대해 방음장치를 가동하는 시대다. 들으려고 마음먹고 달려들어야만 간신히 들을 수 있다. 그런데 그의 눈이 내게서 떨어지지 않는다. 마치 타인을 이해하기 위해 거기 존재하는 사람처럼. 아침 식사를 준비하고, 콘돔을 모으고, 수건을 접는 일만으로도 버거울 텐데. 흥미로운 사람이다.

"여기 방 열쇠 있습니다, 선생님."

사실 그는 아까부터 내게 열쇠를 내밀고 있었다. 그러니까…… 내가 그의 손끝은 보지 않고 손가락이 가리킨 달을 보듯, 몽상에 빠졌던 거로군.

로르와 나는 계단 밑에서 무엇을 기다리는지도 모른 채 잠시 기다린다. 그녀에게 오늘 아침에 내 개가 현관 앞에 똥을 쌌으며 반바지가 마르지 않아 축축했다고 이야기해보지만, 그럼에도 그녀의 핑크빛 공상은 깨지지 않는다. 계속 여기 있을 순 없다. 속이 거북하다. 앞으로 나아가야 한다. 여기에도 그녀보다 앞장서든지 뒤로 따라가든지 적절한 방식이 있을 텐데…… 아마 난 또 잘못 짚을 것이다. 그냥 눈치로 때려잡고 내가 먼저 올라간다. 그녀가 뭐라 할지는 두고 보면 알겠지. 하기야 앞에 가든 뒤에 가든 무슨 차이가 있을까. 서부극에나 존재하는 남성성 따윈 이미 내 삶에서 매일 사라져가는 중인데. 나는 몇 계단씩 성큼성큼 올라간다. 층계참, 그다음에 좀 더 낮은 높이의 계단, 그다음에 문, 그다음에…… 방. 커피 한 잔 값이 6유로씩이나 하는 동네에 자리한 200유로짜리 방답다는 것 외엔 달리 묘사할 길이 없는 방. 25제곱미터의 공간이 나를 맞이하며 말을 걸어오는 듯하다. 이봐, 너, 여기가 어딘 줄 알아? 너 같은 놈들은 신물 나게 많이 봐왔어, 라고. 하지만 나도 익숙하기는 마찬가지다. 나는 샤워실까지의 거리를 재본다. 세 발자국이면 샤워실 안에 들어갈 수 있다. 조금 뒤엔 몸을 씻겠지. 그러다 물이 빠져나가는 수챗구멍으로 빨려 들어가, 하수도를 통해 오드센 정수장으로 향하고, 다시 거기서 더 멀리 바다로 나가는 거야. 그러면 마침내 선사시대에서 시작된 작은 물고기의 삶을 다시 시작할 수 있다…… 지금 내가 무슨 생각을 하는 거지?

"클레망, 그대로 있어요."

아무 소리도 내지 못했다. 그녀는 강하다.

로르는 벌써 진홍색 원피스를 벗고 전신을 드러내고 있다. 황금빛 팔, 엉덩이에 난 수영복 자국…… 아직은 좀 이른 계절인데. 낮엔 학교에서 일해야 했을 그녀가 어디서 선탠을 한 걸까. 아마 교외에 있는 집에 길게 누울 수 있는 테라스가 있겠지. 로르는 정말 아름답고, 우리 사이에 거치적거릴 것은 모두 벗어버린 채 아주 가까이 다가왔다. 난 너무 빨리 흥분하지 않으려고 다른 쓸데없는 생각을 떠올리려 애쓴다. 화면이 아닌, 이렇게 불쑥 눈앞에 나타난 실제의 알몸을 대하려니 쉽지 않다. 이젠 어떻게 하는지도 아예 잊어버린 것 같은데. 나를 마주 보는 그녀의 눈 속에 매혹적인 작은 고양이가 있다. 이마에도, 손에도. 나는 옷을 벗고 "자, 벗었어"라고 말한다. 제발 더는 내게서 뭔가 기대하지 말기를. 난 그저 푸른빛마저 돌 정도로 새하얀 피부에다 뼈마디가 굵고 앙상한 몸, 그 이상도 이하도 아닌 데다, 추측하기론 그것도 보통 크기다. 내 것의 크기가 어느 정도 수준에 이르는지 한 번도 생각해본 적이 없다. 그걸 바라보는 그녀의 눈빛이 나를 태울 듯하다. 그녀는 내 크기가 적당하다고 생각하는 듯하다. 제대로 끝내고 싶지만, 틀림없이 잘 안 되겠지. 아무튼 미친 듯이 참아봐야겠다.

백합으로 장식된 방의 문을 열면서 너는 네 머릿속을 울리는 목소리를 듣는다. 로르, 용기를 내. 고풍스러운 안락의자 두 개와 책상 하나, 짧은 침대가 나타난다. 하나밖에 없는 좁은 창문으로 센 강의 냄새가 훅 들어온다.

너는 남자들을 옥죄는 넥타이와 직장인의 표본 같은 복장이 사라지길 바란다. 그가 옷을 벗는다. 뜻밖에도 수줍어하는 사람은 네가 아니라 바로 그다. 그의 몸은 실제로 어리고, 가냘프다. 마치 겁먹은 듯하다. 그가 너에게 딴 데를 보라고 부탁하지만 너는 그에게서 눈을 떼지 못한다. 엄밀히 말해 그의 몸은 잘못 만들어진 게 아니라, 못 자랐다. 어린 시절에 성장의 흐름이 깨져버린 몸이다. 무릎과 어깨, 온몸에 그런 흔적이 드러난다. 그가 무릎을 꿇고 너의 두 다리를 껴안자, 갑자기 그는 자기 엄마를 향해 달려온 꼬마가 되어버린다. 너는 너의 평소 논리나 궤변을 뛰어넘는 빠른 속도로 그의 앞에 길 게 눕는다. 그가 네 허벅지 사이에 자기 얼굴을 숨긴다.

그는 발기하지 못하고, 너도 마찬가지다. 그는 유감스러워하지만 놀라진 않는다. 자주 이래요. 그는 자기 성기에 관한 이야기를 마치 끊임없이 약속을 늘어놓고 죽어가는, 비통하고 실망스러운 부모 이야기를 하듯 말한다. 당연히 진찰도 받았는데……. 그런데요? 아무 문제 없다더군요.

"그럼 저 때문일까요?" 네가 그렇게 말하는 건, 무덤 속의 네 엄마가 늘 너에게 상기시키는 말 때문이다. 넌 움직이는 모든 걸 파괴하는 애야, 무당벌레도, 소망도, 너의 가능성까지, 뭐든 다.

이번에도 물론 너일 것이다. 너는 그에게 '요구'했다. 로르, 그런 건 요구할 게 아니라, 기다리는 것이다. 너는 그에게 앞으로 오라고 했고 그는 네 말에 복종했다. 너희는 너무 서둘렀다. 너희는 서로를 더 바라보고, 더 오래 기다리면서, 서로를 자제해야 했다. 그가 입 밖으로 소리 내어 그렇게 말한 건 아니지만, 너는 귀머거리가 아니다. 무언가가 소리 없이 외친다. 고개 숙인 그의 성기 속에서, 이천 년간 지속될 수치심으로 내려앉은 그의 눈꺼풀 속에서, 또 자신의 성기를 백악기 시대의 조개껍질처럼 십자형으로 감싸고 있는 그의 조심스러운 두 손 속에서. 너는 네가 남자가 되는 악몽을 다시 떠올린다. 너는 그에게 말할 수도 있었다. 난 숨이 가쁜 여자예요, 기다림은 날 죽이는 거라고요. 그도 귀를 먹지는 않았을 것이다. 그가 너에게 다시 묻는다.

"괜찮아요?"

"그럼요."

거짓말. 너는 이럴 때 어떻게 해야 하는지 전혀 모른다. 무력한 남자들, 물렁거리는 살덩이, 끓는 피와 욕망의 고통스러운 좌절. 그의 것에다 입을 맞춰볼 수도 있겠지만, 너는 그를 잘 모른다.

비록 실패했지만 그래도 아름다워야 한다. 너는 결심한다. 이 방에서의 실패 뒤에도 너희의 몸뚱이들은 살아남게 하겠다고. 너는 그에게 말한다. 네가 요즘 들어 잠을 이루지 못한다는 사실에 대해서. 그의 몸에 이끌리는 네 몸의 절박함에 대해서. 그러고는 전쟁터로 나가듯이 다시 그의 육체로 향한다. 너희는 워낙 서툰 자들이기에 너희가 시도하는 테크닉은 조금도 역겹지 않다. 학교에선 이런 걸 노력이라고 부른다.

6월 23일 13시 05분, 체온 37.2도
호흡수 분당 16회, 심박수 분당 80회
혈압 93.1/61.9mmHg.

최선을 다하고 있지만, 지금으로선 아무것도 충족시키지 못하고 있다. 내 막대기를 자신이 물렁하게 만들었다는 미안함과 예기치 못했다는 놀라움, 그 사이 어디쯤의 감정이 그녀의 눈에 고스란히 나타난다. 여자들은 일부러 그렇게 한다. 성스러운 간호사의 눈길처럼, 그 시선은 남자들을 절대로 좌절시키지 않겠다는 의지를 품고 있다. 한 번도 다림질한 적이 없는 듯한 커튼과 온도가 18도에 맞춰진 채 고장 난 에어컨, 붉은색 연필화 액자가 비스듬히 걸린 이 방은 확실히 내게 아무런 도움도 되지 않는다. 사실 이전에 여행을 하면서도 수많은 숙소를 거쳤지만, 어떤 방도 내게 도움이 되지 않았다. 여행을 가면 필터 고장 등으로 항상 식기세척기가 문제라는 이들이 있는가 하면 늘 아이들이 문제라는 자들도 있다. 팔을 부러뜨리거나 물에 빠져 놀라게 만들거나 등등. 그런데 내 경우에 문제가 되는 건 항상 방이다. 로르가 내게 괜찮으냐고 묻는다. 난 머릿속에 떠오른 대답을 잠시 아껴둔다. 그녀가 한 번 더 물으리라 생각하며 삼십 초 정도 뜸을 들이고, 그 틈에 비스듬히 걸린 액자를 바로 잡는다.

"괜찮아요, 클레망?"

역시. 나도 그녀를 따라 똑같이 대답한다.

"그럼요."

아니, 안 괜찮다. 다른 방식을 취해야 했다. 어떻게? 바닷가에서나 자동차 보닛 위에서였다면 어땠을까. 아무튼 여기는 아니다. 적어도 삼 주, 아니면 일 년 정도는 더 참았어야 했다. 여기서 멀리 떨어진, 휴대전화에 저장된 캘리포니아 사진 속 장소로 가서, 그녀 위에 올라 느끼게 될 쾌락을 상상하며 몇 달을 보냈어야 했다. 그러면 그녀도 안달이 나 미칠 것처럼 되었을 것이다. 그랬다면 난 이미 그녀를 정복한 상태였을 것이고, 아마 준비가 되었을 것이다. 지금 내가 영광스럽지 않다는 건 나도 안다. 하지만 내가 1971년에 태어난 게 그 영광을 위해서는 아니지 않은가.

"클레망, 내가 뭐 좀 해봐도 돼요?"

맙소사, 날 죽이세요.

"예스야, 노야?"

'예스야, 노야?' 한때 엄청 유행했던 노래다. 선택이 필요해. 가질래, 안 가질래? 이걸 가질래, 아무것도 안 가질래? 이것, 아니면 아무것도 없어. 이 땅 어디에도 없는 이 두 개의 장소, 그 사이에서 봄을 기다리며 웅크리고 있는 나. 나는 한 번이라도, 한 시간이라도 멈추고 싶다. 하지만 그녀의 손은 이미 내 배 위로 올라와, 이제 아래쪽을 향해 달린다. 무능력한 나를 도와주려고. 내가 요구하지 않은 기부의 손길이 느껴진다. 물론 효과가 있었고, 나의 최소한의 반응에도 한계는 있었다. 나는 그녀의 손안에서 허무하게 끝난다. 소리 없이, 분노하며, 여느 때와 똑같이, 그래, 이것도 오르가슴이야, 이걸 위해 전쟁을 하는 거지.

"미안해."

그녀의 머리카락이 내 눈을 덮는다. 그녀가 내게 '무슨 생각을 하느냐'고 묻는다. 프랑스인들이 입버릇처럼 쓰는 그 질문에 정답처럼 따라올 대답 '당신 생각'이라고 하고 싶지만, 우리는 아직 그 정도 관계는 아니다. 그런 친밀감은 오 분 만에 이뤄질 수도 있지만 십 년 만에 이뤄질 수도 있다. 그래도 입을 열었으니, 나는 진실을 말한다.

"난 준비가 안 됐어."

"당신은 절대로 준비가 안 됐을 거야." 그녀가 마치 나를 잘 아는 여자, 마치 나랑 관계가 있는 여자처럼 대답한다. 벗어나기 직전에 마지못해 다시 돌아온 두려움…… 그 두려움이 다시 나를 사로잡는다. 난 그녀의 집착을 채워주기 위해 내 삶을 부서뜨린 한 여자에 관해 농담조로 말한다. 또 지금의 나를 만든 고독에 대해서도 말하고, 내 두 개의 방울을 꽁꽁 얼린 '빙산'에 대해서도 말한다. 이건 농담이 아니라 사실이다. 매일매일 고독은 더 깊어가고, 냉기는 더 강해진다. 이제 난 빙산으로 돌아가야 한다. 그녀에게 시간을 알려준다. 그녀가 동요한다. 학교가 끝날 시간이네, 아이들이 나올 거야. 난 넥타이를 찾고, 그녀가 넥타이를 먼저 발견한다. 아마 그녀는 그걸 냅다 내던지고 싶었을 것이다. 자, 가야지.

내가 넥타이를 매는 동안 그녀는 자신이 7월 초까지는 파리에 있을 거고, 그 후 휴가 때는 '내가 원한다면' 8월까지 이탈리아에 있을 거라고 알려준다. 내가 원한다면? 뭐를? 로르는 나를 정말로 구원하고 싶은 건가. 하지만 내게 그건 휴가가 아니라, 소명에 가까울 것이다. 그녀는 스스로 으스러지든지 아니면 날 으스러뜨릴 테고, 난 나쁜 놈이나 희생자, 둘 중 하나가 될 것이다. 어느 쪽이 되든 난 틀림없이 도망칠 테고 그녀는 틀림없이 나를 찾으려 하겠지. 우린 시작부터 잘못되었다. 로르, 이걸 알아야 해. 만일 '누군가'가 날 찾아주기를 정말 원했다면, 무엇이든 정말 원하는 게 있었다면, 난 일찌감치 양몰이 개가 아니라, 바로 그 '누군가'에게 속한 자가 되었을 거야.

"클레망, 가는 거야?"

그래, 내 사랑.

너는 곧 혼자가 되었다. 너는 욕조에 둥글게 웅크리고 앉아 네 피부에서 그의 향기를 씻어내는 호텔 비누의 용연향과 샤워기의 물줄기에 네 몸을 맡긴다. 그런 다음 네가 할 수 있는 거라곤 샤워기의 둥근 꼭지를 두 무릎 사이에 끼운 다음, 파리의 물줄기가 백 년도 더 되어 아주 더러워진 구리 배수관을 타고 올라와, 네 다리 사이에서 오르가슴을 일으키는 상상을 하는 것뿐이다. 네가 계속해서 스스로를 만족시키는 한, 너는 아무 결론도 끌어내지 못한다.

방은 뻔뻔스럽게도 비어 있다. 너의 열기가 못내 아쉬운 나머지 실패하더라도 다시 시작할 각오로 그가 돌아오진 않을지 기대했지만, 그는 그러지 않았다. 로르, 원하는 것만으로는 충분하지 않다는 걸 알아야 한다. 그는 떠났다. 네가 추측하기로 유리창으로 둘러싸인, 그래서 뼛속까지 보일 정도로 투명한 방들을 또다시 오가면서, 그는 스스로 비굴하면서도 권위적인 일이라고 묘사한 바로 그 업무를 계속 수행하는 중일 테다.

너는 거의 흐트러지지 않은 시트 밑에 들어가 네 몸을 말린다. 그 안에서 그냥 잠들고 싶지만, 너에겐 두 아이가 있다. 대체 누가 아이를 둘이나 두고서 대낮에 호텔 방에서 잔단 말인가? 너는 그런 건 절대 모르는 여자다. 네가 배운 건 모든 힘이 고갈될 정도로 집념을 갖고 노력하는 것뿐이었다. 너는 지금의 고갈 상태를 더 정확하게 표현해줄 단어를 찾아본다. 투쟁. 버림받음. 너도 모르게 뚜렷하고 의미 없는 문장이 만들어진다. 이미 숙박비가 지불된 방의 침대에 누워 눈을 뜨고 천장을 바라보며 결심한다. 앞으로 몇 개나 될지 모를 호텔 방을 거쳐서라도 조금 전에 살짝 엿보았던 모습, '양복 입은 그'와 '침대 위의 그' 사이에 있는 아직은 모호한, 추상적인 그의 모습을 더 따라가겠다고. 그 추상적인 모습이 피가 뛰는 구체적인 모습으로 바뀌기까지는 시간이 필요하다. 여름 한철이나, 혹은 한 해가 되겠지. 너는 또 결심한다. 채워지지 않은 섹스든, 하루하루의 헛된 날이든, 빈껍데기 같은 말이든, 하여튼 속이 텅 빈 온갖 것을 살아 숨 쉬는 것으로 채워가겠다고. 너는 이전엔 눈에 잘 띄지 않았을 어떤 것, 선명하지 않은 실루엣에 온 마음으로 열중한다. 그게 무엇이 됐든 실루엣 속의 실체는 저절로 찾아오지 않는다. 결심이 필요하다. 앞으로 올 세대, 우리의 딸들에게도 알려줘야 할 중요한 것이다.

너는 베라에게 동생 안나를 학교에서 데려오라고, 네가 한 시간 안에 도착할 수 없는 거리에 있다고 문자를 보낸다. 달리 뭐라고 설명한단 말인가. 너는 그 애의 답문을 기다리지 않고 이불 속으로 들어간다. 이십 년 전에 넓은 곳에서 꿈을 이루겠다고 찾아온 바로 그 도시에서, 너는 잠을 잔다.

얼마 후에 호텔 문을 나서면서 너는 너 자신의 여유에 놀란다. 센 강이 너를 맞이하고 너를 이해해준다. 암초에 얹힌 배처럼 답이 없는 너를.

한 시간이 더 지난 뒤, 전철 7호선을 타고, 수도권 고속 전철로 갈아탄 다음, 다시 교외선. 드디어 집으로 들어선다. 너의 아이들이 거기 있다. 안나는 이번에도 이웃집 여자가 데리러 왔다며 불평하고, 불만 가득한 표정을 짓는다.

"불평쟁이." 베라가 말한다.

"엄마!"

"베라, 네가 데리러 간 게 아니었니?"

베라는 네 메시지를 늦게 읽었다고 변명한다. 그리고, 제기랄, 애 엄마는 내가 아니잖아, 엄마의 남자는 대체 어디에 쓰는 건데? 너는 가능한 한 구체적으로 대답하려고 애쓰고, 이미 세 시간 전부터 동생을 돌봐주고 있는 너의 아이 베라에게 동생의 저녁까지 좀 챙겨주라고 간청한다. 너에겐 다른 할 일이 넘친다. 학생들의 실습 리포트에 점수를 매겨야 하고, 기계를 돌려 아무도 먹지 않는 설탕 과일을 만들어야 한다. 어느 날 너는 클레망에게 문자를 보낼 것이다. 그를 만나기 전까지 너의 매일매일은 늘 똑같았고, 지리멸렬했다고.

그 후에 너는 족히 한 시간이나 걸려서 빨랫감을 깨끗한 것과 더러운 것으로 분류한다. 하지만 실은 붉은 것이나 흰 것처럼, 별생각 없이 아무렇게나 나눈다. 너는 드럼 세탁기 앞에 무릎을 꿇고 앉아 생각한다. 다가올 7월에 애들 엄마로서 끊임없이 네가 필요할 일들, 휴가지에서 한 달을 지내는 데 필요한 짐 싸기, 고약한 냄새가 나는 해변에서의 지루함, 풀장에서 보낼 늘 똑같은 시간들……. 생각만 해도 벌써 숨이 막힌다. 너는 한 가정의 주부가 특별한 일 없이 가족 바캉스에 합류하지 않을 수 있는 그럴듯한 이유를 모색한다. 나중에 뒤따라가겠다고 약속하고 삼 주 동안 혼자 집에 남아 있을 수 있는 핑곗거리, 말할 수 없이 중대한 어떤 일, 그런 게 뭐가 있을까.

　세탁기의 작동 모드를 온도 40도와 회전수 1200회에 맞춰놓고 기계를 돌린다. 사실 세탁기 안에 뭘 집어넣었는지도 잘 모른다. 나중에 꺼내보면 알겠지.

6월 23일 13시 55분, 체온 36.2도
호흡수 분당 16회, 심박수 분당 70회
혈압 92.7/61.6mmHg

호텔 방을 나와 문을 닫고, 나는 서성거리며 한동안 층계참에 서 있었다. 방으로 돌아갈지, 호텔을 떠날지 망설이면서. 난 자주 주저하며 생각을 되풀이한다. 그러다 로르가 여보세요, 하는 소리를 듣고 곧 줄행랑을 쳤다. 아마도 친구에게 전화하는 거겠지. 그녀에겐 친구가 아주 많다. 나는 인도로 나와 운명적인 승객을 찾고 있는 택시 하나를 세웠다. 그런데 거기서도 공격이 물렁했다느니 어쨌다느니 하고 운전기사가 떠드는 소리를 들어야 했다. 나는 잊어버렸다. 광장을 지나며, 잊어버렸다. 회전문을 통과하며, 잊어버렸다. 멈추지 않고 35층까지 올라가는 CEO 전용 엘리베이터, 약간 이목을 끄는 군주제의 마지막 잔재물 안에 들어가서, 잊어버렸다. 우리는 그 시대로부터 숨는 것을 배웠다. 35층에 내린다. 붉은 카펫 위를 걸으면서, 잊어버린다. 복도를 오가며 하루하루를 보내고 있는 올리버가 커피머신 앞에서 나를 발견하고는, 아주 예쁜 비서와 법인카드로 점심을 먹었다고 말한다.

"자네는?" 그가 말한다.

난 '또 다른 나'의 삶을 살고 왔다. 실재하는 또 하나의 나. 실제로 섹스를, 뭐, 거의 비슷한 것을 하고 온 나.

"맛 더럽게 없는 커피 한 잔 할 텐가?"

갑자기 올리버에게서 동질감이 느껴진다. 이건 아주 드문 일이다. 특히 럭비 선수 같은 올리버라니. 새파란 빛깔에 사람을 꿰뚫어 보는 듯한 그의 서늘한 눈빛 앞에 서면, 동료든 고객이든 모두 그가 능력 있고 정직한 사람이라고 헛소리를 해대며 괜히 자신을 열등한 자로 여기고 주눅이 드는 우를 범하곤 한다. 그러나 사실 그는 잔인하고 비열한 하이에나, 천식 환자다. 나는 커피잔 너머로 다른 남자의 아내와 섹스하는 부류의 눈길을 그에게 보낸다. 그 다른 남자들은 우리와 뒹구는 여자들에게 허름한 집의 집세를 가져다주기 위해 우리에게 와서 변동 금리에 따라 돈을 빌린다. 쉽게 건드릴 수 있어서 가치가 떨어진 육체들, 말하자면 돈도, 보호도, 직업도, 말도, 사과도 요구하지 않고, 아무 보상도 바라지 않는 자유로운 여자들이 너무 많아서, 선택의 여지가 너무 많아 지쳐버린, 쓰레기 같은 눈을 가진 극단적 자유주의자들은 오히려 금지된 여자들에게 마음을 빼앗긴다. 쉽게 손에 넣을 수 있는 건 선택이라고 할 수 없으니 손에 넣을 수 없는 걸 가져오라! 흥분과 동시에 우울을 품고, 재미를 느끼면서도 약간은 불안해하는 그런 눈빛을, 만나기 아주 힘든 그런 눈빛을.

"클레망, 자네 괜찮아?"

그 순간 나는 분명 얼빠진 놈으로 보였을 것이다.

해마다 7월 중순이면 온 국민이 양 떼가 이동하듯이 오를리 공항으로 모여든다. 가브리엘과 그녀의 남편 보리스는 비즈니스 칸 맨 앞자리에, 너희 가족 넷은 중간쯤에 두 줄로 앉았다. 안나가 두 팔을 벌리고 승무원의 동작을 따라하자, 앙통이 그러다 옆 사람의 눈을 찌를 수도 있다고 주의를 준다.

너는 몸을 떤다. 아직 작동하지 않으므로, 당연히 에어컨 때문은 아니다. 그저 네 몸이 비명을 지르는 것이다. 여럿이 함께하지만 실은 텅 빈 것 같은, 아무 즐거움도 없는 바캉스가 곧 시작된다는 사실 앞에서 내지르는 네 몸의 비명. 그가 없는 바캉스.

베라는 착륙할 때까지 자기를 깨우지 말라고 부탁하고, 앙통은 〈르몽드〉에 실린 기사를 거론하며, 물티슈가 없는 것과 좌석의 상태를 보아하니 아무래도 이 회사가 곧 지급정지 상태에 들어갈 것 같다고 한마디 한다. 안나는 비행기 추락 사건이 자주 일어나는지 궁금해하고, 너는 그런 일은 절대로 없다고 대답한다. 그러자 아이 아빠가 네 말을 정정하며 말한다. 아냐, 있어, 아주 가끔이긴 하지만 때때로 비행기들이 아예 사라지는 일도 있지. 너는 그 틈을 타서 보도 자료를 컴퓨터로 전송하는 척하며 클레망에게 메시지를 보내고, 이륙 전에 그의 답장이 도착하길 기다린다. 그는 답이 없다. 에어프랑스의 승무원이 다가와서 너에게 전화기를 꺼달라고 요청하는 순간, 보리스가 통로로 와서 네가 기다렸던 제안을 건넨다. 아내 가브리엘과 수다를 떨 수 있도록 자기 좌석과 바꿔주겠다는 것. 그러나 널 대신해서 앙통이 대답한다. 너와 가브리엘이 마음껏 수다 떨 시간은 앞으로 무려 삼 주나 있으니, 너희는 가족끼리 앉고 싶다고. 승무원이 아까보다 조금 더 굳은 표정으로 다가왔고, 보리스는 비즈니스 칸으로 얌전하게 쫓겨난다. 앙통은 보리스가 자신을 성가시게 한다며 함께 온 걸 후회한다. 방금 출발했는데 벌써 이러니 유감인걸. 너는 당장 내리고 싶지만, 비행기가 막 이륙한 참이다. 앙통은 너에게 언제까지 그렇게 못마땅한 표정을 하고 있을 거냐고 묻고는 잠시 후에 베라의 뒤를 이어서 잠이 든다. 너는 안전벨트 해제 허락이 떨어지기만을 기다리며 반짝이는 벨트 표시등에 눈을 고정하고, 마침내 휴대전화를 다시 켠 뒤 가족들의 좌석을 넘어서 통로로 나온다.

너는 귀에 이어폰을 꽂고서 저장해놓은 클레망의 메시지를 되풀이해 듣는다. 그리고 그의 목소리가 예전에 예약한 호텔 주소를 스무 번도 넘게 발음하는 동안, 변기 위에 조심성 없이 앉아 이미 흥분한 네 성기를 두 손으로 진정시킨다.

너는 조용히 두 딸 사이로 돌아와 앉는다. 6월 이후로 매일 어디서나, 네 피부 밑에서 끊임없이 깨어나 페니스를 갈망하는 짐승을 너는 이렇게 길들인다. 그동안 안나는 너를 한참 찾다가 불안해져서 아빠를 깨우려던 참이었다. 너는 아이에게 꽉 끼는 스타킹을 뒤집어 신어서 화장실에 가서 제대로 신고 왔다고 말한다.

너의 방탕한 행위를 은닉하기 위해 바보 같은 말들을 지껄이며 무대 앞과 뒤를 오가는 이런 나날이 한 달도 못 되는 사이에 너에게 썩 자연스러운 일상이 되어버렸다. 요즘 너는 네가 이런 사람이라는 사실을 별다른 가책도 없이 받아들인다. 너는 네가 고등학교 때부터 혐오하면서도 한편으론 부러

위하기도 했던 여자아이들과 네가 다를 바 없다는 사실에도 별로 놀라지 않는다. 그 애들은 매일 짧은 반바지를 입고 다녔고, 네가 보기엔 입술과 이름, 정액을 아무 생각 없이 주고받는 청춘을 맹목적으로 찬양하는 듯했다. 그때 너는 열다섯 살이었다. 향수 냄새를 풍기며 침범할 수 없는 영역에 있는 것처럼 보이던 그 여자애들 앞에서, 너는 너 자신이 마치 사내아이라고 생각될 정도로 낯설게 느껴졌다. 그땐 정말 큰 고통이었다. 옷도, 선생님들도, 여드름도 아니라, 너의 고통은 그것이었다. 네 안엔 처음부터 성적 본능에 충실한 야성적인 여성상이 결핍되었다는 느낌, 평생 그 공백 언저리에서 살아가면서 그런 모습이 있는 척 가장하고, 그런 태도를 애써 유지해야 한다는 느낌.

그 무렵, 거침없는 여자애들 사이에서 너는 가브리엘을 만났다. 지금 비행기 안에서 너보다 몇 줄 앞에 앉아 있는 가브리엘은 분명 북유럽의 탐정소설을 읽고 있을 것이고, 아내가 독서를 하는 동안 보리스는 관대하게 샴페인 한 병을 주문할 테고, 앙통은 미지근한 상태로 너희에게 건네진 샴페인을 보고 또 한 번 기분이 언짢아질 것이다.

가브리엘은 너처럼 기숙사생이었지만 너랑 같은 방을 쓰진 않았다. 그녀는 처음엔 세안 크림을 돌려준다는 이유로, 혹은 사전을 돌려준다는 핑계로 네 방에 들렀고, 그러다가 이

유도 평계도 없이 불쑥불쑥 찾아왔다. 가브리엘은 노크도 하지 않고 들어와 자신의 큰 몸집과 커다란 미소, 둥글둥글한 목소리, 그리고 바닐라 향과 금발의 땀 냄새가 뒤섞인 달콤하고 쌉싸름한 냄새를 그 작은 방이 감내하도록 강요했다. 그녀는 점점 더 늦게까지 네 방에 머무르고, 너에게 옷들을 빌려주고, 큰 소리로 너의 책을 읽고, 소나무로 만든 옷장의 거울 앞에서 영화배우 파니 아르당의 흉내를 냈으며, 남자들에 대한 너의 두려움과 그 누구의 아내도 되지 않겠다는 너의 확신을 비웃었다. 그러다 어느 날 밤, 자습실로 향하는 텅 빈 복도에서 갑자기 너에게 입을 맞췄다. 그녀는 네가 정상적인 여자라는 걸 증명해주기 위해서라고 했다. 자기가 그랬듯이 네 혀 밑에서도, 네 배 속에서도 뭔가 요동치는 것이 있다는 걸 보여주고 싶었다고. 그녀는 네가 원하면 더 보여줄 수도 있다고 했지만, 너는 거절했다.

하지만 좀 더 시간이 지나 여름이 오기 전 어느 일요일 밤, 그녀의 방에서, 바닐라 향 땀 냄새가 풍기는 엷은 보라색 시트 안에서, 너희가 뭘 하든 눈치채지 못할 만큼 깊이 잠든 클로틸드라는 이름의 룸메이트 침대 옆에서, 그녀는 너를 혀로 부드럽게 핥았다.

비행기 조종사의 목소리가 들려온다. 우리 비행기는 현재 알프스 산맥 위를 날고 있습니다. 오른쪽에 보이는 산이 바로 몽블랑입니다.

너희는 오후가 시작될 무렵에 피렌체에 도착했다. 앙통이 자기가 안나를 데리고 짐을 찾겠다고, 너에게 렌트카 업체를 찾으라고 지시한다. 반대로 하기보다는 이게 나을 것 같아, 부탁해, 여보. 그는 네가 오늘 내내 정신이 나간 사람처럼 보인다고, 짐을 놓치거나 아이를 잃어버릴 것 같다고 말한다.

파파, 오늘 10시쯤에 무슨 일이 일어났는지 알아? 회사에서 내 임무는 '입 다물기, 아무도 말하지 못하게 입단속 시키기, 아무 일도 일어나지 않게 미리 살피기'인데, 그 임무 때문에 임원회의실로 갔다가 얼떨결에 새로운 지시를 받았단다. 이탈리아 시에나로 가서, 우리 은행의 'AA 등급'이 공표된 순간부터 우리와 연을 끊겠다고 압박하는 펠레그리니 은행에 제동을 걸라는 거야. 우리의 총자산 계획은 별문제 없이 진행되고 있는데…… 아니, 진행되고 있었지. 은행끼리의 관계는 부부 사이와 같아. 어쨌든 이론상으로는 그래. 시련이나 질병 속에서도 서로 신의를 지키고 집안 행사를 하고 설거지를 분담하는 부부처럼, 필요할 땐 한 은행이 다른 은행에서 빌려다 쓰면서 서로를 의지하지. 단, 상대의 욕구를 채우는 매력을 갖고 있을 때까지만. 성적이 낮은 학생에게 '바보'라고 적힌 모자를 씌우듯이, 일단 한 번 능력을 의심케 하는 딱지가 붙고 나면 그 은행과는 더는 붙어먹고 싶지 않아져. 한때 밀월을 즐기던 파트너들은 당연히 떠나기 마련이지. 떠난다는 문자 한 통도 없이 슬그머니. 방금 말한 이탈리아 은행의 최고경영자 루도비코 파르디는 파리에서 열리는 회의의 참석 요청을 평소에도 거부하던 자이긴 해. 이번 태도가 여러 의미를 내포할 수도 있지만, 평상시를 고려하면 올리버가 너무 불안해하지 않아도 될지 몰라. 어쩌면 정말로, 긍정적으로 생각하자면 코로나바이러스라도 걸렸을 수 있잖아. 물론 의심스럽긴 하지만.

8월의 시에나. 로르가 있을 포도밭 근처에서 몇 킬로미터 떨어진 곳. 난 시에나로 가라는 말을 듣는 순간 신을 생각했단다. 혹시 이게 어떤 계시는 아닐까 하고. 계시라니, 아무것도 아닌 하찮은 것에서 계시니 징조니 운운하는 건 최소한 일시적으로라도 사랑에 빠진 상태라고 진단 내릴 수 있을지 모르겠어. 내게 뭔가가, 큰일이 일어난 거야. 올리버가 나를 그리로 보내는 취지를 설명하는 말은 더는 들리지 않았어. 그의 의도는 이미 꿰고 있으니까. 비행기를 타고 이탈리아로 가서 루도비코 파르디를 만날 것, 혹시라도 손을 뗄 생각이라면 일생일대의 실수를 하는 거라고 확실히 인식시킬 것. 두 시간 반에 걸친 비행으로 예전에 외국어 3단계 수업을 거쳐 획득한, 거의 유창한 나의 이탈리아어를 마침내 써먹을 기회가 생긴다니. 이탈리아어 수업을 받았다는 게 이번 임무를 맡는 데 가장 큰 이점으로 작용했겠지. 그런데, 누구랑 같이 가라고 했는지 알아?

"엑토르도 같이 갈 걸세." 그 한마디가 내 즐거운 기분을 싹 망쳐놓았어.

엑토르. 무려 네 자릿수나 되신다는 IQ로 한때 고위층 인사의 비서로 일했던, 안드레 브랜드의 가죽 신발을 즐겨 신는 그는 내 자리를 차지하려고 호시탐탐 기회를 노린단다. 엑토르는 이탈리아어를 한마디도 하지 못하는데도, 내가 어느 분야에서든 뛰어난 능력을 보이는 자가 아니라는 게 드러난 뒤부터 사람들은 그를 무슨 부적처럼 소중히 여기고, 나를 그의 조수처럼 취급해. 파파, 한때는 사람들이 나를 높은 잠재력을 가진 자로 인정했었단다. 네가 그걸 봤어야 해. 그땐 나도 마치 금메달을 딴 챔피언 같은 얼굴로 깨어나고 잠들었는데. 아무튼, 그로부터 한 시간 뒤에 엑토르가 벌써 비행기표를 끊어서는, 오늘 오후 비행기라고 말하면서 표를 흔들며 내 방에 보란 듯이 나타났어. 이코노미클래스로 끊었는데, 분명히 그룹의 높은 분들이 이런 우리의 '연대감'을 높이 사줄 거라고 눈을 찡긋하더라니까. 참나, 매출액이 300억 유로에 달하는 그룹이 200유로짜리 비행기표에 연대감을 운운하며 높이 평가할 거라고? 놀랍게도 엑토르는 진지하더라.

　　연대감이란 걸 내가 실감한 건 그로부터 두 시간 후에 우리가 기내 테이블 밑에 두 무릎이 꽉 긴 채 팔걸이를 함께 쓰고 있었을 때와 내가 닭고기인지 생선인지 모를 무언가가 담긴 그릇을 그가 입고 있는 자라 브랜드의 여름용 캐시미어 셔츠에다 양보했을 때였어. 뭐라 하지도 못하고 찝찝해하는 그의 얼굴을 보니 정말 고소하더군. 그런데 우리 줄에 한 좌석이 비었는데도 그는 자리를 옮기지 않고 내 옆자리를 고수했고, 나는 우리 둘 사이가 그토록 악화일로를 걷게 될 거라곤 예감하지 못했지. 엑토르가 수면 안대를 쓰기만을 기다렸어. 사랑에 관한 영화 한 편을 보았는데, 아직도 무슨 영화였는지 전혀 모르겠네.

　　엑토르에게 주도권을 빼앗기기 시작한 건 택시 안에서였어. 목적지에 도착했다는 걸 깨닫기도 전에 그가 먼저 얼른 택시비를 내버리더군. 한번 저돌적으로 나오더니 멈추지 않았고, 나보다 앞서서 펠레그리니 은행 빌딩의 문을 열고 들어갔어. 나한테 문을 열어주려고 그런 건 결코 아니었어, 파파. 그건 분명하지.

막상 약속 장소에 가보니, 루도비코는 정말로 지독한 감기에 걸린 것인지 그 자리엔 그의 영국인 여자 친구 마리가 대신 나와 있었어. 그녀의 터질 듯한 가슴에 시선을 빼앗기는 바람에 곤돌라 사공 수준의 내 이탈리아어 실력도 발휘하지 못하고 할 말을 잃고 말았어. 그러자 엑토르는 이때다 싶었는지 런던 경제대학교 졸업생의 영어 실력으로 나를 납작하게 눌러버렸고, 나는 마가리magari라는 이탈리아어 단어와 두 손을 움직이며 보여주는 느끼한 미소를 동원해 호시탐탐 끼어들고자 시도했지만, 번번이 헛수고만 할 뿐이었지. 솔직히 말하면 머릿속에서 내 두 손은 다른 곳에 가 있었어. 왼손은 로르의 엉덩이에, 오른손은 칵테일 잔에. 솔직히 내 머릿속을 지배하고 있던 욕망은 로르와 팔짱을 끼고 촌뜨기처럼 이탈리아 거리를 돌아다니는 거였어. 그녀는 어제 막 도착해서 여행 준비와 비행으로 조금 지쳐 있을 테지만, 지난여름 세일 기간에 사서 샘소나이트 가방 안에 구겨 넣어 왔을 짧은 치마를 걷어내고 내게 기꺼이 창백한 허벅지를 보여주겠지.

엑토르가 그리스 신화의 전쟁 영웅 이름이라는 걸 알고 있니. 나는 엑토르가 이름대로 쉽게 승리하도록 내버려두고 떠났어. 뒷일도 모두 그에게 맡겼지. 내가 알 게 뭐람. 하기야 그는 내가 떠나기도 전에 벌써 그의 업무용 휴대전화에다 미친 듯이 보고서를 쓰고 있었어. 내 보고서는 이따 밤에 쓸 생

각이야. '우린 루도비코를 만나지 못했다. 스물네 시간 후에
나 그를 보게 될 것이다. 그렇게 우린 얼간이처럼 시간만 축
내고 있었다.'

에너지 넘치는 동료를 버려두고, 로르에게 전화를 걸어
서 지금 내가 어디 있는지 알아맞혀보라고 했어. 그녀는 그
즉시 내가 자기를 보러 왔다고 생각하더군. 그녀도 제멋대로
생각하길 좋아하나 봐. 뭐, 그건 그녀의 권리지. 로르가 기뻐
서 숨을 들이켜는 소리가 들리기에 나는 그녀가 그렇게 믿게
놔뒀어. 그런 다음 내가 어머니라고 불러야 하는 여자에게 전
화를 걸었지. 열쇠를 찾았는지, 너에게 밥은 줬는지 알고 싶
어서. 파파, 내가 너의 안부를 묻자 어머니는 네가 동물이라
는 걸 잊은 건 아니냐면서, 개와 마찬가지로 자기도 잘 지내
고 있는데 단지 눈이 좀 아플 뿐이라고, 참 고맙다고 덧붙이
더구나. 난 안 그래도 물어볼 생각이었다고, 내가 먼저 말 좀
하게 해달라고 말하고 나서 눈은 좀 어떠냐고 물었어. 어머니
가 뭐라고 대답했는지 아니? '상태가 안 좋지만 그래도 네 영
혼보다는 훨씬 나을 거다, 난 내 눈을 하나님과 성 오메르, 성
베네딕투스에게 맡겼으니까. 너도 알다시피 성 오메르는 실
명자들을 치유하는 성자이고, 성 베네딕투스는 영향력을 미
치는 범위가 넓어서 거의 모든 걸 돌보는 수호성인이잖니.'

그렇게 우린 전화를 끊었어.

난 올리브나무들 사이에 숨어 있는 로르를 만났어. 그녀는 대화를 원하지 않았어. 파파, 너랑은 다른 부류지. 내 생각에 그녀는 몸뚱이의 결합만 원하는 것 같아. 그녀는 나라는 사람에 대해선 관심이 없어. 어쩌다 관심을 보일 때가 있긴 한데, 그건 내가 어릴 적에 어떤 아이였는지 물어볼 때뿐이야. 그날 그녀에게 경고를 해버렸어. 로르, 조심해, 우린 사랑에 빠질 수도 있어, 사람들이 자신도 모르는 새에 우익이 되고, 나치가 되는 것처럼 말이야, 우연히, 부주의해서, 어쩌다보니 적절한 장소에서 나눴을 뿐인 정사 사건이, 오해로 인해 적절한 시기에 '베토벤 피아노 소나타 23번*'이 되어버릴 수 있단 말이지.

"왜 그렇게 말해, 클레망?"

나 자신에게도 하는 말이야, 사랑이 날 파괴하기 전에, 내가 먼저 그딴 걸 파괴하려고, 로르, 이해하겠어?

"별로."

두고 보자고.

---

* 　격정적인 분위기로, '열정'이라는 별칭이 있다.

그가 너의 이름을 숨 가쁘게 되풀이해서 부른다. 날 봐, 로르, 나를 보라고. 푸른 눈꺼풀, 붉은 수정체, 건조한 입술. 피로가 역력히 드러나는 그의 얼굴에서 너는 그의 사연을 찾는다. 아무도 의지할 사람 없이 그가 지상에서 보낸 오십 년의 무게에 너는 또 하나의 백야를, 불면의 밤을 더한다.

　　"클레망, 내가 당신을 괴롭히는 건 아니지?"

　　라디오를 켜고 에어컨은 21도에 맞춰놓은, 어느 업체에서 렌트한 자동차. 너희는 그 안에 있다. 주변에선 올리브나무들이 자기들의 과업을 수행하고 있고, 이탈리아는 여전히 체사레 바티스티*의 재판을 기다리고 있다. 라디오에서 혹

---

*　　　Cesare Battisti. 1954년생. 이탈리아의 정치 활동가이자 테러리스트.

서를 경고하며 어머니들에게 아이들을 시원한 성당에 맡기라고 제안하는 듯한데, 너는 네가 들은 것이 맞는지 확신할 수 없다. 너는 이탈리아어를 제대로 배우지 않았다. 따지고 보면 실제로 유용한 건 하나도 배우지 않았다. 너는 네 깊은 곳에, 손대지 않은, 시초의 어리석음을 그대로 간직하고 있다. 그 증거로 네가 알고 있는 건 그의 손톱 밑에 있는 네 육체의 비밀뿐이다. 그의 손이 깊이 들어오고 너는 깜짝 놀라 숨을 들이켜면서 그 손이 휘젓고 있는 어둠을 상상한다. 너는 더 깊이, 라고 말한다.

"이렇게?"

그의 손 전체가 너를 변형시킨다. 화산 중심부의 붉은 어둠이 떠오른다. 사실 그건 너 자신이다. 라디오에선 공산주의자들이 가톨릭 소설 한 권 정도는 괜찮지만 열 권은 말이 안 된다면서, 교과과정에 등록된 책들을 검토해볼 것을 요구한다. 기름값, 빠른 속도로 쇠퇴하고 있는 경제 상황, 북부의 베네치아 상황이 어제나 오늘이나 다를 게 없다는 이야기가 이어지고, 바티스티에 대한 언급이 또 나온다. 그 이야기는 빠지는 법이 없다. 이탈리아 노래 '펠리치타'가 들려오고, 이어서 이탈리아 작곡가 리카르도 코치안테의 노래가 흘러나온다. 1980년대엔 어디서나 들려오던 노래들. 그 시대에 속한 너는 지금 다리에 아무 감각도 느끼지 못할 정도로 정신이 아득하다. 너는 너의 피부에 약속한다. 혹시 또 애를 낳는다면 진통제는 절대 쓰지 않겠다고. 너는 네 질이 지금 느끼는 것보다 훨씬 더 강렬한 감각을 느끼고 싶다. 숨이 막힌다. 그는 네 안을 파고들던 손을 떼고 다른 손으로 네 입술을 쓰다듬고, 너는 그가 손을 뗀 곳 주변을 네 손으로 좀 더 강하게 애무한다. 그러는 동안 너는 그를 깨물었다. 그것이 너의 방식이다.

'팔짱만 끼고 가만히 있을 수는 없어.' 코치안테가 힘들이지 않고 음을 높인다. 네 엄마가 주방에서 그를 따라 노래를 부르면서 나지막하게 말한다. 코치안테, 제대로 지를 줄 아는 남자야. 그녀는 네가 결핍이라고 칭하던 슬픔이 묻어나는 목소리로 덧붙인다. 로르, 볼륨 좀 높여주렴. 지금의 너는 코치안테의 입을 닥치게 하고 레코드판 앨범에서 봤던 그의 머리카락을 만지고 싶다. 사이공에서 태어난 리카르도 빈센테 코치안테. 너는 그의 풍성한 머리 중심에 손가락을 넣어 둥글게 말린 머리카락들을 흐트러뜨리는 상상을 한다. 그 늙은 남자, 그 이탈리아인을…… 브라보! 너는 태초부터 잘못되었다. 너무 쉽게 감각의 노예가 되어버렸으며, 항상 뒷좌석에 무너진 짐승을 품고 있다.

오르가슴에 달하기 직전에 그가 말했다. 받아. 너는 그가 주는 걸 좋아한다고 생각했다. 당장 이해는 안 되지만, 너에겐 앞으로 그를 알아갈 시간이 있다. 지금은 그냥 그와 바보 같은 몇 마디 말과 짭짤한 액체를 주고받을 뿐이다. 그러는 동안 불투명한 창문 너머로 변화를 완강하게 거부하는 이탈리아가 보인다. 하지만 변하지 않으려는 건 잘못이다.

너희는 한동안 말없이, 살갗을 맞대고, 거의 수평으로 한 몸이 되어 얽혀 있다. 한순간, 아주 잠시 그가 눈물을 흘리고, 너에게서 떨어지며 몸이 간지럽다고 변명한다. 사랑에 빠지면 안 된다고, 사랑에 빠지는 건 너무 진부하고 무모한 짓이라고 그는 옷을 입으면서 말한다. 나는 절대 그러지 않아, 나는 그저 당신의 도로 위에 우연히 놓인 빙판일 뿐이야. 그 말에 너는 웃으며 말한다. 나는 그 위로 넘어져서 빙판을 덮칠 거야. 너는 이제 그를 알아가기 시작한다. 그의 모든 말에서 추운 겨울이 느껴진다. 그는 겨울에서 온 사내다. 빙산의 냉기에 둘러싸인 남자. 엄마는 미사를 드리러 가고 아빠는 공장 어딘가에 틀어박혀서, 교회와 호화로운 저택, 하녀와 가정부들의 품에서 혼자 외롭게 자라 유년기의 겨울에 갇힌 남자. 돈을 받고 의무적으로 아이를 재워주는 여자들의 품에서 잠들던 어린아이였고, 돈을 받고 의무적으로 애무하는 여자들의 품에서 애무를 받는 어른이었다. 거짓 사랑을 위해 돈을 지불하는 것에 습관이 들어버린 그가 그 일을 멈춘다. 딱 한

번 그가 돈을 주지 않고도 사랑받은 적이 있기는 했다. 파리 동역에서부터 무작정 그를 따라왔다는 개 한 마리에게.

"계속 벗고 있을 거야? 돌아가지 않을 건가?"

"가야지."

피곤하고 끈적거리는 채로 너는 발도르차 평원의 200미터를 멈추지 않고 가르며 나아간다. 올리브나무들을 새하얗게 만들고, 공기를 황금빛과 녹색으로 나누고, 르네상스 회화사와 뒤섞이는 토스카나 지역 특유의 빛도 이젠 너의 흥미를 끌지 못한다. 이제 너는 그의 손이 파고 들어간 공간일 뿐이다. 너는 그의 손과 함께 걷고, 그의 손이 더듬던 곳만 생각할 뿐, 그 외엔 아무것도 떠올리지 않는다. 다행히 식전주와 탄산수, 토마토를 사야 한다는 것만은 잊지 않고 떠올린다. 너는 식료품 가게가 문을 닫아서 피엔차까지 가야 했다고 말할 것이다. 이제 네 입술에서 진실은 매일 조금씩 줄어들고, 얼마 가지 않아서 더는 너의 입에 오르지 않을 것이다. 위인들처럼 거짓말과 착각의 삶을 살아갈 것이다.

숙소가 저만치 네 눈에 들어왔을 때 너는 아직 네 나이도, 평소의 모습도 완전히 되찾지 못한 상태였다. 기다랗고 새하얀 값비싼 빌라. 가브리엘이 〈엘르〉 잡지에서 발견한 그

빌라는 그녀와 똑 닮았다. 너희는 그 집을 함께 쓰기로 했다. 각자의 재정과 부부의 사회적 배경을 고려해, 가브리엘과 보리스가 3분의 2를 쓰고, 3분의 1을 너와 앙통이 쓴다. 단층의 현대식 구조인 빌라 입구에는 향기로운 냄새를 풍기는 아주 넓은 정원이 자리하고 있다. 죽 늘어선 어린 무화과나무들을 따라 걸은 후에 너는 풀장 주변을 돌아 마침내 가족들이 모인 공간으로 들어선다.

너는 걸어가며 그들을 바라본다. 그들은 아직 너를 발견하지 못했다. 풀장의 반대편 끝에 일광욕을 위한 네 개의 커다란 접이식 의자가 있고, 그 위에 다섯 명이 모여 있다. 너와 그들 사이엔 연결부호처럼 기다랗고 선명한 풀장이 놓여 있다. 별안간 너는 더는 앞으로 나아가지 못한다. 아직도 정신을 차리지 못한 너의 뇌는 걷는 동안 기력을 되찾은 팔다리와 흥분한 신경세포들을 통제하지 못한다. 섹스가 끝나자마자 곧장 가족들을 향해 또박또박 걸어가는 법을 너는 모른다. 곧 알아가겠지만. 지금 중요한 건 풀장을 빙 돌아가 그들을 만나기까지 감탄사 섞인 인상적인 문장을 생각해내고, 또 네가 과수원에서 보낸 시간에 대해 질문하지 않도록 그들의 주의를 돌릴 이 지방의 뉴스거리를 떠올리는 것이다. 예를 들면 이런 이야기. 모두 들었어? 바티스티가 감옥에서 자살을 시도했대! 앙통은 커다란 타올 위에 배를 깔고서 곧 인터넷 사이트를 뒤져볼 테고, 너희는 유년시절의 추억을 나누듯이 극좌파와 오래된 테러에 관해 이야기할 것이다. 베라는 극좌 행동파의 일원으로서 아직은 아무것도 눈으로 확인한 게 없다는 식으로 말할 테고, 너희는 오늘 저녁의 메뉴나 이곳의 날씨 따위로 주제를 바꿀 것이다.

마침내 그들이 너를 발견한다. 무화과나무 사이에 못 박힌 듯 서 있는 너를.

"엄마!" 안나가 펄쩍 뛰어오르듯이 일어나 너를 맞이하러 온다.

"풀장 주변에선 뛰면 안 돼." 가브리엘의 공허한 외침이 뒤쫓는다.

"이제 왔군." 네 남편이 마치 너의 아버지 같은 말투로 말한다.

그때 너는 숨겨진 남자들의 불안정하고 짠 냄새가 네 코로 올라오는 걸 느낀다. 안나는 서너 번만 크게 뛰면 곧장 네 품에 와락 안길 것이다. 아이들에겐 별별 냄새를 다 맡는 능력이 있다. 너는 망설이지 않고 풀장으로 뛰어든다.

"엄마, 옷 젖어!" 안나가 소리친다.

아이의 언니가 세상엔 옷이 젖는 것보다 중요한 게 있다고 동생에게 알려준다. 시원한 물이 조금 전 파헤쳐졌던 너의 주요한 부위를 불태우고, 너는 순식간에 열네 살의 너를 마주한다. 브르타뉴 해안과 화강암 동굴 속으로 들어온 바닷물……. 너의 부모는 교육부에서 받은 월급으로 생계를 꾸리는 공무원들이어서 풍족한 바캉스를 보낼 수 없었고, 바다에서 이십 분 거리에 자리한, 습기 찬 사과주 가게를 임대하는 게 고작이었다. 너는 가수 미셸 조나스의 노래 속 70상팀짜리 막대 아이스크림을 빨곤 했다. 계층이 주는 고통이 극에 달했던 툴비앙 섬 해안에서, 하얀 얼굴이 금방 빨갛게 탄, 자유형도 할 수 없었던 너는 고급 수영복을 입은 도시 여자들이 요트를 타고 깔깔거리는 모습을 말없이 바라보았다. 그 이후로 너는 시간이 갈수록 네 형편 이상의 수준으로 살고 있다. 너는 다시 수면으로 나온다.

"애들이었다면 혼났을 거야."

너는 이제 마흔한 살이고, 옷을 입은 채 물에 뛰어들어도 아무도 걱정하지 않는다. 너는 제멋대로고, 사람들은 그렇게 너를 있는 대로 봐준다.

"그런데 당신, 뭘 하고 온 거야? 산책했어?"

맞아, 아주 정확해.

물에 흠뻑 젖은 면 원피스가 몸에 착 달라붙어, 너는 가슴 윤곽을 다 드러낸 채 나무랄 데 없이 완벽한 몸매로 그들 앞에 서 있다. 가브리엘은 네가 풀장 밑바닥에 너의 작은 감청색 원피스를 버린 셈이라며 가수 이자벨 아자니가 불렀던 노래 '감청색 스웨터'를 콧노래로 흥얼거린다. '수영장 바닥에 닿았어, 작은 감청색 스웨터를 입고서, 팔꿈치가 다 찢어졌지……' 베라가 한숨을 쉬며 말한다. 그놈의 옷 이야기는 그만 좀 하죠. 오후 6시다. 바티스티는 감방에서 저녁을 먹을 테고, 너의 두 딸은 이자벨 아자니가 세상에서 제일 아름다운 여배우였다는 걸 모른다. 너는 흠뻑 젖은 옷차림 그대로 바닥에 길게 눕는다.

"옷 갈아입지." 앙통이 말한다. "그러다 감기 걸려."

네가 웃는다. 재미있어서 웃고, 며칠 전부터 어린 딸 앞에서 계속 바보인 척하는 너의 집요함 때문에 웃는다. 앙통이 큰 소리로 묻는다.

"어디 가는 거야?"

이제 진짜 씻으러. 믿기지 않는다. 불과 200미터 떨어진 곳에 아직도 클레망과 그가 타고 있는 자동차가 있는데 그의 손과 입술을 네 눈으로 볼 수 없다는 사실이. 안나가 자기도 함께 가겠다고 외친다. 앙통은 그 애가 엄마의 껌딱지라고 말하면서, 최근 몇 달 새 부쩍 그렇게 되었다고 보리스에게 설명한다. 애 엄마가 학생들 가르치는 일에 지쳐서 아이를 등한시했기 때문이지.

너는 집에서 몰래 빠져나가듯 테라스로 향한다. 마치 그가 태양을 등지고 계단 위에 서 있기라도 하듯 허공을 향해 미소를 짓는다. 가브리엘은 지금 너의 모습이 아름답다고 말한다. 그녀가 말해주지 않아도 너는 이미 아름답고, 무슨 말에든, 무슨 일에든 마냥 웃을 준비가 되어 있다. 너는 제일 먼저 마시고, 제일 먼저 앉고, 테이블 위에 두 발을 올린다. 식탁에 앉은 아들들을 위해 늘 옆에 서서 시중을 들곤 하던 네 엄마의 엄마가 저 높은 곳에서 어이없다는 듯 웃는다. 베라가 들고 있던 접시 더미를 내려놓고 네 휴대전화로 너의 모습을 찍는다. 너의 모든 비밀번호가 그렇듯이 휴대전화의 비밀번호 역시 베라의 생일이다. 이제 번호를 바꿀 것이다. 위험하니까. 너는 비밀번호를 대체할 다른 생일을 알고 있다.

"나이프는 오른쪽, 냅킨 아래쪽. 그리고 포크는 날이 위를 향하도록 놓아야 해." 가브리엘이 베라에게 알려준다.

베라는 가브리엘의 말대로 위치를 고치면서, 이 고상한 상차림 문화를 자기 뇌 속에 집어넣겠다고 약속하면서도, 자기 생각을 거침없이 말해준다. 가스실의 대량 학살, 내전으로 인한 대량 살인, 콘크리트를 퍼부어 만든 빈민가의 집단 무덤, 민주주의 땅에서조차 해마다 백여 건씩 일어나고 있는 여성 살해 등등 야만적인 사건들로 가득한 이런 현실에서 맨땅에 앉아 밥 좀 먹는 게 뭐 그리 대수란 말인가요! 그래도 다행히 우리는 '가정이라는 예술'의 전당을 끝까지 수호하려는 자들이 지키고 있으니, 감사한 일이죠. 가브리엘이 너를 바라보고, 너도 그녀를 바라본다. 너희 둘 사이에는 굳이 말이 필요 없다.

"넌 언제까지 그것만 하고 있을 셈이냐!" 앙통이 성질을 낸다. "여기 소금 좀 갖고 와! 그리고 그거, 뭐라고 하지? 식기 밑에 깔아놓는, 제기랄, 아무튼 여긴 그것도 없어!"

"식탁 매트. 기억 좀 하시죠. 아주 쉽잖아요, 침대 위에 까는 건 침대 매트, 신발 밑에 까는 건 신발 매트, 식탁 위에 까는 건 식탁 매트."

"시끄러워, 그만해."

"그만하라고요? 그러기엔 이미 늦었죠, 안나 아버지. 주위 좀 돌아보시죠."

아이는 멈추지 않을 것이고 앙통도 그걸 알고 있다. 그 애는 언제나처럼 오늘 밤도 선을 넘을 것이다. 너는 저러다 언젠가 크게 다치겠다고 생각한다.

"아, 난 쟤는 정말 포기했어."

"당연히 그러셔야죠, 안나 아버지. 저도 어쩔 수 없어요, 자동으로 나오는 습관이라."

"네 엄마는 또 자기 편할 때나 나서겠구나."

너는 습관적으로 회피자가 된다.

"당신은 열일곱 살이었던 때도 없었어요?"

베라의 당돌한 질문에 그가 대답한다. 난 없었어, 열일곱 살에 아버지가 돌아가시는 바람에. 그나저나 여기 도마 위에 소시지 세 조각이 남았어, 누가 다 먹어주면 좋겠는데, 아무튼 난 열일곱 살에 남자가 되어야 했어, 집을 돌보고, 어머니에게 힘이 되어주면서 의대 공부도 망치지 않아야 했다고, 과장 하나 없이, 나는 혼자 성장했다고.

"그 성장, 언제 끝나는 거예요?" 베라가 비아냥거린다.

너희는 모두 웃는다. 속담엔 너무 빨리 웃는 건 빨리 울기 위해서라는데, 너희가 웃는 건 그저 너무 많이 취했기 때문이다. 앙통이 아이에게 9월이 되어 학교로 돌아가기 전까지 여기서만은 뻬딱한 십 대의 말투와 태도는 제발 삼가라고 간청한다. 베라에겐 닿지도, 통할 리도 없는 말이다. 한 시간 전부터 이 식탁에서 오가는 대화는 그야말로 경악 그 자체다.

"난 분명하게 말했어요. 더는 학교에 다니지 않을 거라고." 베라가 대답한다.

"어디 정말 그러는지 두고 보자."

"지금 실컷 봐요. 벌써 그렇게 하고 있으니까."

그 애가 너희에게 말한다. 앞으론 절대로 평가의 대상이 되지 않겠다고. 절대로 그러지 않을 거라고 결심했어요, 다신 점수 같은 거 안 받아요. 너는 이제 놀라지도 않는다. 네 딸은 '싫어'의 세계에서 산다. 하지만 다른 사람들은 베라의 엉뚱한 사고가 재미있는지 그게 무슨 말이냐고 묻고, 그러자 아이가 설명한다. 점수에 따라 차별받는 시스템에서 되도록 빨리 벗어나려 해요. 교활하게 돈과 나이와 브래지어 컵의 크기로 차별하는 폭력적인 시스템을 당연하게 받아들이도록 준비시키는 게 바로 점수죠. 이게 그 애의 대답이다.

"참 멋지구나." 아이의 말을 전혀 듣지 않고 있던 앙통이 말한다. "치즈 좀 갖다 줄래? 그건 네가 말하는 점수랑 하등 상관없는 일이잖니."

"물론이죠, 안나 아버지. 다른 시키실 일은 없으신지?"

"없어. 달랑 빈손으로 가지 말고 빈 그릇이라도 좀 갖고 가렴."

베라가 이죽거린다. 당연하죠, 가브리엘 아줌마가 역사의 흐름을 방해하지 않으면서 식기 치우는 순서만 가르쳐주신다면요. 말은 그러면서도 그 애는 아무것도 들지 않고 빈손으로 사라져버렸다. 치즈 쟁반이 오는 일은 절대로 없을 것이다. 앙통은 그 애가 언젠가는 자기 얼굴에 침을 뱉을 거라고 확신하고, 가브리엘은 때가 되면 베라도 변할 거라고 말한다. 총명한 시기도 모두 지나가기 마련이야, 우릴 봐.

얼마 후에 너희 넷은 별이 뜨길 기다리며, 또 낮에 찍은 사진들을 분류하며 남은 술을 모두 끝낸다. 너는 조금 전에 베라가 찍은 사진을 발견한다. 너는 사진만으로도 흥분한다. 그 사진을 클레망에게 보내면서 그가 네 기분을 알아주길 바라고, 이런 충동적인 너의 기분이 멈추지 않기를 바란다. 베라는 더 큰 주제로 넘어가서, 자신이 떠올린 즉각적인 생각을 너희에게 이야기한다. 그 애는 가난한 사람들을 고려하지 않고 바캉스 사진을 인터넷에 올리는 너희의 서구적 사고방식을 경멸한다. 불행하게도 가난한 자들은 이제 더는 뜨거운 피를 꿈꾸지 않고 5G를 꿈꾼다. 데이터 거인들이 게걸스럽게 먹어 치우는 5G를.

"알았어, 알려줘서 고맙다. 이제 그만 너도 가서 자렴, 베라."

너는 태블릿을 손에서 놓을 생각이 없다. 네 딸은 아마도 뭔가 아주 유익한 일을 할 것이다. 그건 죽어가는 이 지구에 네가 바치는 공물이다. 베라를 낳아주었으니, 이제부터 너는 섹스를 하는 거다.

너는 다른 이들에게 내일 시에나 중앙 광장에서 여름마다 열리는 아주 유명한 경마 경주인 팔리오를 보러 갈 거라고 알린다. 정오에 시에나에 도착하려면 8시에는 출발해야 한다. 분명히 너랑 같이 가겠다는 사람은 없을 거라고 생각하지만, 그래도 물어본다. 앙통이 어이없다는 표정을 짓는다. 당신이 7시에 일어난다고? 6월 들어서 거의 매일 정오가 다 되어야 일어나던 당신이? 배고픈 줄도 모르고, 키우는 아이도 없고, 챙겨줄 남편도 없는 사람처럼 살았잖아. 그런데 여기 와서는 군중을 덮칠지도 모르는 고삐 풀린 말들을 보려고 새벽에 일어난다고? 어련하시겠어, 마음대로 해. 그는 너에게 지난 생활을 지적하고, 그러거나 말거나 너는 내일 아침에 렌트 비용 800유로를 지불하고 조심스럽게 이탈리아 자동차 모델 피아트를 꺼내 탈 것이다.

너는 앙통에게 아무 답도 하지 않는다. 이미 대답했으니까. 너는 그를 배반한다. 말, 가치관, 어조, 이것들을 모두 배반한다. 너는 머릿속에서 처음으로 주저 없이 그 동사를 이리저리 굴려본다. 나는 배신한다, 너는 배신한다, 그는 배신한다, 우리는 배신한다. 나는 당신을 배신한다.

/

파파, 바로 그날 밤, 난 혼자 루도비코를 만났어. 뜻밖에도 그는 우리가 로스차일드 은행에서 만난 적이 있다는 사실을 기억하고 있더라. 그가 먼저 내게 전화를 걸어와 갑자기 만나자고 약속을 잡았어. 애송이 엑토르가 다음 날을 대비해 음주도 삼가며 호텔에서 에어컨과 씨름하는 동안, 난 이미 은행가의 대부를 만나 안젤리코 지방의 특산 와인을 코가 비뚤어지도록 마셔대고 있었던 거지. 난 루도비코에게 웃으면서 말했어. 당신이 우리를 꼼짝 못 하게 발을 묶고 있는데, 시장에서 당신의 명성을 계속 유지하려면 반드시 우리를 의식해야 할 거라고. 그는 무슨 뜻인지 금방 이해했어. 아니면 이해한 척했거나. 아무튼 그걸로 이야기는 끝났지. 그러고 나서 난 그에게 로르에 관해 말해주었어. 그는 그 이야기를 훨씬 더 흥미로워하더라.

다음 날 아침 식사 때 엑토르를 만났어. 브리오슈를 입에 잔뜩 물고 있는 그에게 지난밤 이야기를 해줬더니, 그는 너무 놀란 나머지 입에 물고 있던 빵도 다 삼키지 못하고 기침을 하더군. 내가 말했어. 엑토르, 내가 전화를 한 게 아니야, 루도가 먼저 전화를 걸어오는 바람에 급히 뛰어간 거였어, 엑토르, 자넬 깨우거나 다음 날까지 기다릴 여유가 없었다니까, 여섯 시간이면 우리 자금을 다 잃기에 충분한 시간이야, 안 그래? 엑토르, 우린 지금 여기에 관광하러 온 게 아니잖아, 스물네 시간 안에 우리 그룹이 사라질 수도 있어, 엑토르, 자네도 우리 그룹을 걱정하고 있잖아, 안 그래, 엑토르? 나는 아이들이나 충격을 받은 피해자들에게 하듯 한마디마다 그의 이름을 들먹여가며 이야기했어. 엑토르가 자신의 무력함을 잘 인지하길 바라며. 이어서 엑토르가 빵을 마저 삼키기도 전에 최후의 일격을 날렸어. 한편으로 그가 질식할 수도 있겠다는 생각도 들긴 했는데, 13세기에 건축돼서 유럽에서 가장 오래된 병원이라는 산타 마리아 델라 스칼라 병원을 한번쯤 방문하는 것도 나쁘지 않겠다 싶었지. 파파, 너한테 이런 이야기를 하는 건 우리 대화의 사실적 수준을 높이고, 내가 엑토르 같은 개새끼들의 교육에도 어떤 희망을 품게 되었다는 걸 너에게 알려주려는 거야. 아무튼, 투우사가 소의 급소를 치는 것과 같은 일격이 터진 순간이 바로 이 대목이었어, 들어보렴. 엑토르, 걱정 안 해도 돼, 내가 벌써 올리버에게 말했더니 그가 우리에게 고마워하더군. 파파, 그때 난 엑토르가 분통을 참느라고 애쓰는 걸 지켜보며 그의 대답을 기다렸어. 드디어 그가 입을 열었고, 의도는 '잘됐군'이었을 텐데 자기도 모르게 '좆됐군'이라고 말하지 뭐냐, 한심한 놈. 그래서 내가 뭐라 말했는지 물었더니, 말도 없이 도망치듯 가버리더라. 파파, 너도 거기 있었다면 아마도 그놈에게 현대인의 상스러움 단계에서 꽤 높은 등급을 책정했을 거야. 난 7점을 주고 싶구나. 물론 우리 은행 방식으로. 빙산에서 아직도 시행되고 있는 수행평가표에 따른 7점. 은행 외에 종교나 기타 등등 다른 기준에서는 또 다른 등급이 나오겠지.

조금 시간이 지난 후 로비에서 자기 짐을 싸매고 나온 엑토르와 마주쳤단다. 나는 호텔 매장에서 구찌 반바지를 하나 사서 막 나오고 있었어. 엑토르가 의아한 표정으로 바라보기에 말해줬지. 맞아, 엑토르, 사실 난 여기 좀 더 있을 생각이야, 루도비코가 오늘 우리 그룹을 대표해서 날 초대했거든, 팔리오를 같이 관람하자고 시에나에 있는 자기 특별 좌석으로 오라더군, 아, 팔리오란 말이야, 시내에서 열리는 동물 경주인데, 황소는 없지만 대신 말들이 수십 마리 있대, 그게 끝나면 그의 집에서 토스카나 지역 특색의 파티 같은 게 있다나 봐, 나야 프랑스 대표로 가는 거지, 안 가도 그만이지만 어쩌겠나 엑토르, 이것도 다 비즈니스니까, 자네도 무슨 말인지알 거야, 그럼, 월요일에 보세.

엑토르가 비행기를 탈 때까지 아직 세 시간이 남았다기에 그에게 우정의 술을 한잔하자고 제안했는데, 그는 내 얼굴을 더 쳐다보고 싶은 생각이 병아리 눈물만큼도 없는 것 같았어. 더욱이 반바지를 입고 유유자적하는 모습이야 말할 것도 없었겠지. 그의 마음을 십분 이해해. 그는 쇼핑할 게 있다면서 내 제안을 거절했어. 난 그가 생각할 시간을 갖도록 내버려두기로 했지. 그가 먼저 날 바보로 만들었다는 사실과, 그의 부모님이나 그의 불확실한 미래에 대해 내가 기꺼이 이야기를 들어주며 그와는 결코 어울리지 않는 프로세코 와인을 함께 마셔줄 용의가 있었다는 것을 그 자식이 좀 충분히 생각해보면 좋을 텐데.

난 마치 오직 여행이 목적인 양 시에나 거리를 돌아다녔어. 새로 산 반바지가 촉감이 끝내주고 탄력성도 장난이 아니더라. 혹시 러시아인 점원이 내 말을 알아듣지 못하고 수영복을 내준 게 아닐까 싶었을 정도였어. 그렇게 거리를 걷다가 문득 어느 건물의 정문 앞에서 멈춰 섰어. 문 위에 무솔리니의 독수리 문장이 새겨져 있었는데, 그건 결코 흔한 문장이 아니거든. 이탈리아인들이 새 역사를 쓰기 위해 그런 문장은 모두 망치로 부쉈다고 들었어. 그런데 그 건물에서 작업복을 입은 한 부인이 나오더니, 나더러 집을 보러 왔느냐고 묻더라. 그러고 보니 3층에 '팝니다'라는 팻말이 붙어 있던 게 생각났지. 난 그렇다고 대답하며 집을 보러 온 척했고, 내 연기는 꽤 괜찮았어. 마침 시간이 조금 뜨던 참이었어. 오후 늦은 시간에 유네스코가 선정했다는 어느 문화유산을 배경으로 로르를 또 만나러 갈 예정이었거든.

그 부인과 함께 팔려고 내놨다는 집을 둘러봤어. 처음엔 그저 집 구경을 핑계 삼아 시원한 곳에서 시간을 좀 보낼 심산이었는데, 나중엔 정말로 그 집을 사고 싶은 마음이 들었어. 사실, 날 열광시킬 만한 건 없었어. 욕실의 녹색 벽옥 타일도, 심지어 돌벽에 새긴 작은 마돈나 상도 거의 폐가 수준이었지. 순전히 '있어 보이고' 싶은 마음에서 20만 유로를 낭비해볼 기회였어. 수중에 돈이 들어오는 게 좋아서 입금될 때마다 앱에서 짤랑거리는 소리가 나게 설정해뒀건만, 막상 그 돈으로 뭘 할지 곤란하던 참이었잖아. 나는 여태 혼자였으니까. 너를 반려견 훈련소에 보내고 로르와 함께 녹색 욕조 안에 있는 시간을 상상해봤어. 난 집이 얼마냐고 물었고 부인이 가격을 말해줬어. 그래, 웃기는 일이지. 난 아내와 의논해보겠다고 말하고 집 내부를 사진으로 찍었어.

　　호텔로 잠깐 돌아왔을 때, 로르에게 그 사진들을 보내면 재밌겠다는 생각이 들었어. 그런데 그녀가 먼저 사진 한 장을 보내왔어. 젖은 머리에 반쯤 벗은 몸, 상기된 얼굴로 테라스에 앉아 있는 모습. 그런데 뒷배경에 비싼 브랜드의 레플리카 모델 시계를 찬 팔 하나가 보였어. 갑자기 끔찍한 기분이 들었어. 사진 때문이 아니라 그녀를 차지하고 있는 누군가가 있다는 사실 때문에. 내가 지금까지 그걸 잊고 있었더구나. 파파, 감정만으로는 충분하지 않단다. 문제는 다른 경쟁자가 실재한다는 거야. 그리고 상대는 언제나 키가 더 크고, 머리숱도 더 많고, 첫 번째 기회를 차지하지. 그나저나 이 호텔 방 미니바는 투숙객의 돈을 뽑아먹을 생각이 있기는 한 걸까. 대체 토마토 주스 하나와 맥주 달랑 두 개로 뭘 하자는 걸까. 위스키를 주문하려면 얼마를 더 줘야 하는 거지. 빌어먹을, 도대체 가격을 어디에 써놓은 거야. 룸서비스 메뉴판이 있긴 한데 누굴 엿 먹이려고 만든 것 같아⋯⋯. 시계를 찬 그 사진 속 상대도 그녀를 사랑하는 게 분명해. 하기야 어떻게 그녀를 사랑하지 않을 수 있겠어. 로르, 그녀의 웃음, 그녀의 풍성한 눈썹, 그녀의 분노, 지금 우리가 차가운 피로 행하는 짓거리를 가능케 하는, 꺼지지 않는 불⋯⋯. 생각이 많고,

자기 삶을 파괴하는 여자. 그녀가 가진 특히 저항할 수 없는 매력은 덩치 큰 개들을 무서워하고, 비겁한 남자에게 연민을 느낀다는 거야. 그 남자는 그녀를 더 사랑해야 해. 만일 내가 그 자식이라면, 만일 내게 방법만 있다면, 그녀를 평생 사랑할 텐데. 불쌍한 놈. 내게 이런 생각을 할 권리는 없지만. 뭐, 그의 아내랑 섹스할 권리는 더더욱 없지. 파파. 그 남자를 상상해봤어. 그는 불안해하고, 서성거리고, 미친 사람처럼 전자담배를 빨아대고, 치아 건강을 신경 쓴답시고 조악한 음식을 깨지락거리고, 그런데도 살이 찌고, 사진들을 마구 찍어대고, 그러나 정작 무슨 일이 일어나고 있는지는 제대로 보지 못하는 그런 남자일 거야. 로르는 '여기, 실내화 신어요'처럼 공손한 아내와 엄마, 고결한 수녀 같은 말투로 그를 대하고, 그의 이마에 손을 얹어 체온을 재는 등 그의 눈을 멀게 할 거야. 나를 위해, 비밀 유지를 위해 버텨내고 있는 위선적이고 닳아빠진 사랑이지……. 그런데 어쩌면 사실 그가 그녀에게 또 다른 아이를 낳자고 약속하고, 공짜나 다름없는 이탈리아의 싸구려 집들을 사주겠다고 약속할지도 몰라. 조무래기들이 잠을 자러 가면 둘은 술에 취해 춤을 추고, 그녀는 밤마다 나의 한계에 관해 그에게 이야기하고, 그러면 그는 낄낄대며 웃겠지……. 불쌍한 놈, 이라고 말하는 건 내가 아니라 사실 그 자식일지도 몰라. 그는 내게 이렇게 말할 거야. 이 사람을 아끼면서, 잘 데리고 놀아, 너무 즐기지는 말고.

맥주 두 캔을 마시고 이탈리아 놈들의 텔레비전을 켰어. 회전하는 무대 위에서 뺨과 가슴에 반짝이를 잔뜩 붙인 쓰레기통처럼 생긴 녀석이, 짧은 반바지에 하이힐을 신은 쓸모없는 여자들에게 둘러싸여 있어. 무대가 회전하면 관객들은 무대 뒤편의 다른 여자들을 볼 수 있는데, 새로운 건 아무것도 없어. 고대 로마에서나 볼 법한 문화. 저런 게 이토록 유지되는 데는 확실히 유럽의 지원금이 있을 거야. 지나치게 차가운 토마토 주스를 조금 마신 다음, 다시 로르의 사진을 들여다봤어. 여전히 똑같은 게 보였어. 그녀의 사진을 찍고, 그 옆을 지키는 남자. 계속 보고 있자니 눈알이 빠져나올 것 같아. 그는 이미 내 존재를 의식하고 있을 거야. 머지않아 로르의 핸드백 안에서도 내 흔적을 찾고, 꿈속에서도 내 뒤를 밟겠지. 그 남자의 상태가 어떨지 보여. 더러운 쓰레기와 집요한 사냥개 사이를 오가겠지. 아, 파파, 난 지금 어깨뼈까지의 높이가 68센티미터에 달하고 축 늘어진 귀를 가진 진짜 사냥개를 말하는 게 아니야. 꼬치꼬치 캐묻기 좋아하고, 강박에 사로잡힌 인간을 말하는 거지. 그녀는 평상시보다 더 자주 그를 의식하고, 당황스러워하고, 많은 생각에 잠기게 될 거야. 결국엔 나를 떠나겠지. 난 아주 빨리, 비참하고 쇠약한 모습으로 돌아갈 테고, 너는 아프겠지. 파파, 나도 네가 아프다는 것과 네가 그걸 내게 숨기려 한다는 것, 그리고 우리 둘 다 서로에게 아무렇지 않은 척하고 있다는 걸 알고 있단다. 사실 이전에도 난 몇 번이나 되뇌곤 했어. 그녀는 결국 나를 떠나고 말 거라고. 몹시 추운 어느 겨울날, 난 슬픔으로 눈물을 흘리며 사무실에서 잠이 들겠지. 그 덕분에 '이달의 직원'으로 뽑힐지도 몰라. 그러면 난 아무 여자, 아마도 사랑의 결핍으로 깊은 슬픔을 가진 여자에게서 위로를 받으려 하겠지. 터지는 폭탄에 눈이 멀어버린 남자들이 자기 배 밑으로 기어들면 말없이 품에 안고 치유해줄, 예쁘다곤 할 수 없지만 아량이 넓은 여자에게서.

나는 호텔 방에서 나와 발로 뻥 차서 문을 닫았어. 파파, 어떨 때는 자신을 방어할 줄도 알아야 한단다.

너를 제외한 다른 세 사람은 8월에 사백 명의 사람들과 함께 중세 도시 성벽 안에 갇혀 있는 것도, 또 팔리오의 날에 시에나 도시 주변에 주차하는 것도 싫다고 분명하게 거절했다. 너는 큰 소리로 아쉽다고 말하면서도 더 반복하지는 않는다. 그 표현이 지나치면 안 된다는 걸 너는 알고 있다. 가브리엘이 너를 두 팔로 꼭 끌어안는다. 그녀의 포옹 속에서 느껴지는, 오래전부터 이어진 따뜻함이 너를 편안하게 해준다.

"운전 조심해, 로르."

너는 어둠 속에서 그녀와 더 속삭이고 싶다. 가슴이 터질 듯한 이 강렬한 감정에 대해. 소리 없이, 눈에 안 띄게.

"조심할게."

너는 자동차가 있는 쪽으로 달려간다. 너의 배는 거의 텅 비었고, 머릿속에는 단 한 가지 생각만이 맴돈다. 나쁜 년. 무덤에서부터 네 엄마가 마음을 어지럽힌다. 유산처럼 물려받은 자기혐오. 너는 네 엄마의 말을 무시한다. 누가 너의 뒤를 따라 나온다면 네가 차를 타기 무섭게 급히 출발하는 모습과 목적지가 요란하게 치장한 원형경기장이라는 사실에 놀랄 수도 있다. 너는 아주 빠른 속도로 달린다. 차 주변에 뿌옇게 일어나는 먼지구름이 지구 표면에서 너를 지워버린다. 너는 도망치듯 떠난다. 안나는 늦잠을 자다 깨어나면 틀림없이 엄마 품을 찾겠지만, 너는 아무런 신경도 쓰지 않는다.

너는 비아 폰타넬라 주차장 1구역에서 자리 하나를 발견한다. 약속 시간보다 삼십 분가량 일찍 왔다. 너는 하루에 해당하는 가격을 계산한다. 주차요금 정산기가 놓인 출구에 거울이 붙어 있다. 그 거울 속에서 너는 최근 백 일의 시간이 만들어낸 여자를 마주한다. 갈색 머리에 마르고 차분해 보이는 너는 확실히 사랑에 빠진 여자라기보다 그저 휴가를 즐기러 온 여자다. 사랑에 빠진 여자들은 그 사랑에 최선을 다하고, 그래서 진실을 말하고, 그러다 말로 재앙을 일으키고, 그래서 변호사를 선임하고, 결국 짐을 싸고, 문을 나선다. 너는 남부 도시를 지나고, 몰래 담배를 피우고, 애쓰지 않고도 주차할 자리를 쉽게 찾아낸다. 벌써 열기를 뿜기 시작한 도시 안으로 너는 마치 순결한 처녀의 길을 가듯이 걸어간다. 핑크빛 돌로 만들어진 발코니마다 시에나의 자랑스러운 열일곱 개 자치구를 상징하는 자수로 장식된 형형색색의 깃발들이 나부긴다. 너는 예정대로 로시니 거리 모퉁이에 멈춰 선다.

약속 시간이 한 시간이 지났다. 클레망은 연락이 되지 않는다. 일요일에 한 시간쯤 늦는 건 대수로운 일이 아니다. 너는 너의 비참한 상황에 상상을 더한다. 남쪽 도시의 8월, 오후 1시. 별일 아니다. 너는 발을 동동 구르며 다가오는 진실의 입을 침묵시킨다. 마치 캄포 광장 곳곳에서 불안해하는 말들을 진정시키기 위해 꽉 붙들고 있는 사람들처럼, 너는 너 자신을 타이른다. 로르, 진정해, 클레망은 술을 너무 마셔서 아직 일어나지 않은 거야, 네 꿈을 꾸다가 깨어나 호텔 침대의 열기 속에서 아직 조금 더 그 꿈을 붙잡고 있는 거야, 하지만 결국엔 오고 말 거야. 너는 그가 묵고 있는 호텔 이름을 모른다. 어제 만났을 때 물어볼 생각을 못 했다. 그때 너는 너 자신만, 네가 누리고 싶은 쾌락만 생각하고 있었다. 너는 그를 너무 거칠게 사랑하느라 제대로 사랑하지 못했다고 자책하고, 명백한 사실에 점차 가까워지자 너를 뒤흔드는 감정의 파도도 더욱 거칠어진다. 그를 갈망하며 일 분, 또 일 분이 흐른다. 너는 시에나의 고급 호텔 명단을 열거해놓은 사이트를 찾는다. 손이 떨리고, 눈이 떨린다. 불현듯 병원에 있는 그가 보인다⋯⋯ 그만, 이건 지레 침몰하는 짓이야. 너는 지금 아무 말이나 지껄이고 있다. 왜냐하면, 이미 알고 있으니까.

약속 시간이 두 시간이 지났을 무렵, 끝내 받아들일 수 없는 메시지가 도착했다. 대체 내가 뭘 잘못한 거냐는 너의 질문에 그는 이렇게 답했다. 당신 탓이 아니야, 난 돌아가야 해, 멋진 휴가를 보내길. 그는 시에나를 떠났다.

어쩌면 너는 잠시 기절했을지도 모른다. 너는 그의 메시지를 재차 읽으며 그 단어들의 본래 뜻에 반대되는 수수께끼 같은 의미를 부여해본다. 광신도가 성경을 읽을 때처럼, 너는 온 힘을 다해 메시지의 속뜻을 찾으려고 계속 읽는다. 하지만 너에게 들리는 거라곤 경악스러운 충격으로 네 심장에서 피가 솟구치는, 마치 거대한 강물이 흐르는 듯한 소리뿐이다. 너는 생각한다. 심호흡해, 로르, 괜찮아질 거야, 여자들은 이런다고 죽지 않아, 눈부신 햇살 아래 새하얀 원피스를 입고 바람을 맞았다고 죽는 법은 없어.

갑자기 이탈리아가 저속해 보인다. 대충 수리한 아파트들의 발코니에서, 또 프랜차이즈 아이스크림 가게들 위에서, 비닐로 만든 조악한 깃발들이 펄럭인다. 임대한 숙소의 풀장에서 태운, 가짜 처녀이자 진짜 잡년인 너의 가무잡잡한 피부가 새하얀 원피스와 대조된다. 이탈리아인들은 땀을 흘리고, 탭댄스를 추는 아이들은 입을 벌려 웃고, 벽돌은 도시를 통째로 구울 기세로 뜨겁게 달궈졌다. 이 모든 게 악취를 풍긴다. 너는 네 몸을 다시 현실로 돌아오게 하려고 안간힘을 쓰고, 그 과정에서 받는 고통 때문에 터져 나오는 흐느낌을 간신히 억누른다. 너는 군중들과 함께 캄포 광장을 향해 걸어간다. 아니, 정확히 말하면, 군중들이 너를 데리고 간다. 임시로 만든 계단식 관람석 위에 온 나라 사람들이 다 모여 있다. 몹시 더운 이 광장에 안장 없이 기수들을 태운 말들이 도착하기 일보 직전, 세상을 아우르는 침묵이 내려앉는다. 드디어 말들이 강렬한 인상을 풍기며 차례차례 들어온다. 너는 그를 생각한다. 만일 계단 좌석들이 무너지면 사람들 밑에 깔려 죽을 텐데, 그러면 그 사실을 누가 그에게 알려줄까.

군중 속에서 그를 찾는다. 너는 그가 올 거라고 믿는다. 아직도.

땅을 울리는 말발굽 소리는 뭐라 묘사할 수 없지만 네 살과 신경세포들과 통하는 데가 있다. 여름날의 육체들이 그 리듬에 따라 진동한다. 말발굽 소리는 그저 리듬이 아니라 지진이다. 저마다 자부심으로 넘치는 열일곱 개 자치구의 아이들이 각자가 속한 부족의 문장이 새겨진 깃발을 흔들어댄다. 축제다. 중세에는 유목민 무리의 말발굽 아래 범죄자들을 던져 순식간에 먼지로 뒤덮이는 광경을 구경했을 이곳에서.

그는 오지 않았다. 회전목마에서 떨어진 어린 계집아이처럼, 너는 이제 끝났다는 걸 서서히 깨닫는다. 지극히 짧은 순간 이런 끝이 오히려 은총이라는 생각이 스치지만, 곧 잊어버린다. 광장에서 말 한 마리가 넘어질 뻔하다가 겨우 넘어지지 않는다. 기수들은 온몸을 부딪히며 어떻게든 말을 제 뜻대로 제어하려 애쓰지만, 너는 알고 있다. 결정을 내리는 건 짐승이라는 걸.

세 시간 후, 너는 축제의 행렬이 지나가는 한 카페테라스에 앉아 혼자 술을 마신다. 클레망은 이제 하나의 사건이다. 첫 번째 사건은 이제 끝이 났고, 이 이후의 사건은 뒤를 이어 언제라도 네가 원할 때 시작될 것이다. 네가 술 한 잔을 끝냈을 때일 수도 있고, 모욕받은 네 팔다리를 다시 움직이게 되었을 때일 수도 있다. 아니면 캄캄한 밤에 집에 도착해 뻔뻔한 여자처럼, 절망한 여자처럼, 그림자처럼 그렇게 슬며시 집안으로 들어갈 때, 그때일 수도 있다.

/

택시로 시에나의 밀집 지역을 막 벗어났을 땐 사라지는 게 잘한bien 일이라고 생각했다. 20킬로미터쯤 벗어나서는 선善. Bien을 떠올렸다. 성경Bible이나 세례당Baptistere처럼, 형용사의 소문자 b가 아니라 명사의 대문자 B를. 산타 마리아 델 피오레 대성당의 맞은편에 위치한, 세계에서 가장 아름다운 세례당이 있다는 피렌체에 근접했기 때문일까. 만일 택시가 때맞춰 도착한다면 비행기를 타기 전에 마치 선량한 신도처럼 기도할 시간이 있을 것이다. 분명 선은 나였다. 악惡. Mal은 그녀였으니까. 애정 넘치는 가정을 버려두고 나온 건, 고물차에서 그렇게 아무나 빨아댄 건 그녀였다. 불쌍한 영혼이여, 그녀는 멍청한 짓을 저지르고 말았다. 피렌체에 도착했을 때, 난 비즈니스Business를 핑계로 도망친 '비열한 자Bâtard'의 수의를 입고, 말 그대로 희생자가 되어 그녀를 구원했다. 더는 대문자 B를 옳은 길을 알려주는 항로표지^{Balises}로 삼지 않겠다. 나는 그녀를 잃음으로써 그녀를 구원했다. 이제 모두 정리했다. 나는 다시 옳은 방향을 바라본다. '내게로 돌이켜 구원을 받으라', 이사야서 45장 22절. 나의 어머니는 죄가 아주 많지만, 어머니가 늘 되새기는 가톨릭 논리가 없었다면 난 불면증으로 어둠 속에 홀로 남겨졌을 것이다. 공항에 도착해 나는 정의의 이름으로 위스키를 한 잔 마셨고, 나머지는 비행기에서 마셨다. 용서받은 죄들의 이름으로 한 잔, 유혹으로부터의 해방이라는 이름으로 한 잔. 이보다 더 좋을 순 없다.

나의 신념은 정확하게 한 시간 사십오 분 만에 무너졌다. 어머니, 내 신앙은 육체 안에 단단히 뿌리 내릴 수 있을 만큼 견고하지 못해요. 내게 그 신앙을 집어넣으려고 당신이 그렇게도 애썼는데 말입니다. 샤를 드골에 착륙했을 때 나는 비탄에 빠진 거만한 쓰레기일 뿐이었고, 그 와중에도 거만함이 더 컸던 탓에 로르에게 '미안해'라는 문자 한 통 보내지 못했어요. 지금 내 옆엔 하소연할 사람이 아무도 없어요. 내 개가 당신 집에 있으니까. 지금 내가 당신에게 말하고 있는 건, 그 녀석이 내 옆에 없다는 그 이유밖에 없어요. 행여라도 다른 의미를 찾으려고 헛수고하지 마시길.

어두운 주방에서 베라가 널 기다리고 있다. 아무 일도 하지 않고, 오직 냉장고 제빙기 불빛 하나에 의지해 너를 기다린 것이다. 너는 커피 잔을 찾는다.

"엄마, 정말 이 시간에? 다들 자는데?"

아닌 게 아니라 커피머신이 작동하는 소리가 모두를 깨울 것이다. 너는 동작을 멈춘다. 그제야 베라가 자러 간다. 네가 무사하니까. 캄포 광장의 말들이 널 해치지 않았음을 확인했으니까. 냉장고 불빛에서 비켜나는 순간 아이는 네 시야에서 곧장 사라진다.

너는 소파에 누워 밤을 보낼 생각이다. 내일 누가 묻는다면 더워서 그랬다고 말할 것이다. 아직은 울지 않는다. 그를 만나지 못했더라면, 네 앞에 어떤 삶이 기다리고 있었을지 알고 있으니까. 곧 너는 그가 너에게 전화를 걸도록 무슨 일이든 해볼 것이다. 너는 기도할 것이다. 네가 어렸을 때 가던 길, 다시 말해 선하신 하나님이 열어놓으신 창구에서 길고 지루한 교독문을 읽던 그 길을 되찾을 것이다. 제발 그를 내게 돌려주세요, 착한 아이가 될게요. 너는 머리를 자를 것이다. 앞으로 우연히 그와 같은 키의 남자를 만나면, 혹은 그와 같은 이름을 가진 남자를 만나면, 네 심장은 둘로 쫙 쪼개질 것이다. 너는 못된 여자가 될 거고, 안나는 처음으로 이유도 없이 너에게 화풀이를 당할 거고, 너는 끝내 네 남편과 섹스를 할 거고, 시간은 폭풍우처럼 지나갈 것이다. 너는 차츰차츰 권태를 향해 전진할 것이다.

　너는 일어난다. 커피가 없어서 브랜디가 조금 남아 있는 잔을 집어 든다. 우리의 사랑에 건배. 우리 안의 소리 없는 전쟁에 건배. 그 서늘한 칼날에 건배.

파파, 오늘은 방학이 끝나고 학생과 직장인, 모두가 복귀하는 날이란다. 게으른 이들에겐 일 년 중에서 특별히 더 죽고 싶은 하루지. 게다가 수도권 고속전철이 도착했을 때, 난데없이 프로젝트의 적합성을 다시 평가한다는 문자까지 받았어. 하지만 매번 이런 일이 벌어질 때 내가 정말로 죽는 꼴을 본 적 있니? 이렇게 허무하게 죽을 수는 없지. 그리고 너도. 네가 어머니 집에서 죽는 일은 절대로 일어나선 안 돼. 장난으로라도 그런 생각은 하지 말아야지. 이제 고속전철을 타고, 라데팡스 개선문에 내리고…… 이젠 너도 이 과정에 익숙해졌겠지. 보기만 해도 신물이 나는 광장의 에스컬레이터, 다각형의 빌딩들, 페니스 모양의 제네랄 은행 본사, 그 옆에 조금 더 짜부라진 듯한 우리 은행 건물. 이런 것들이 라데팡스의 첫인상을 형성하지. 라데팡스는 상황에 따라 크기와 기능이 변하는 게임판이야. 엄청나게 거대한 장난감 마을이자 헛된 도전 정신을 주입하는 경기장, 그 둘 사이 어딘가에 있다고 할 수 있을 거야. 전부 글러먹었어. 파파, 이건 정말 단지 느낌에 불과하고, 이런 것보다 더 중대한 건 세상 어디에선가 이런 경쟁 때문에 사람들이 죽어가고 있다는 거야. 사람들이 짐승들만 죽인다고 생각하지 마. 날 그런 눈으로 보지도 말고. 그런 눈을 보면 보름 전부터 시작된 고통과 함께 그녀가 생각나니까.

건물 앞 광장을 지나, 회전 문을 통과하고, 조금의 틈도 없이 35층으로 직행하기. 세상의 종말이라도 막겠다는 듯이 이 년 전부터 거의 매일 하는 짓거리야. 여기에 9월의 작은 떨림까지 더해졌어. 결혼과 마찬가지로 '위기'도 무대 위에 서려면 부드러운 날씨의 9월이 적격인 데다가, 지나간 바캉스를 아쉬워하며 모두 학교나 회사로 복귀하는 시간이기 때문이야. 1929년 9월, 2008년 9월, 2011년 9월, 2020년 9월. 일련의 법칙에 현기증이 날 정도야. 하지만 바로 지금, 또 한 번의 9월을 맞이하고 벌써 2일인 오늘, 이 35층에서 가장 긴급한 문제는 과연 우리 층에 '새로움'이 찾아올까 하는 거야. 즉 새로운 인력 말이야. 물론 미인이어야 해. 고객들을 위한 최소한의 선발 요건이지. 과연 우리가 고학력을 가진 미모의 여성을 맞이할 수 있을까? 돈을 무척 밝히고, 파리 서쪽의 견고한 인수합병을 기반으로 한 현행 세습재산 책략을 이미 갖추고 있어서, 그 일을 해내는데 굳이 나를 의지할 필요가 없는 그런 여성을? 절대 그럴 리 없지. 올해도 그런 프로필에 적합한 여자는 아무도 없어. 그레트가 제격이긴 하지만 그녀는 전혀 새롭지 않을 뿐만 아니라 이미 약간 초로에 접어들었고, 오래전부터 나를 아주 경계하고 있어. 정확히 말하면 내가 파리에서 뉴욕으로 가는 비행기에서 구두의 동의 없이 입맞추려고 했던 날 이후로. 그때부터 그녀는 나 때문에 불안해하고 있어. 그래서 우리 둘이 이 건물의 한적한 장소에 있을 때면, 특히 문이 하나밖에 없는 곳에 있을 때면 그레트는 항상 문을 열어둬. 나랑은 택시도 함께 타지 않아. 문을 열어놓는 한 절대 덮칠 수 없을 거라는 그녀의 순진한 독일식 논리가 느껴지니? 그런 옷을 입고도 욕망의 대상으로 안 보이려고 저토록 애쓰는 걸 보고 있자면, 여자가 되어봤으면 하는 생각이 싹 사라져. 뭐, 원한다고 될 일도 아니지만.

9월 2일을 맞은 빙산의 두 번째 문제도 가계 저축으로 얻은 소득 문제 같은 건 아니야. 그런 게 무슨 상관이겠어, 여기가 국립통계경제연구소INSEE도 아닌데. 두 번째 문제는 다름 아닌 태닝에 관한 거야. 태닝이 무슨 대회 같은 건 아니지만, 실은 알고 보면 결국 경쟁이야. 은행에 도착해서 제일 먼저 확신한 건 내가 졌다는 사실이었어. 내 피부는 바캉스가 아니라 고작해야 시골 엄마 집에서 야외 작업만 실컷 하고 온 남자의 빛바랜 짙은 갈색이야. 하기야 내 경우엔 엄마라고 불릴 자격도 없는 여자의 집이겠지만. 나는 '당신, 선크림 좀 발라', '아들아, 선크림 바르렴' 하고 말해줄 사람 한 명 없는 불쌍한 놈의 목덜미와 팔을 하고 있었어. 그중 한 사람은 내게 관심도 없고, 다른 한 사람은 이탈리아에서 자기 남편과 아이들에게 선크림 바르라는 말을 하기 바빴으니까. 그래도 샌프란시스코에선 틀림없이 티셔츠 자국 정도는 만들 기회가 있었는데. 네가 샤워기 밑에서 오줌 싸는 것에 만족하지 않고 날 호텔 밖으로 끌고 나갔다면, 그리고 내가 거기 도착한 지 겨우 이틀 만에 돌아오기로 결정하지 않았다면 가능했겠지. 두 개의 미니바를 조금의 할인도 적용되지 않은 요금 250달러에 싹 다 비우고, 너를 산책시켜준 아가씨에게 600달러를 쓴 마흔여덟 시간. 이렇게 난 숫자를 통해서 또다시 내 세계로, 업무로 돌아오는구나. 호텔 방을 빌리는 데는 1000달러였고, 너와 같은 대형견을 위해서는 추가비용 1200달러를 지불해야 했지. 아이 침대를 추가하는 데 드는 비용은 400달러던데. 너랑 아이랑 무슨 차이가 있다고! 언젠가 어떤 아이가 공을 쫓아 달려가더니 모래 위에서 똥을 누는 걸 본 적 있거든. 너랑 다를 게 없잖아. 그리고 너도 아이들과 똑같이 단

걸 좋아하고. 그때 난 온종일 호텔 방에서 술에 취해 있었는데, 이렇게 큰 차이가 나는 걸 보고 충격을 받았었지. 그렇다고 샌프란시스코가 차별의 도시인 건 아니야. 다리 밑을 점거한 텐트만 들여다봐도 충분히 알 수 있겠더라. 백인들 천지였거든. 아무튼 널 돌봐준 아가씨에게 로르에 대해 이야기하고, 제대로 깎지 않은 잔디처럼 얼룩덜룩 태운 내 피부를 조금 보여주는 데 600달러를 썼지. 파파, 내가 왜 이 이야기를 너에게 하는지 모르겠구나, 너도 거기 있었는데 말이야. 그래, 그 레베카라는 아가씨는 너에게 아주 상냥했어. 그녀는 널 키우고 싶어 했는데 내가 안 된다고 했지. 사실 난 그 선택을 너에게 맡겼어야 했어. 따지고 보면 난 먹이사슬에서 내가 너보다 우위에 있다는 점을 이용한 거야. 그런데 실제로 그 사슬 안에서 난 어디쯤에 있을까?

그래, 회의와 동료들, 태닝. 오늘 아침 난 졌다고 인정할 수밖에 없었어. 내가 세상에 태어나서 처음 본 건 어머니의 실망한 얼굴과 한때 유행했다는 푸른 바탕에 검은 히비스커스가 그려진 벽지였는데, 그때 내가 처음 알게 된 말이 바로 '난 끝났어'였어. 그날 이후로 내가 거의 매일 되풀이하고 있는 말이기도 하지. 이런 걸 우리 인간들 사이에선 사회적 신분이라고 불러. 그리고 보니 난 지금, 마치 너와 나 우리 둘 다 정액 배설의 결과물이 아닌 것처럼 말하고 있구나. 너도 틀림없이 머리 한구석 어딘가에 신분 의식 같은 걸 갖고 있겠지. 대체 내가 누구라고 생각하고 이런 말을 하는 건지 모르겠구나. 사피아는 극지방의 고색 짙은 청동 조각상처럼 태닝했어. 요트를 탔던 게 분명해. 그리고 돌아와선 틀림없이 '필링'도 받았을 거야. 그건 그 유명한 항해사 에릭 타바를리처럼 되지 않도록 피부과에서 해주는 아주 가벼운 시술이란다. 피부 속 깊이 작용해서, 촉촉하고 반짝이는 피부를 갖게 해주지. 거기다 머리카락은 6월보다 돈을 더 많이 들였을 거야. 부드럽고 반짝이는 게 정말 비단결 같아. 거기에 비하면 로르의 머리카락은 지푸라기 같지만 덜 가정적이라 모든 걸 기대해볼 수 있고, 그래서 난 그 머리카락을 더 좋아해. 아니, 좋아했었지. 제기랄, 이제 다시 원래 자리로 돌아와야지. 좋아했었어. 난 로르가 더는 문자를 보내지는 않지만 머저리 취급도 하지 않았다는 사실에 주목하는 중이야. 그녀와 무슨 관계를 도모하는 게 아니라 그냥 선명한 대조를 위해서 하는 말인데, 말하자면 그녀가 분노하지 않았다는 소리지. 파파, 넌 그게 정상이라고 말하겠지. 불꽃을 더 키우지 않을 경우엔 활활 타오르지 않는 게 자연스러운 거라고. 아예 꺼져버리는 게 정상이라고. 그러니 그녀의 불도 꺼졌다는 소리겠지. 이제 우린 그 시점에 온 게 분명해. 로르는 더 불타지 않아. 사실 그게 내가 원했던 거지. 파파, 안 그래? 내가 원했던 게 분명하니까, 이제 이렇게 된 걸 불평하지 말아야겠지.

피부 이야기로 돌아가면, 우승자는 다름 아닌 올리버야. 그룹에서 그를 너무도 중히 여겨서 8월 10일에 복귀하라고 부르는 통에 모두 내던지고 쉬는 것조차 맘대로 하지 못하고 남들보다 일주일 먼저 돌아왔다는데. 그의 피부는 흉내 낼 수도 없겠더라. 마치 스펙트럼의 반대편 끝에 있는 부랑자의 피부 같았어. 이 주 전부터 유리창 밑에서 일하고 공중화장실에서 씻는, 그런 남자의 생기 없고 희미한 빛깔 말이야. 반면에 파파, 올리버처럼 절대적으로 꼭 필요한 톱니바퀴도 아닌 너는 배에 야자 오일을 듬뿍 바르고 잔디에서 뒹굴다가 흑색종에 걸리고 말았지. 그런데 올리버는 대체 왜 그렇게 빨리 복귀했을까? 뭐, 그냥 오늘의 요리처럼 그날의 명령이 떨어져서 온 거겠지.

CDO인 아민이 위기 예고의 지표를 찾아냈어. 도표에 있는 숫자 하나, 그걸 보고 이해할 수 있는 자는 그가 유일해. 그 점이 이 문제를 더욱 두렵게 만들어.

일 년 내내 얼굴이 창백한 오렌지빛인 아민이 진짜 무서워서 죽을 지경인 표정을 지었고, 난 질투가 났어. 파파, 무서워서 죽으려면 뭔가를 진심으로 갈망하는 진짜 이유가 있어야 해. 아민은 그런 게 있는데, 왜 나는 없을까. 네가 그 멍청이를 좀 봤으면 좋을 텐데! 그는 배가 나오진 않았지만, 이마 밑과 귀 앞까지 길들여지지 않는 머리카락을 새로 심었어. 올리버도 머리를 심었는데, 1만 유로나 들인 모발 이식이 제대로 되지 않아서 새로 이식한 머리카락이 확실히 뿌리를 내리기까지 실내에서도 검은 모자를 쓰고 있어야 했고, 겨울 내내 엄청나게 긁어댔지. 아무튼 아민은 경고하는 어조로 자기가 찾은 숫자에 관해 꽥꽥대며 설명했어. 마치 로마가 습격당했을 때 요란하게 울어대서 로마를 구했다는 '카피톨리누스의 거위들'처럼. 이어서 쥐 죽은 듯한 고요함이 찾아왔어. 예외적으로 모두 나처럼 말이 없기에, 내 존재를 드러내기 위해 뭔가 다른 방법을 강구해야 했어. 하지만 달리 방법을 찾지 못해서 고전적인 방법을 택했지. 입을 가리지 않고 대놓고 기침을 한 거야. 하지만 여전히 조용했어. 다른 이들은 마치 유령처럼 존재하지 않는 답을 찾으려 인터넷을 뒤적거리거나, 괜히 자기들 사진이나 분류하고 있더군. 나도 계속 같은 짓을 되풀이했지. 카미유 클로델처럼 날 고통스럽게 하는 결핍된 뭔가의 소리에 귀 기울이다가, 로르, 로르, 로르를 계속 되뇌다가⋯⋯. 대체적으로 공백기는 너무 길면 안 되니까, 그녀에게 그냥 한번 찔러보기식으로라도 문자를 보내볼 수 있을 거라 생각하고⋯⋯. 그 생각을 하자마자 내 안에서 로르에게 보낼 문자가 서서히 올라오는 게 느껴졌어. 문자가 넓적다리

쯤까지 올라오기에, 간신히 붙들고 있었어. 그녀는 내가 켠 양초에 즉시 답장하겠지. 아니, 절대로 안 할 수도 있어. 어느 쪽이든 내가 문자를 보내면 엄청난 바보짓이 될 게 틀림없었지. 난 은행들 사이의 자금조달 기능 정지에 관한 이야기를 시도해봤어. 모두가 듣도록 내 주파수를 바꾸기 위해선, 무슨 이야기든 다 할 준비가 되어 있었지. 그런데 올리버가 딱 한마디, 부풀려 말하지 말라고 해버렸어. 로르에게 보내는 메시지는 이제 배까지 올라왔고, 올리버의 말에 분명히 내 얼굴이 빨개졌을 테지만, 꿋꿋이 견뎠어.

"자, 숙녀분들과 신사 여러분." 올리버가 말했어. "그럼 우리가 할 이야기는 다 한 것 같군요."

그러더니 아민과 여자들에게 회의실에 남아달라고 했어. 그러니까, 이야기가 다 끝난 '여러분'은 특히 나였던 셈이었고, 나의 문자는 목구멍까지 이르지는 못했지만 거의 명치까지 올라와 있었어.

마침 휴게 공간에 아무도 없기에 그곳에 들어가 숨었어. 잠시 후에 시빌이 들어오더니, 나더러 언제부터 여기 있었느냐고 물었어. 난 방 한가운데서 카펫 위에 모로 누워 두 팔로 내 상체를 꽉 껴안은 자세를 하고 있었는데, 하마터면 그녀에게 정직한 대답을 해버릴 뻔했단다. 아주 어렸을 때부터, 사람들로부터 위로의 시선을 끌기 위해서 가끔 이렇게 내 몸을 꽉 껴안곤 했다고, 난 도저히 혼자선 살 수 없는 사람이라고. 하지만 간신히 아무 말 하지 않았어. 내 문자는 이제 전두엽까지 올라와, 곧 떠날 채비를 하고 있었어. 바로 그때, 난 기억해냈어. 6월 23일 성 요한의 날 이후로는 내가 나를 껴안을 필요가 없었다는 걸.

파파, 지금 핑계를 대려고 이런 말을 하는 게 아니야. 차라리 내 다리 하나가 부러졌으면 좋았을 텐데. 그럼 넌 다리 하나쯤 없어도 문자를 쓰는 데는 지장이 없다고 말하겠지.

너는 운전할 기분이 나지 않아서 27번 버스를 타고 세르지 대학교까지 간다. 라포스트 대로에서 트루아퐁텐느를 거쳐 루아즈 거리로 가는 동안, 너는 이 익숙한 풍경 속에서 거울을 보듯 비참하고도 역겨운 너의 모습을 발견한다. 지나치게 넓은 도로, 친환경이라고 하기엔 지나치게 넓은 잔디밭, 소위 신도시라면서 환멸만을 안겨주는 콘크리트 도시의 대지를 짓누르는 건물들…… 서글픔. 도시에 대해 네가 내린 진단은 너의 얼굴에도 고스란히 나타난다. 너는 아침마다 점점 더 비탄에 빠져간다. 한 달. 너는 8월 3일 이후로 흘러간 날짜를 소리 없이 되뇐다. 사십에 이르면 숫자 세기를 멈출 생각이다. 그건 미친 여자들의 언어니까. 식민지 시대처럼 승객들이 꽉꽉 들어찬 버스의 뒤쪽에 끼인 채로, 너는 포르 대로에서 눈을 감는다. 너는 연습하는 중이다. 텅 빈 심장, 느슨해진 목구멍, 그의 이름을 들어도 반응하지 않는 너의 몸을 느끼는 연습. 모든 것이, 관계를 끝내는 것조차 연습이 필요하다.

인문학부 캠퍼스. 너는 다시 여기에 있다. 열여덟 살에 들어와 너의 남은 생을 보내게 될 이곳에. 거푸집처럼 찍어낸 듯한 교육 시스템을 통해 보존되고 그 시스템을 영속시켜나갈, 무상 교육의 산물인 너. 너는 무언가를 베끼는 일 외엔 다른 아무것도 배우지 못한 걸 후회한다. 네가 괜찮은 교사이기라도 하다면 다행일 텐데. 너는 해마다 거의 바꾸지 않고 같은 수업을 되풀이하고, 공부하지 않는다. 너무 힘들게 너 자신을 거스르며 살아온 나머지 게으를 대로 게을러진 너는 이젠 공허감과 싸워야 했고, 그 싸움이 너를 녹초로 만들었다. 한 레스토랑에서 시작된 사랑으로 완전히 정신을 잃어버린 오늘, 너는 너에게 용기가 필요하다는 걸 알고 있고, 그 용기를 어디다 소모했는지도 분명하게 깨닫는다. 너는 이 요새에 안주하는 데 너를 다 소진했다. 그리고 너는 이 요새를 떠날 줄 모른다. 홀 입구에 놓인 손 세정제 앞에서 너는 이렇게 괴로움을 연습한다. 너는 확실히 늙고 있다. 너라는 집이 무너지는 데는 이제 네 엄마의 도움도 필요하지 않다. 이제 너는 혼자서도 너 자신을 아주 잘 비난한다. 너는 다시 냉소적인 태도를 되찾는 연습을 할 테고, 그 태도가 결국 네 안에서 한여름의 사랑을 소멸시킬 것이다.

손 세정제가 텅 비었다. 너는 학과장인 카트린에게 말한다. 잘됐네. 그녀는 흥분한다. 그래, 망할 놈의 코로나바이러스가 우릴 완전히 초토화하게 내버려둬, 그 후엔 대체 뭐가 올지 어디 한번 보지 뭐. 너는 지금 패배를 연습하고 있다.

과 회의에 적어도 교원의 3분의 2가 모였다. 이 정도면 9월 2일치고는 출석률이 거의 100퍼센트에 가깝다. 모두 너무 티 나지는 않게 적당히 살을 태워왔다. 세금을 공제한 월급 1900유로로 다른 사람들보다 덜 사치스러운 바캉스를 보낸 것처럼 보이려는 노력에 대해 서로 치명적인 지적을 피할 줄도 알았다. 너희는 8월 10일부터 교육 내용을 공들여 점검하기로 했다. 그게 아니더라도 포르투갈 북부나 이탈리아, 브르타뉴 위쪽, 프라하와 암스테르담 정도의 비교적 짧은 비행을 선택하지, 굳이 더 먼 곳을 택한 자는 아무도 없었다. 자녀들의 개학 이야기가 한창이다. 너는 여름 끝자락에 있었던 너의 한심한 승리, 베라의 전학을 순진한 마음으로 받아준 사립 학교에서 베라가 다시 공부하기로 수락했다는 소식에 대해선 입을 다문다. 7월 이후 처음으로 너는 네 컴퓨터의 전원을 켠다. 네 컴퓨터는 클레망의 피부를, 너도밤나무 향과 설탕 향이 섞인 그의 체취를 모른다. 올리브나무 밑에서 있었던 너희의 야성적인 결합도, 너희 관계가 침체기로 들어간 것도 모른다. 카트린은 매번 그렇듯 이번에도 자기가 만든 대추 케이크 상자를 풀어놓는다. 미안, 약간 탔어, 전화를 받다가 그만…… 그래도 누가 끝까지 먹어준다면 밑바닥의 빵 껍질은 꽤 맛있을 거야, 그건 그렇고 혹시 우리 과 시간표 인쇄한 사람 있어요? 오늘 회의의 주제는 모두 잘 알고 있을 거예요, 예기치 않은 일이 일어나서 말이야, 6월에 학생들 백 명 정도가 파르쿠르쉽*을 통해 우리 학교를 선택했잖아, 그래서 그중 우수한 학생 육십 명은 우리가 확보했다고 생각했었지, 그런데 알고 보니 겨우 스물일곱 명만 본래의 선택을 고수했고 나머지 학생들은 모두 다른 학교로 갔지 뭐야, 그 사실을 오늘에서야 알게 되었어요.

너의 동료들은 분개하지만 너는 아무렇지도 않다. 6월과 9월 사이에 모든 게 다 너와 관련 없는 일이 되어버렸다. 한 달 전부터 너는 그 사실을 알고 있다.

어떻게든 입학생 수를 다 채워야 해요. 카트린이 부연한다. 다음 주에 강좌를 열려면 대기자들 명단에서 오늘까지 아무 학교에도 들어가지 못한 학생들을 찾아야겠죠.

---

* Parcours Sup, 수험생들이 지원을 희망하는 학교에 입학 허가를 받기 위해 사용하는 사전 지원 플랫폼.

"한마디로, 따라지들을 찾으란 말이죠." 해마다 이맘쯤이면 늘 하게 되는 채취 작업을 개탄하면서, 카데르가 친절하게 설명한다. 학생 모집을 그놈의 눈먼 플랫폼에 맡기는 바람에 과 전체가 마비되는 거야. 조금 더 실용적 정신을 가진 장미셸이 필요한 학생 수를 묻는다. 교육부를 만족시킬 정도로 강의실 자리를 채우려면 학생들을 얼마나 모아야 하는 거죠? 그때 처음 보는 여성이 다른 질문을 하고, 모두가 가능한 한 시간을 끌면서 대답을 회피한다. 그녀의 요지는 낮은 수준의 아이들로 신입생 수를 채운다면 어떤 결과가 일어나겠느냐는 것이다. 그때 카트린이 그녀의 말을 끊는다.

"오, 미안해요. 여러분! 새로 온 시간 강사 겸 연구조교를 소개할게요. 안느 로르 뱅트밀리아."

"이런, 이름만 들으면 내 동생 같네." 네가 마지못해 한마디 한다.

"로르, 당신에게 동생이 있어요?" 장 미셸이 관심을 보인다. "동생 좀 만나볼 수 있어요?"

"여러분, 만나서 반갑습니다." 안느 로르가 인사한다.

안녕하세요, 안느 로르, 축하해요. 이번엔 연구조교 지원자들이 아주 많았던 데다, 박사 준비과정 응시생은 늘리고 교수직은 줄이는 바람에 결과적으로 채택된 지원자들이 필요 이상의 자질을 갖춘 위협적인 자들이었다.

새로 들어온 조교, 안느 로르는 1학년 학생들에게 새로운 건강 규약을 소개하고, '디지털화된 자금에 관한 연구 방법'에 대한 소규모 세미나를 맡으라는 지시를 받는다. 그녀는 고맙다고 말했지만, 속으론 치사한 인간들이라고, 귀찮은 일만 떠맡긴다고 생각할 것이다.

너도 저 소녀와 같았던 시절이 있었다. 더 비사교적이고, 더 시대에 뒤떨어졌으며, 소니의 아날로그 헤드폰을 끼고 라디오헤드의 음악을 듣곤 했다. 지금 너는 대학원 용지 상단 여백에 볼펜으로 원과 나무 따위를 계속 그리고 있다.

"교수님은 여전히 '시대의 이름'에 관해 연구하고 계시나요?" 신임 임시 연구조교가 잘 알지도 못하면서 너에게 뜬금없는 질문을 던진다.

"마리 로르. 말 편하게 해도 돼요."

"마리 로르가 아니라, 안느 로르예요."

몇 년 전이었다면 너는 이 세련된 여성에게 네 연구실로 가서 진짜 주물로 만든 다기로 끓인 차 한잔을 권했을 것이다. 농담으로 편히 웃게 해주기도 하고, 고향이 어딘지, 왜 이 공부를 그렇게 열심히 했는지도 물어봤을 것이다. 이제 대추케이크는 조금밖에 남지 않았다. 카트린은 학부에서 내년에 전임강사 한 명을 더 모집할 거라는 소식을 전하며 기뻐했다. 물론 확실한 약속은 할 수 없어요, 하지만 올여름에 나온 그

자리가 요구하는 자격 요건이 당신에게 아주 적당해요, 그러니 지금부터 그때까지 능력을 증명해줄 거라 믿어요, 운이 좋은 것 같아요, 안 그래요, 안느 마리?

"안느 로르요." 안느 로르가 말한다.

"자, 다 먹었죠?" 카트린이 케이크 부스러기를 모으면서 다시 케이크 상자를 싼다.

"그런데 교육 내용에 관해선 의논하지 않나요?" 안느 로르가 불안해한다.

이런 식으로 열정을 보인다면 학기 시작 행사 때도 자기가 해보겠다고 나설 판이다. 아무래도 네가 그녀에게 귀띔을 좀 해줘야 할 것이다. 카트린은 네가 대학 용지에 뭔가를 끄적거리는 걸 보고는, 불참한 조교를 대신해 회의 내용을 기록하는 줄 알고 흡족해한다. 그 조교가 아직 브르타뉴의 라니옹에 있는 부모님 집에 묶여 있대, 그러니까 로르, 당신이 보고서를 작성할 수 있지? 그럼 내가 그 보고서를 모두에게 전달할게, 대신에 난 케이크를 만들었잖아. 그녀가 웃는다. 충분하진 않았지만 말이야.

그때 너의 휴대전화가 진동한다.

너는 그의 모호한 글을 읽는다. 어떤 중요한 의미도 없는 그의 메시지를. 네 안에 막혀 있던 뭔가가 확 풀어지면서 너는 갑자기 화창한 7월을 맞이한다. 어찌나 환하게 미소를 지었는지 너를 보며 모두가 한마디씩 한다.

"좋은 소식이 있구나!"
"교육부 장관이 심포지엄에 재정을 대주겠대요?"
"〈파불라〉 학술지에 알릴까? 제목으로 쓸 만한 멋진 문구 같은 거 있어?"

그렇다. 사랑은 추상적 객체다. 그에 따른 대가는 잊으려는 주체의 성향이 무한히 투사된 객체.

"논 안코라Non ancora."
"뭐라고?"
"이탈리아어야. 아직은 아니라고. 생각 좀 해볼게."
"지금은 그 이야기를 하고 싶지 않구나? 왜? 모두 함께 생각해볼 수도 있잖아."

너는 한 시간 안에 클레망을 다시 만날 핑계를 찾은 다음, 아무 구실이나 만들어내 그와 함께 밤을 보내고 싶다. 우선 개강 준비 회의가 늦게까지 있었다고 하고, 그다음엔 고속

전철 B노선에서 폭동이 일어나는 바람에 역에서 머물 수밖에 없다고 할까? 충분히 일어날 수 있는 일이다. 혼돈은 항상 가까운 곳에 존재한다.

"내가 알아서 할게. 어쨌든 고마워."

늘 그렇듯이 너는 또다시 네 사랑의 서사를 만들어나간다. 너는 거짓말과 본능에 묶인 습관을 다시 이어간다. 10월이 왔다.

파파, 로르는 거의 몸 전체를 제모했고, 채소와 면류, 치즈, 약간의 고기를 먹는단다. 그녀는 와인을 조금 마시고, 빵은 항상 남기고, 잠을 많이 자. 주로 밤 11시에서 아침 9시까지 잔대. 수업이 있을 때만 빼고. 수업이 있을 때는 밤 10시에 잠자리에 들어서 아침 6시면 일어난다네. 파파, 너에게 이런 이야기를 하는 건 이것들이 내가 내세울 수 있는 명백한 사실의 전부라서 그래. 나머지는 모두 내가 느낀 것들뿐인데, 이 느낌이란 게 너무나 긍정적이어서 실제 로르에 대한 객관적인 보고서를 만들어낼 수 없거든. 나는 그녀가 날 처음 만난 6월보다 훨씬 행복하고, 거짓말하는 상황에 더 많이 괴로워하고, 우리가 처음에 만난 이유였던 심포지엄은 이제 신경도 쓰지 않는다고 느껴져. 이제 로르의 심포지엄 주제는 바로 나야. 그녀는 크리스마스 휴가 때 스키장에 가족을 위한 숙소를 예약했어. 물론 그녀는 거기 가지 않아. 고산병이 심하거든. 그녀는 더위를, 열기를 더 좋아한대. 언젠가 지나가는 말로 그렇게 말했어. 난 그녀가 이번 겨울에 내가 자기를 태양이 비치는 어딘가로 데려가기를 바란다는 느낌을 받았어.

그리고 영화나 연극처럼 극적인 경험을 원하는 듯했어.

보렴. 사람이 느낌에 집중하기 시작하면 끝이 없단다. 느낌이란 건 헛소리와 같이 바닥에 닿을 수 없는 거야. 불안과 호흡곤란, 파스타와 채소와 치즈를 번갈아 먹는 식단을 고수해야 한다는 압박감, 주가지수의 마지막 변동, 그리고 네 접시에 담긴 저자극성 크로켓을 본래의 것으로 다시 돌린 것, 이 모든 게 어떤 느낌에서 시작된 거란 말이야. 아, 네 크로켓을 다시 바꿔준 건 고마워하지 않아도 돼. 그런 건 내가 얼마든지 감당할 수 있으니까. 로르는 아직 일어나지 않은 일에 대해서는 전혀 주춤거리지 않아. 로르가 묻더군. 자기가 날 행복하게 해주느냐고. 그 질문에 대해서 난 아주 모호한 느낌만 감지할 뿐, 어떤 판단의 기준도 세울 수가 없었어. 증거로 내세울 만한 게 없더란 말이지. 어떤 표시도, 데이터도, 지수도 없잖아. 그래서 아니라고 대답했어. 거짓말하는 사람은 한 명으로 족하잖아. 그랬더니 그녀의 반응이 아주 안 좋았어. 목소리가 좀 올라가나 싶더니, 우습게도 자기가 마신 잔만 계산하고 홀쩍 떠났어. 그 후로 난 후회하고 있고.

그때부터 난 그녀에게 말해줄 증거를 찾고 있어. 그런데 파파, 행복을 알려주는 지수가 있다고 상상해봐, 놀랍지 않니? 호르몬 용량을 채혈로 알아볼 수 있다는데, 그 비용이 200유로라더구나. 아무나 쉽게 할 수 있는 건 아니지, 환급도 받을 수 없거든. 말이 나와서 말인데, 우리는 이제 노동자들이 자신들의 현실을 깨닫는 데에도 특별히 관심을 기울이지 않아. 노동자들은 세상 어디서나 가난하고 죽을 때까지 혀가 빠지도록 고생해야 한다는 건, 그냥 표현상으로 하는 말이 아니고 숫자가 뒷받침하는 객관적 사실이란다. 그들이 들으면 화를 낼 수도 있겠지만, 진실이 그래. 우린 그들이 구매력을 얻을 수 있도록 뭔가를 해야만 해. 심지어 우리 주머니를 털어서라도 말이야. 그런데 펭귄들은 자기들 손안에 있는 건 절대로 놓으려는 법이 없지. 이러다간 언젠가 빙산도 성난 노동자들에게 포위되고 말 거야. 그땐 군중들을 향해 총이라도 쏴대지 않으면 안 될지도 몰라. 이런, 목이 마르네. 움직이지마, 나는 한 잔 더 마셔야겠어. 너한텐 아스피린 한 알을 가져다줄게. 네가 그렇게 떠는 걸 보고 싶지 않거든.

자. 이 유리잔은 날 위한 거고, 이 그릇은 널 위한 거야. 난 호르몬 수치가 정상이래. 의사 말에 따르면 내가 기쁨의 호르몬을 모두 갖고 있다는 거야. 옥시토닌, 도파민, 세로토

닌, 페닐에틸아민. 잘 모르지만 엔돌핀은 축제 같은 것이래. 내가 지금 말해준 것들이 바로 행복의 호르몬이야. 이런 것들이 모두 섞이면, 바로 내가 요즘 느끼는 완전한 행복감과 만족감 등 이례적인 생존력을 보장하는 성분을 형성한단다. 상상해봐. 누군가가 네 피부 속에 세상에서 가장 비싼 주사약을 공짜로 넣어준다고 말이야. 사실 거기엔 대가가 따른단다. 한 여자를 훔치는 거니까. 그래도 그건 금방 잊어버리게 되고, 그러니까 이건 이득이지. 넌 이런 셈 따위는 하찮게 여기겠지만. 그런데 꼭 알아야 할 건, 호르몬 생성을 위한 자극제를 오랫동안 투여하지 못하면 일 년 반은 걸려야 피를 다 씻어내고 이전의 상태로 돌아갈 수 있다는 거야. 홀가분하지만, 외롭고 쓸쓸한 상태로. 그래, 꽤 긴 시간이지. 하지만 뭐, 아주 길다고는 할 수 없어. 헤로인을 완전히 씻어내는 데는 십 년이 걸리거든. 음악에 한번 빠지면 오십 년이고.

다른 증거들도 있어. 뉴욕상품거래소COMEX에 있는 동안 내가 리스트를 만들어봤지. 디자이너들이 상품 목록이라고 하는 거 말이야. 식료품점에서도 비슷하게 말하긴 하지만 똑같지는 않아. 내 경우엔 '구체적으로 행복한 순간들의 목록'이야. 기쁨이 피부 바깥에서 28도의 기온처럼 따뜻하게 느껴지는 순간. 여름날 억수같이 쏟아지는 빗속의 곤충들처럼 기쁨이 우글거리며 교향악처럼 들려오는 순간. 그런 순간들. 지

금 난 네가 이해할 수 있는 이미지로 설명하려고 애쓰는 중
이야. 내가 지금 흥분해서 그런 것도 있고. 틀림없이 지금 도
파민이 상승하고 있을 거야. 이제부터 내가 하나씩 말해볼
게. 리스트에 들어 있는 순간들을 모두 순서대로 분류할 필요
는 없어. 중요한 건 하나하나 모두 확실한 순간들이어서, 하
나도 잊어버려선 안 된다는 거야. 하나, 생클루 공원에서 로
르와 만나자마자 내가 그녀의 배를 베고 잠이 들었을 때. 그
때 그녀는 내 눈썹을 쓰다듬었지. 내가 물었어. 수업이 있는
거 아니냐고. 그녀가 뭐라고 대답했는지 알아? 시간은 충분
하니까 맘 놓고 자. 빌어먹을, 어떻게 그렇게 말할 수 있지!
둘, 내가 그녀를 처음 만나 바로 이 여자라고 확신했던 날. 그
때 난 꼭 다시 만날 수 있었으면, 아니, 절대로 만나지 말았으
면 하고 바랐지. 앞으로도 같은 말을 되풀이하겠지만, 세상은
절대 뜻대로 풀려나가지 않는다는 걸 알아야 해. 그리고 우연
히, 결국 어떤 사건이 일어난다면, 반드시 그 후에야 이 진리
를 인지하게 되는 법이야. 넌 지금 이게 다 무슨 말인지 이해
할 수 없겠지. 아무튼 그런 일이 일어나면, 더욱이 네 몸을 통
해 일어나면, 그 순간부터 너에겐 눈부시게 찬란한 짐승의 삶
이 시작되는 거란다. 그리고 또 어떤 순간이냐면, 내가 그녀
모르게 세르지 대학교의 강의실에 들어갔을 때야. 로르는 강
의를 하고 있었고, 날 발견하지 못했어. 그녀는 정말 엄청 지

루한 이야기를 하고 있었어. 그때 난 그녀가 학생들을 매우 사랑한다는 걸 알았지. 평소 말하던 것보다 훨씬 더 사랑하는 게 보였어. 그날 그녀는 기름기 많은 머리에 충격적일 정도로 볼품없는 블라우스를 입고 있었어. 그날은 우리의 데이트가 없는 날이었지. 얼굴엔 다크서클이 내려앉은 데다, 가끔 손으로 눈꺼풀을 마사지하더군. 어느 순간 부르디외의 한 제자가 했던 말을 인용하면서, 사람들은 내면적 부조화로부터 취향의 조화가 생겨난다고 했어. 그 순간 난 왠지 그녀가 내 아내 같다는 느낌이 들었어. 나도 학생들처럼 노트를 꺼내서 그 말을 적고 싶었는데 아무 준비 없이 빈손으로 갔던 터라 그럴 수 없었어. 그 자리에서 내가 바로 완전히 부조화였던 거지. 또 그녀와 함께 영화관에 갔던 날도 리스트에 넣어야 해. 그날 그녀는 치마 속에 팬티스타킹을 입고 있었어. 그런데 몰래 그녀의 허벅지 위쪽을 만지다가 스타킹 다음이 곧바로 맨살이라는 걸 알았지. 팬티스타킹이 아니라 그냥 스타킹이었던 거야. 그래서 그녀의 그곳을 자유롭게 만질 수 있었어. 게리 쿠퍼*가 감옥에서 나올 때까지 말이야. 샹폴리옹 영화관에서 본 옛날 서부극이었는데, 그 영화관은 지금까지 관객들의 별별 짓거리들을 다 봐왔겠지. 샹폴리옹이 세워진 게 육십삼 년

---

*   Gary Cooper, 1901~1961. 미국의 영화배우.

전이니까, 그 긴 시간을 지나오는 동안 파리의 풍속이 변하는 걸 보면서 그 자리를 지켜왔을 텐데 그 영화관에 드나든 음란한 부랑아가 어디 나뻤이었겠어? 그런데 재미있는 게 있어. 나는 꼬마였을 때, 무성영화 시대부터 지금까지 영화 속 배우들은 어떤 관점으로 관객들을 보고 있을지 아주 진지하게 생각해보곤 했거든. 그런데 그날 로르가 묻는 거야. 당신 생각엔 스크린 저쪽에서 게리 쿠퍼가 우리를 어떻게 생각할 것 같아요? 그 순간 너무 놀라서 소름이 쫙 돋더라니까. 또 있어, 호프집에서 식사했을 때야. 그녀는 감자튀김을 먹고 나는 데빌드에그를 먹었지. 서로 아무 말 없이, 그저 옆에 앉은 손님들의 대화만 들으면서. 옆자리 손님들은 꽤 나이 많은 노인 둘이었는데, 드골이 이끌던 프랑스공화국연합 시절부터 서로를 알아온 사이 같았어. 왠지 내 기분이 좋아지더구나. 그러다 어느 순간, 두 노인 중 하나가 드골주의자 정치가였던 필리프 세갱을 마치 친구 사이처럼 이야기하기 시작했어. 홀 안에선 튀긴 기름 냄새가 풍겼고. 그러고 나서 우린 멋진 정사를 나눴어. 알아, 나도. 내가 바보같이 말하고 있다는 걸. 내가 침대에서 그녀에게 어떤 질문을 했을 때도 행복한 순간이었어. 내가 물어봤지. 개 한 마리를 데리고 살고, 두 번에 한 번꼴로만 발기하고, 머지않아 쉰 살이 될 남자의 어디가 그렇게 좋으냐고. 그랬더니 그녀가 웃음을 멈추지 않더군. 리스트에 아직 네다섯 개가 더 있는데, 나머지는 아껴둘게.

　이런 순간들 사이사이엔 온통 먹고 자고 싸는 것뿐이야.

　너는 이렇게 말하겠지. 전부 음란한 이야기뿐이라고. 아니, 네가 아니라 그녀가 그렇게 말하겠지. 네가 인간의 말을 할 수 있다면 아마 넌 제일 먼저 이런 걸 물을 거야. 왜 내가 네 똥을 손으로 집어서 비닐봉지에 넣느냐고 말이야. 그럼 내가 이렇게 대답하겠지. 사람들이 그렇게 하라고 했다고. 저 위에서 그렇게 결정을 하면, 시청에서 모두 그렇게 하라고 공문이 내려온단다. 이 대답을 들으면 넌 잠시나마 인간의 언어에 접속했던 걸 후회하고, 인간 언어의 회로를 영원히 꺼둘 거야. 그러고 나면 우리 둘은 폭음을 하겠지.

그날 아침엔 모든 것이 그의 이름을 전해주고 있었다. 커피 냄새와 뜨거운 물에서 피어오르는 김, 창밖으로 보이는 특별한 초록, 불어오는 특별한 바람……. 너는 그에게 완전히 사로잡혔고, 모든 식구가 아직 잠을 자고 있었기에, 너는 거실에 서서 네 비밀의 남자에게 전화를 걸었다. 그가 전화를 받았다. 그는 뛰어서 출근하는 중이었다.

　　너는 허공에서 너를 마주하고 있는 그의 환영을 향해 사랑해, 하고 말했다. 최신형 휴대전화를 통해 듣는 침묵은 완벽했다. 탁탁 튀는 소리도 없이 모든 게 다 들린다. 그의 숨소리, 옷이 스치는 소리, 그리고 말이 나오기 전까지 이어지는 무한한 침묵. 그는 아침 8시의 수염을 손으로 쓸었고, 너는 어렸을 때 조심스레 소라 껍데기를 갖다 대던 그 귀로, 그가 실제로 발화하기 전에, 침묵 속에서 그의 대답을 찾아냈다. 나도. 마침내 그가 답했다. 그 침묵 속엔 묵직한 씨앗, 그가 처음으로 가져보는 대지의 무게가 담겨 있었다. 설령 네가 모든 걸 잊는다고 해도, 그 순간의 침묵은 오랫동안 네 귀에 울릴 것이다.

잠시 후에 베라가 들어왔다. 베라는 즉시 포옹하러 오는 대신 잠시 머뭇거린다.

"사랑하는 내 딸, 아침 인사 해줘야지."

그러자 베라가 다가와서 검은 머리카락을 네 뺨에 비빈다. 유치원 다닐 때부터 이어진 고양이 인사. 깃털 이불 냄새와 샴푸 냄새, 그리고 담배 냄새가 풍겨온다. 너는 커피를 마셨다고 말한다. 그 역시 사실이니까. 너는 어제 먹다 남은 빵이 있다고 알려준다.

"배 안 고파."

"무슨 일 있니?"

"에이, 아무 일도 없어."

밖으로 보이는 특별한 초록, 불어오는 특별한 바람.

"너 지각하겠다. 사랑해, 내 딸."

"알았어. 근데 스키 바지를 입어봤는데 좀 짧아. 엄마 가방에서 돈 좀 꺼내 갈게."

앙통과 베라가 주방 입구에서 마주치고, 서로 툴툴거리듯 인사한다. 애정이 아주 없지는 않아 보인다. 아침 식사 때 저 애에게 속바지 말고 다른 걸 입히기까지 오 년이 걸렸지. 앙통이 햇수를 계산한다. 저 애가 분명한 프랑스어로 봉주르, 하고 인사를 하기까지는 아마 십 년이 더 걸릴 거야. 그래도 앙통은 그 애를 줄에 매달고라도 스키장에 데려갈 것이다. 가족의 결속에 대한 네 생각이 그에게 1700유로의 비용을 치르게 한다. 그의 욕구의 가격을 알아둘 필요가 있다.

그러는 동안 어제 먹다 남은 빵이 타버렸다.

"젠장! 로르!"

너는 눈을 감는다. 그리고 네가 흠뻑 빠져 있는 어른의 놀이를 생각한다.

로르가 내게 사랑한다고 했어. 그녀가 날 생각하고 있었
던 거야. 그때 갑작스레 눈물이 났어. 정말이야. 웃음이 난 게
아니라 눈물이 났다고. 하마터면 어머니에게 전화해서 그 얘
기를 할 뻔했어. 사실 난 어릴 적 내가 잠든 요람에 대고 그
여자가 중세 흑마술의 어두운 저주를 내뱉은 건 아닌지 의심
하고 있었거든. 이렇게 말이야. '나는 이것의 엄마인데도 도
저히 이걸 사랑할 수 없어, 나뿐 아니라 어떤 다른 여자도 이
물건을 사랑하지 말지어다! 제발 그렇게 될지어다!' 지금까
지 그 주문은 기가 막힐 정도로 잘 먹혔지. 사람들은 인사치
레로라도 내게 사랑한다는 말을 해준 적이 없어. 간혹 교육을
지나치게 잘 받은 탓에 덮쳐달라는 말을 못 하거나, 지나치
게 생각이 복잡해서 고맙다는 말을 못하는 여자들이, 아주 드

물게 섹스 중이나 끝나고 나서 인위적으로 꾸며낸 말 말고는. 평소엔 신께 감사하다고 말하지 않지만, 오늘은 결국 하고 말았어. 주차장과 안내실 사이에서 확신에 찬 큰 소리로 열 번이나 되풀이한 거야. 감사합니다, 주 예수님. 파파, 이 말엔 설명이 좀 필요해. 언젠가 시간이 되면 자세히 말해줄게. 내가 한 번도 너를 데리고 교리문답 수업에 간 적이 없구나. 그래, 넌 어렸을 때 메종 알포르의 반려견 훈련소에 다녔잖아. 너에게 설명하긴 좀 어려운데, 예수님은 언젠가 다시 오겠다면서 하늘로 올라가신 바로 그분이야. 돈 후안*의 약속처럼 얼굴을 붉히지 않곤 하기 어려운 약속이지만, 그래도 사람들은 여전히 그 약속을 믿고 있단다. 그분은 돌아오실 거야. 요는, 내가 이 말을 한다는 건, 내가 진심으로 그를 맞을 준비가 되었다는 의미야. 난 큰 소리로 말했어. "감사합니다."

"네? 뭘요?" 우리 은행의 전화 교환원 중에서 가장 영악한 여자인 안드레아가 주님 대신 대답했어. 나는 정신병을 일으킬 만큼 어지러운 그녀의 꽃무늬 블라우스를 억지로 칭찬했지.

오늘 온종일 그랬어. 인간에 의한 '인간 착취' 역사 중에서도 가장 터무니없는 일인 인턴십 요청도 승인해주고, 모두

---

*   중세 민간 전설에 나오는 바람둥이 귀족.

에게 친절을 베풀었지. 그런가 하면 그레트를 전혀 대수롭지 않은 사람인 양 휴게 공간에 혼자 방치했어. 단지 화장실에서 로르에게 전화하려고 말이야. 그때 로르는 나를 자기 '선물'이라고 불렀어. 그 외에도 그녀는 내가 '응'이라고밖에 대답할 수 없는 말들을 아주 많이 했어. 난 내 몸의 안과 밖에 동시에 존재했고, 보잘것없는 육신에서 빠져나오는 듯한, 소름 끼치게 좋은 기분을 느꼈어. 나는 '사랑해'라고 말하는 내 목소리를 들었어. 누가 어떻게 해도 결코 사랑에 이르지 않을 줄 알았던 놈인 내가, 사랑한다고 말하는 순간과 그 말이 귀에 들리기까지 찰나의 시간 동안 이런 결론에 도달했어. 내가 지금 사랑을 하고 있구나.

점심시간에 나는 내 입의 스위치를 켜둔 상태로 아민과 밥을 먹으면서 쉬지 않고 말을 했어. 그가 나더러 자기의 모로코 정통 스튜 위에다 바이러스를 내뱉는 짓 좀 제발 그만하라고 할 때까지. 무슨 주제가 나오든 난 로르를 연관 짓더구나. 심지어 이메일을 종이로 인쇄하는 것에 대한 기업의 사회적 책임처럼, 전혀 상관없는 주제가 나와도 치즈에 대고 염치없이 '난 로르의 메일만 출력해'라고, 뜬금없는 고백을 했어.

"그런데 그 여자는 결혼했어?" 그때 드디어 말을 꺼낼 기회를 잡은 아민이 물었어.

"아니."

"그럼 모든 게 다 가능하겠네."

아민은 대체 왜 그런 말을 했을까. 왜 결혼 운운하며 내 일에 간섭한 걸까. 난 당황했어. 힘이 쭉 빠지더라.

안나는 작년부터 무용을 배우고 싶어 했다. 너는 고속전철을 두 번 갈아타고 추가로 네 정거장을 더 가야 하는, 집에서 학원까지 약 한 시간 거리의 무용학원을 찾아냈다. 외출을 정당화할 핑계. 안나는 불평하지 않을 것이다. 아이는 늘 집에 얽매여 있어서, 보고 배우는 것이 서로를 속박하는 게 전부였을 테니까. 지금까지 파리 4구역 안에선 아무것도 할 수 없었으나 이제 안나가 무용학원에 등록했다. 너는 거짓말을 만들고, 계획을 짠다.

탈의실에 들어가니 통통한 아이들, 호리호리한 아이들, 유명 브랜드의 발레복을 입은 가지각색의 아이들이 밝은 표정으로 모여 있었다. 강사가 부르면 이 아이들은 난간을 붙잡고 한 줄로 나란히 서서 구별되지 않는 뒷덜미를 보이며 뒤섞일 것이다. 커다란 거울 앞에서 안나도 그들과 비슷하게 보이려 애쓴다. 너도 저 나이 땐 무용을 하고 싶었으나, 무용 대신 전쟁을 치르며 살아왔다.

"여기 있을 거지? 다들 옆에 서서 구경한단 말이야."

아이는 네가 남아서 자기의 어설픈 동작을 지켜보기를, 자녀들의 성장에 대해 언제든 진지한 피드백을 해줄 다른 엄마들과 대화하기를 원한다. 하지만 너는 이미 몇 달 전부터 그런 여자가 아니다. 그 몇 달 전조차 너는 애써 연기를 했을 뿐이었다.

"엄마는 가야 해."

너는 채점할 게 너무 많다면서 마침 들고 온 과제물을 핑계로 삼는다. 이어서 근처 32번가의 발타자르인가 뭔가 하는 가까운 카페에서 채점하고 있겠다고 말한다. 세상 어딘가엔 32번가라는 주소가 실재하리라고 생각하며. 예전엔 거짓말이 매번 너의 기력을 모두 앗아갔지만, 이젠 굳이 노력하지 않아도 될 정도로 자연스럽게 나온다.

너는 센 강을 건너, 500미터 거리에 있는 오를로주 부두에 도착한다. 예고는 하지 않았다. 어린 소녀처럼 너는 예기치 않은 놀라움과 에로티시즘을 혼동한다.

토요일이면 내겐 늘 하는 일이 있다. 파파와 함께 강가를 어슬렁거리다가 이발소에 들러 이발을 하고, 부두에 있는 노점상에서 아무거나 마음에 끌리는 책을 골라 읽는다. 지난 토요일도 마찬가지였다. 그날은 퐁데자르 다리를 건너자마자 화폐 박물관 맞은편에 있는 노점상에서 4유로에 구한 책, 드니 포달리데스의 《배우 인생의 몇 장면들Scenes de la vie d'acteur》을 읽었다. 오늘 아침엔 프랑수아 레오타르의 회고록을 읽기 시작했다. 두 작가는 자기 형제에 대해 거의, 혹은 전혀 이야기하지 않는다는 것 외엔 아무 공통점도 없다. 토요일이면 나는 빙산으로부터 완전히 단절되기를 원하고, 그러나 대개는 어떤 소식을 듣게 되고, 결국엔 독서를 하다 그 소식에 사로잡히게 된다. 보통 파파가 바람결에 실린 송로 향기에 홀려 찾아간 시장에서 손에 잡히는 아무거나 집어 끼니를 때운다. 이번 토요일에도 우리는 원산지 표시가 기재되지 않은 미트볼 대여섯 개를 나눠 먹을 참이었다. 오렌지 소스를 듬뿍 바르고, 바스마티 쌀밥과 함께 내놓은 음식이었다. 그걸 사서 곧장 집으로 돌아와서 나는 쌀밥을, 파파는 미트볼을 막 입에 넣으려는 순간 라장조의 현관 초인종 소리가 울렸다. 초인종이 계속 울리는데, 우리 집엔 찾아올 사람이 없다. 대체 누가 도로 쪽 현관문의 비밀번호를 통과해 층계참까지 올라와 우리 집 초인종을 누른 걸까. 등기우편이 왔거나, 아니면 택배 기사이기를 바랐다. 얼마 전부터 밤마다 몸을 떨고 있는 파파를 위해 방석을 주문했기 때문이다.

하지만 찾아온 사람은 뜻밖에도 로르였다. 그녀가 아름다운 몸매를 드러내며 내 앞에 서 있었다. 그때 내가 문과 그녀 사이로 머리를 들이밀고 도망쳤더라면 어땠을까.

"온다고 미리 말했던가?"

"안녕."

아주 폭력적이다. 우린 약속을 한 적이 없다. 나는 너무 놀라서 말이 나오지 않았다. 그녀는 그 틈을 이용해서 나의 토요일 속으로 쑥 들어왔다.

"조금 모호하긴 했지?"

사실 그랬다. 로르가 메신저 앱에 모호한 암시를 남기긴

했다. 그 앱의 알림을 일주일 전부터 비활성화해서 대비하지 못했다. 있지도 않은 만성질환 때문에 낮 동안 내내 자느라 정작 밤에는 제대로 잠들지 못하는 파파가 알림음에 자꾸 깼기 때문이다.

준비가 전혀 되어 있지 않았기에, 아주 약간이지만 불쾌감이 올라왔다. 파파에게 먹이던 밥을 마저 먹여야 한다고 설명한 뒤, 문을 닫고서 로르를 현관에 세워두었다. 그녀는 그것을 내 감정의 표현으로 여기고, 자기가 방해가 되었다고 느끼는 듯했다. 지나치게 명석한 그녀의 직관을 어떻게 없애야 할지, 내가 그 방법을 찾는 데 꽤 시간이 걸리자 그녀는 "괜찮아, 고마워" 하고 말했다. 그녀는 대중교통을 이용해서 한 시간이나 걸려 여기까지 왔을 뿐이다. 이 토요일 오후를 위해 로르는 몇 주 동안이나 계획했는데, 나는 그녀의 작은 계획 앞에서 머저리처럼 굴고 있었다.

전화였다면 끊기라도 하겠는데 그럴 수가 없었다. 그녀가 내 눈앞에 있었고, 우리 사이엔 공기와 내 돋보기안경과 입고 있는 옷가지 외엔 아무것도 없었다. 난 수증기로라도 일종의 막을 치려고 물을 끓였다. 안경에 김이 잔뜩 서렸다. 차라도 있으면 좀 나을 것이다. 그녀가 되풀이했다. 클레망, 제발 말 좀 해봐, 문자도 안 보내고 전화도 안 걸었잖아. 로르는 일주일은 너무 길다고, 미치는 줄 알았다고, 한 번이라도 자기 입장이 되어 생각해보라고 말했다. 나는 잠깐 그녀 입장에서 상상해보다가 내 입이 내뱉은 말에 깜짝 놀랐다. 내가 당신이라면 종일 가슴이나 만지면서 하루를 보낼 텐데. 그녀도 그 말을 듣고 말았다.

"뭐라고?"

난 아무것도 아니라고 대답했다. 미안, 정신이 나갔나봐, 그냥 웃기려고 한 소리야. 하지만 너무 늦었다. 그녀는 차 한 잔만 마시고 가겠다고 했다. 그러고는 내게 묻지도 않고 찬장을 뒤졌다. 로르는 찻잔을 하나밖에 찾지 못하자 다른 찻잔은 어디 있느냐고 물었다. 하지만 내게 찻잔이라곤 그것밖에 없었다. 유리잔은 몇 개 있지만. 하나뿐인 찻잔이 뭔가 나를 변호해주었는지, 그녀가 찻잔을 두 손으로 감싸고 빙빙 돌리다가 마침내 재킷을 벗고 내게 키스를 했다. 그녀가 또다시 말했다. 말 좀 해봐. 그녀의 세계에선 그것이 집요한 괴롭힘이 아니라, 지극히 정상적인 궁금증이었다. 나는 그녀를 품에 안았다. 안 그랬으면 그녀를 창문 밖으로 던졌을지도 모른다. 그럼에도 난 진심으로 내가 사랑에 빠졌다고 생각한다.

미트볼 냄새는 차치하고도 어딘가 불편한 분위기가 이어졌다. 우리는 자동차에 올라 라디오를 켜듯이 자연스럽게 섹스를 했다. 그런데 영 아니었다. 내 정신은 다른 곳에 가 있었다. 그녀는 다시 아무 연락도 취하지 않은 까닭을 물었다. 그 때 파파가 자기 방에서 신음하기 시작했다. 로르는 그 녀석이 왜 괴로워하는지 알고 싶어 했고, 파파가 병에 걸린 게 분명하다고 결론을 내렸다. 당장 꺼지라고 말하고 싶을 정도로 치솟는 화를 최대한 억누른 채, 그녀를 껴안으며 대답했다. 내 사랑, 당신은 의사가 아니야. 파파는 그냥 좀 밖에 나가서 뛰고 와야 해. 저 녀석이 참을성이 좀 부족하거든. 그리고 아래층에 있는 카페가 꽤 괜찮다고 말했다. 우린 아래로 내려갔고, 화이트와인을 한 잔씩 마셨고, 로르는 다시 못마땅한 표정을 지으며 산책을 좀 하고 싶다고 말했다. 다행이었다. 파파도 그럴 테니까.

클레망의 집은 전형적인 남자 혼자 사는 집처럼 시간당 13유로를 받고 일하는 가사도우미가 전권을 행사하고 있었다. 봉마르셰 백화점이나 장식미술 박물관에서 오래전에 본 가구들과 전날에 산 하얀 꽃들……. 유행에 뒤떨어진 물건이든 지저분한 집기류든, 너는 무엇이든 사랑할 준비가 되어 있었고, 매번의 데이트에서처럼 언제라도 그를 위해 변할 준비가 되어 있었다. 그의 집은 이미 깨끗하건만 그는 존재할 수 없는 완전무결한 질서와 수정처럼 맑고 깨끗한 유리창, 티 하나 없는 청결함을 갖추지 못해 미안해한다.

"당신은 전화하지 않았어. 단 한 번도."

"내가 전화해도 되는 건지 잘 몰라서." 그가 말했다.

"부탁하는 게 아니야. 전화해."

"뭐 좀 마시겠어?"

너희는 약간의 알코올이 필요했다. 그가 재빨리 네 옷을
벗겼고, 너는 워싱실크 원단의 침대보와 4겹의 이탈리아 캐
시미어 이불 위에 누웠다. 너는 이제 아무것도 거절하지 않
는다. 그는 네 피부보다 더 부드럽고, 너보다 더 날씬하다. 몸
무게를 묻자 그는 66이나 67킬로그램쯤 된다고 대답한다. 네
생각엔 너무 적은 듯한데 그는 완벽한 몸무게라고, 1킬로그
램을 감량하면 킬로미터당 오 초의 시간을 단축할 수 있다고
말한다. 너는 잠시 후에야 그 말이 달리기를 의미한다는 걸
깨닫는다. 그가 너의 묶인 머리를 풀어 쓰다듬고, 너는 그에
게 같은 행동을 반복시킨다.

호텔 침대처럼, 그의 집 커튼처럼, 그의 양복들처럼 팽팽
하게 잡아당겨 완벽하게 정리된 침대를 조금도 흐트러뜨리지
않은 채, 너희는 사랑을 나눈다. 너는 그를 영원히 사랑하게
될까 두려워, 연인들이 흔히 말하듯 이렇게 말한다. 날 가져
줘. 그는 그렇게 말하는 너를 두려워한다. 그의 내면에서 뭔
가가 그를 자꾸 뒷걸음질하게 만든다. 그래서 너는 침대 가장
자리에서 그의 골반 높이에 이르도록 무릎을 꿇는다. 너는 그
를 처음으로 네 입에 정액을 받아들일 남자로 선택한다. 너는
눈을 감는다. 무엇 때문인지 모르지만, 충만함에 이른다. 그

194

리고 짙게 깔린 어둠을 마치 검은 화면처럼 주시한다. 저 멀리, 두세 개의 도로 너머에서, 다른 아이들의 리듬에 맞춰 움직이며 자기 몸동작에 도취되어 스스로에게 놀라는 안나의 모습이 검은 배경 위로 불쑥 솟아난다. 무릎을 꿇은 여자들과 슈베르트 음악에 맞춰 발레용 스커트를 입고 빙빙 도는 소녀들의 모습이 번갈아 나타난다. 노골적이고 대조적인 두 상징이 하나로 합쳐진다. 마침내 너는 그의 것을 받아들이고, 그는 침대 위에 풀썩 쓰러진다.

부엌에서 개가 짖는다. 그냥 짖는 것이거나 너 때문일 것이다. 클레망은 네가 겁을 내지 않길 바란다. 개는 누군가의 두려움을 느끼면 더 불안해하니까. 그는 아래층에 내려가서 한잔하자고 제안한다. 네가 떠나기를 바란다는 생각이 든다. 너는 지금 그의 집이 아니라, 개의 집에 와 있다.

간이 테이블에 앉아 너희는 샤블리산의 미지근한 화이트와인이 담긴 잔을 비우고, 연인들에게 장미꽃을 파는 상인을 두 번이나 돌려보낸다. 상인은 더는 간청하지 않고, 너희는 서로 할 말을 찾는다. 너는 그가 한 번도 담배를 피운 적이 없었으며, 요즘은 피워볼 마음이 생겼다는 것 따위를 알게 된다. 그리고 너희는 다시 말이 없어진다.

너와 그의 지친 미소와 빈 와인잔 위로 불현듯 충동적인 생각이, 소멸이라는 단어가 너희 둘 사이를 가르며 칼날처럼 떨어진다.

너는 생각한다. 우리는 견뎌낼 수 없을 것이다.

눈을 감으면 겨울날의 오후가 다가오는 걸 느낄 수 있다. 너희의 육체가 각자의 한계를 알아가길 주저하게 될 때, 이미 한 번 패배한 욕망이 예상대로 굴복하게 될 때, 네가 떠나기 한 시간도 전에 그가 잠에 빠져들 때, 네가 그를 용서하지 않게 될 때……. 끊임없이 그와 헤어지고, 가족에겐 끊임없이 거짓말을 해야 하는 것에 지친 마음으로 열차를 타고 집으로 돌아갈 때. 밤낮으로 너를 타락시키는 이미지를 앙통이 알게 내버려둘 때. 희미한 방 안에 있는 너와 벌거벗은 남자의 이미지, 충족되고 또 충족시켜주는 이 이미지는 결국 드러나게 될 것이다. 눈을 찌르는 듯한 강렬한 이미지에 놀라 불면증에 빠진 앙통이 이건 다 거짓말이라고, 이 고통스럽고 역겨운 이미지는 너희와 결코 무관함을 맹세하라고 요구할 때. 그 이미지의 출처는 실재하지 않고, 혹 존재한다면 극심한 불안으로부터, 늑대나 반달족처럼 역사 속 아주 오래된 공포로부터 비롯된 것임을 맹세하라고 요구할 때. 네가 '맞아, 그건 아주 오래전에나 있었던, 말도 안 되는 어리석은 두려움일 뿐이야, 그러니 염려 말고 가서 자'라는 공허한 말조차 해주지 않을 정도로 더는 그를 사랑하지 않을 때. 그래서 네가 그에게 그가 요구한 것과 아예 반대되는 말을 하게 될 때. 앙통, 지금 당신은 꿈을 꾸는 게 아니야, 당신도 알잖아, 어둠 속의 남자와 함께 있는 여자, 그게 바로 나야, 나는 떠날 거야.

네가 클레망에게 전화를 걸어서 곧 갈게, 라고 말할 때.

너무 일이 많고 출장 가야 할 곳도 너무 많아서, 혹은 너무 권태로워서 클레망이 대답을 즉각 해주지 않을 때. 네가 그에게 생각할 시간을 주고, 주고, 또 줘야 할 때. 네가 두 딸을 데리고 있으려고 방 두 개짜리 집을 구하게 될 때. 네가 그 집에 혼자 있게 될 때. 그래서 말문이 닫힌 상태가 되었을 때. 클레망이 너 대신 '내가 곧 갈게' 혹은 '당신을 사랑해' 혹은 이밖에 더 결정적인 말을 해주길 기다리지만, 그것이 헛된 기다림이라는 걸 네가 알게 될 때. 자신이 개가 아니라 인간이라는 사실에 지친 그가 숨어버려서 결국 네 눈앞에서 사라졌을 때. 그가 자신을 지치게 만드는 절벽 앞에서 더는 말하기를 거부할 때. 패배라는 말을 입에 올리진 않아도, 그가 패배감에 젖어드는 것 외엔 아무것도 하지 않기로 결심하고 잠자리에 들 때. 수은이 모든 샘의 근원에, 과수원에 살포되었을 때처럼, 침묵이 너희에게 살포되어 단 일 년 만에 너희의 과거와 너희가 만들어온 모든 이야기와 그에 대한 너의 생각,

너에 대한 그의 생각, 너희들이 공유한 이미지들, 그 모든 걸 부패하게 만들 때. 네가 살아 있도록 지켜줬던 그 모든 것 가운데 아무것도 남지 않게 되었을 때……. 너는 지금 그날을 생각하고 있다.

"로르, 괜찮아?"

너는 이런 고독이 오면 살 수 없다고 그에게 말하고 싶다. 갑자기 너는 그런 날이 오기 전에 무슨 일이든 일어나기를, 하다못해 재앙이라도 일어나기를 바란다. 그래서 말한다.

우리 도망칠까?

"뭐라고? 안 들려."

너는 그 말을 입 모양으로만 발음했다. 그 말은 들리지 않는다. 너는 소리를 내야 한다는 걸 잘 안다.

"아무것도 아니야."

그러자 그가 네 눈이 촉촉이 젖어 있다고 말한다. 너는 알고 있다고 대답한다. 섹스 후에 오는 우울감이거나 아니면 리얼리즘이 주는 통증이라고. 그가 말한다. 아, 난 항상 그래.

시청을 지나 리볼리, 베르리, 탕플 거리를 차례로 지난다. 강 오른쪽 길을 500미터 정도 걷는 동안, 파파가 길바닥에 피어오르는 오줌 냄새에 도취되어 킁킁거리며 걷는다. 어울리지 않게 영락없이 약에 취한 개의 모습이다. 40번지 앞에서 로르가 속도를 늦춘다. 이어서 42번지에 이르자 여닫이문이 활짝 열리더니, 예쁜 옷을 차려입고 머리를 꾸미고 화장을 한 꼬마 여자애들이 우르르 쏟아져 나온다. 난 입을 다문 채로 이렇게 생각한다. 이런, 여아 성매매 소굴인가, 하기야 충분히 그럴 수 있지, 이따위 시대엔 돈만 있으면 뭐든지 살 수 있으니. 다행히도 아니다. 소녀들은 그냥 피곤하고 예의 바른 어린애들, 꼬마 발레리나들일 뿐이다. 그런데 그중 한 아이가 엄마, 하고 외치면서 달려와 로르의 품에 와락 안기고, 로르는 그 애를 내 강아지, 하고 부른다. 아이들을 사랑하는 파파가 헤벌쭉 미소를 짓는다. 꼬마가 자기 엄마 옆에 서 있는 남자는 누구인지 궁금해하는 건 당연한 일이다.

"클레망 아저씨야."

이 꼬마의 이름은 안나다. 난 내가 안나에겐 엄마의 직장 파트너라는 것과 우리가 함께 일하는 사이라는 사실을 비로소 알게 된다. 하기야 그녀는 최고의 동료지.

"내 강아지, 오늘 수업은 재미있었니?"

속이 메스껍다.

결심했다. 난 도로 한가운데에서 비상구를 찾아내 돼지처럼 달아나는 남자가 될 것이다. 동쪽에서 버스 한 대가 나타난다. 생라자르로 가는 38번 버스. 남쪽엔 대여할 수 있는 자전거들이 있다. 그리고 맞은편 아주 가까운 곳엔 겨드랑이에 스케이드보드를 끼고 막 도착해, 발레리나 중 한 명을 기다리는 소년이 있다. 저 소년이 우리 셋보다 훨씬 정상이다. 만일 쉰 살의 남자가 스케이트보드를 타는 게 처량해 보이지만 않는다면, 만일 내게 조금의 자유의지라도 남아 있다면, 난 그 불쌍한 소년에게서 스케이드보드를 빼앗아 타고 슬픈 사랑에 작별을 고할 것이다. 그때 로르가 안나에게 친구들과 인사하고 오라고 시킨다. 꼬마가 불안한 듯 망설인다. 일하기 위해 만났다는 동료와 굳이 토요일에, 목줄을 맨 개 한 마리를 데리고 산책하는 이 상황은 대체 뭐냐고 묻는 게 분명하다. 꼬마는 그렇게 예쁜 얼굴은 아니다. 로르를 하나도 안 닮았다. 혹은 거의 안 닮았다고 할 수 있다. 우수에 젖은 듯한 분위기가 그나마 살짝 닮았을까. 아이는 자기 아빠를 닮은 게 분명하다. 의욕적이고 강인해 보이는 둥근 얼굴. 난 그 남자를 아이의 모습에 대입한다. 육중한 몸매로 토슈즈를 신고 서 있는 멍청한 녀석으로. 로르의 눈빛에서 볼 수 있는 어떤 느낌이 아이의 눈빛에서도 보인다. 돌보는 마음이 있는 여자들에게서 느껴지는 어떤 것. 자신을 돌보고, 가까운 이들을 돌보고, 약한 이를 돌보고, 작은 고양이를 돌보고, 쓰레기 같은 놈을 돌보는 눈빛. 아이는 나 같은 남자를 만날 것이다. 그 애는 우릴 남겨두고 친구들에게로 다가갔고, 나는 로르에게 말한다. 당신 미쳤군, 나한테 왜 이러는 거야.

"이게 현실이고, 이게 내 삶이니까."

아무리 그래도 오늘은 아니다. 오늘은 나의 날이었다. '자, 내 딸을 소개할게' 같은 일을 하필 바로 내 집 밑에서 당해야 한다니. 그래, 젠장, 감히 내가 뭔가를 선택할 수 있겠나? 우라질, 와인이나 선택해야지. 늘 그렇듯이 내겐 결정권이 없다. 단지 떠나는 선택지만 있을 뿐. 그래, 떠나주지.

"클레망, 그렇게 아무 말도 없이 도망치지 마. 제발."

해가 진다. 안나가 구구단 5단과 론 강의 지류 이름을 외우는 동안, 너는 익숙한 조리 기구들로 저녁 식사를 준비한다. 오늘 밤엔 기름진 생선 토막에 허브가 들어간 밀가루 튀김 옷을 입힐 생각이다. 어디서였는지 모르지만 그 요리를 본 적이 있다. 아니, 먹은 적이 있던가? 아무튼 제대로 만들고 싶어서 마음을 쏟는다. 너는 아직도 그렇게 마음을 쏟아 뭔가를 해내는 일이 가능하다고 믿는다. 바닥으로 추락하는 욕망을 구해낼 수 있다고, 시간이 걸리더라도 기다리기만 하면 될 거라고, 프라이팬 손잡이만 잡고 있으면 될 거라고……. 베라가 요리 냄새에 이끌려 나타나더니 이젠 엄마가 바느질하는 모습까지 기대해도 되느냐고 묻는다.

안 될 게 뭐 있어. 너는 네 손의 사명을 배신하는 짓을 이제 멈추고 싶다. 이젠 수를 놓는 손을 가질 수 있기를, 너 자신도 거스르며 범죄를 저지르는 손이 아니라 가족을 어루만지는 손을 가질 수 있기를 바란다.

하지만 네가 딸아이에게 해줄 말은 없다. 더욱이 시간도 없다. 언어가 그런 너의 각오에 저항했기 때문이다. 너는 요리가 망했다는 명백한 사실을 인정하지 않을 수 없다. 이대론 안 된다. 나머지 모양이라도 살리려면 계란물을 입혀야 한다. 항상 재료 하나가 부족하네. 너는 그렇게 변명한다. 싱싱한 생선만으로는 충분하지 않다. 그 순간 터져나오는 울음을 너는 간신히 억누른다.

"엄마!" 안나가 무슨 일인지 화를 내며 들어온다.

그 애는 무용학원 가방 속에서 지난 토요일부터 잊고 있던 선생님의 메시지를 막 발견한 참이다. 너는 이번 달 강습료를 내지 않았다. 안나는 다음 달에 학원에 들어갈 수 없을 것이다.

"엄마, 정말 너무해, 학원비 내는 걸 잊다니."

"넌 진짜 너무한 게 뭔지 몰라, 쪼끄만 조랑말아." 베라가 끼어든다.

"날 그렇게 부르지 마!"

"왜? 넌 조련장에 가서 보조 맞춰 걷는 법을 배우고 있잖아. 그게 다 나중에 네 등에 누굴 태우려고 그러는 거야. 그 뒤엔 배부르게 실컷 먹여주겠지. 너, 머리 땋은 거, 그거 말꼬랑지 맞잖아?"

잠시 후에 현관문 열쇠가 찰칵거리며 돌아가는 소리와 앙통이 자동차 키를 선반에 내려놓는 둔탁한 소리가 들린다. 앙통은 재킷도 벗지 않고 화난 얼굴로 주방에 들어서더니 무언가 질문하는 듯이 너를 쓱 훑어보고는, 네 딸에게 느닷없이 덤벼든다. 그가 소리를 지르고, 베라가 대답하고, 그가 더 크게 소리 지른다. 대체 뭣 때문에 그러는지 너는 알고 싶지도 않다. 네 머릿속에서 모든 소리를 지우고 오직 하나의 이름만 울려 퍼지게 하고 싶다. 마침내 클레망의 목소리가 주방에 있는 너를 부르는 순간, 네 가족의 고함이 더욱 커진다. 어디 말 좀 해보라고! 앙통이 소리친다. 쟤는 결국 감옥에 갈 거야!

잠깐. 대체 무슨 일이지?

앙통은 오늘 열두 명의 환자를 진찰했다. 그들 가운데 처음 보는 한 부인이 있었다. 담당 의사가 결근하는 바람에 앙통이 대신 진찰하게 된 것이다. 이름과 주소, 직업. 그는 관례에 따라 질문했다. 재미있게도 그 부인은 생클루 고등학교의 주임교사였다. 앙통이 베라를 위해 학기당 상당히 비싼 학비를 내고 있는 학교. 덕분에 베라가 지금까지 규율을 잘 따르는 듯이 보이게 한 바로 그 학교. 그러나 결국 또 엄마만 속았을 뿐이다. 환자가 그 학교 교사라는 걸 알게 된 앙통은 자기 의붓딸이 그 학교에 다니고 있다고 말했다. 갈색 머리에 키가 작고, 좀 소극적인 데다 신경을 거슬리게 하는 구석이 있는 아이인데, 최근에 좀 마음을 잡은 것 같아요, 혹시 보신 적이 있는지 모르겠네요. 그러자 환자의 말이, 보진 못했지만 이름은 기억한다는 것이다. 베라 그레프? 등록금만 내고 얼굴 한 번 비치지 않는 경우는 처음 봐서요. 실은 베라가 생뮈시기 학교에 한 번도 발을 들여놓지 않았던 것이다. 얘가 다닌다는 그 고등학교에서는 얘를 한 번도 못 봤다는 거야, 로르, 당신은 이해가 돼? 내가 알아듣게 충분히 설명 좀 해봐, 말 좀 해보라고!

"왜 학교에서 우리에게 알리지 않았지?"

앙통이 너에게 제발 바보 같은 소리 좀 작작 하라고 언성을 높인다. 저 애는 한 달 후면 열여덟 살이야, 그 비열한 소굴에선 등록금을 환불해주려고 유령 학생을 방임하는 부모들 뒤를 쫓아다니지 않는단 말이야, 게다가 교장이 당신 앞으로 이메일을 보냈는데 당신이 답장도 안 했다면서? 너는 그건 잘못 안 거라고, 이메일 같은 건 받은 적이 없다고 반박한다. 그러자 베라가 침착하게 고백한다. 내가 읽고 문제의 그 메일은 삭제했어, 알면 속상할까 봐, 엄마는 안 그래도 골치 아픈 일이 많잖아, '안나2017'보다 더 안전한 비밀번호 하나 생각해내지 못할 정도로. 그 말에 한계에 다다른 앙통이 처음으로 네 딸의 뺨을 때린다.

그러자 그 애도 즉시 따귀를 올린다. 받은 대로 똑같이. 더 세지도 약하지도 않게 꼭 맞은 만큼.

앙통은 완전히 넋이 나간 얼굴로 서 있다. 자기 집에서 눈에는 눈, 이에는 이의 법칙이 시행되고, 자신이 자라온 지난 세계가 무너지는 모습을 멍하니 지켜보고는, 너를 바라본다. 그러더니 한마디도 하지 않고 방으로 들어가 틀어박힌다. 잠시 후에 러닝머신이 윙윙거리며 최고 속력으로 돌아가는 소리가 들려온다.

"햄스터 모드로 들어가셨군." 베라가 말한다. "두 시간가량은 조용히 지낼 수 있겠네."

"한 대 더 맞고 싶니? 수업에 빠지고 대체 그 시간에 뭐 하고 다닌 거야? 베라, 어디 갔었어?"

"그냥 걸었어."

"걸어서 어딜 갔는데?"

"그러는 엄마는?"

너는 아이에게 간청한다. 이 가정을 완전히 결딴내는 일은 제발 그만하라고. 베라, 이제 앙통은 너에게 더는 신경 쓰지 않겠지만, 네가 계속 이러면…… 안나가 널 보고 있다는 걸 생각해야지.

베라가 널 바라본다. 지금까지 네가 본 적 없던 눈빛이다. 곧 그 애가 말한다. 알았어, 학교에 갈게. 네 평화는 자신에게 달려 있고, 네가 너무 곤경에 빠져 있다는 사실을 그 애가 깨달았기 때문이다.

"고맙구나."

너는 문제가 해결되었다고 생각하지 않는다. 잠시 시간을 벌었을 뿐이다.

"그런데 지난 토요일에 무용학원 앞에서 엄마랑 같이 있었던 그 남자는 누구야?"

아주 잠깐이지만 심장이 턱 멈추는 것 같다. 하지만 곧 다시 뛰면서 머리에 피를 공급하고, 머리는 혀에 명령을 내리고, 네 혀는 거짓말을 한다. 이 질긴 생명력…….

"아무도 아냐. 그냥 학교 동료. 안나가 말했니?"

그런데 바로 그 순간에 너는 클레망의 초대를 받는다. 그리고 너의 바보 같은 웃음소리가 터져 나온다.

"그 동료라는 사람이 보낸 문자야?"
"아니, 가브리엘."

기억해라. 너는 그날 정체를 알 수 없는 무언가가, 너를 점점 더 위험에 처하게 하는 어떤 것이 너를 옥죄려 다가오는 것을 목격했다.

11월 12일 00시 15분, 체온 37.6도
호흡수 분당 19회, 심박수 분당 88회
혈압 107.4/71.8mmHg

파파? 캄캄한 데서 뭐하는 거야, 안 지겹니? 저리 비켜, 이건 내 침대야. 오늘은 별일 없었어. 그 이탈리아인이 예상대로 우릴 버렸고, 주가는 뚜렷한 이유도 없이 다시 10퍼센트 올랐어. 따지고 보면 그렇게 나쁘지도 않아. 그리고 점심 시간엔 올리버가 별다른 이유도 없이 날 스쿼시 체육관에 데리고 갔어. 나한테 맞는 신발도 없었고 너무 빠른 공에 허우적거리느라 내가 아주 우스꽝스러웠는데도, 그는 계속 브라보를 연발하더라. 모르겠어. 사기를 북돋우려고 그런 건지, 그저 시간을 때우려고 그런 건지. 어쩌면 고용 이후 지금껏 자신을 괴롭혀온 오랜 친구를 자유롭게 흘려보내려 하는 건지도. 누가 알겠어. 카페에서 올리버는 나의 있지도 않은 사적인 생활에 관해 이상한 질문들을 한참 하고 나서는 사피아와 뭔가 결말이 난 건지, 이 주 전부터 내 얼굴에 고민이 많아 보이던 게 그것 때문인지 물어봤어. 남자끼리 내밀한 이야기를 꺼낼 순간이었지. 그래서 난 잠자리를 포함해 로르에 대해 아주 사소한 이야기까지 다 해버렸어. 뭐야, 잠자리는 그렇다 치고, 둘이 어떤 사이인데? 올리버가 아주 열성적으로 물어보더군. 적어도 처음엔 말이야. 어쨌든 그는 나의 직장 상사고, 나는 잠시 생각해본 다음에 실은 아무 관계도 아니라고 대답했어. 그러자 올리버가 물었지. 어떻게 아무 관계도 아닐 수 있지? 자네와 그 여자는 함께 공유하는 게 아무것도 없어? 그가 놀라서 던진 질문이 나를 내리막길로 밀어 넣었어. 우리는 아무것도 공유하지 않아. 내가 말했어. 맞아, 자네 말이 옳아.

올리버는 별로 '옳고' 싶어 하지 않았어. 내 일에 개입하고 싶어 하지도 않았고. 사실 그는 빙산에서 단기적으로 채택할 총자산 계획에 대해 의논하고 싶어 했어. 하지만 난 벌써 내 입을 다물 수 없는 상태였지. 로르와 나는 방을 빌리고 식사할 때 결제는 서로 나눠서 해, 내가 낼 때도 많지만, 그리고 서로 자기 이야기를 하고, 순전히 키스할 목적으로 택시를 타거나 내리고, 또 누구를 만나러 가기도 하고, 어디서든 서로 전화하고, 다음 날을 위해 식당 자리를 예약하거나 취소해. 파파, 난 굳이 단어를 찾으려고 애쓰지 않고도 운율까지 맞춰

또박또박, 거침없이 말을 뱉었단다. 특히 거친 운동을 하고 나서는 난 시인이 되나 봐. 올리버는 알겠네, 알겠어, 하고 답했어. 난 점점 더 서정적인 마음이 되어서, 약간 쑥스러워하면서 말했지. 올리버, 자네가 내 눈을 열어줬어. 그러고 보니 이건 관계랄 것도 없는 거야. 이 이야기 속엔 아무도 없어. 우린 벌써 공허를 깨닫기 시작한 거야. 그래서 그 공허감을 아무거로나 채우고 있는 거지. 특히 말로 채우는 거 같아. 권태를 쫓기 위해서 하는 '사랑해' 같은 말. 올리버는 내 앞에 있기가 거북했는지 오줌을 누러 갔어. 그를 이해해. 그와 나는 서로를 속속들이 알지 못하고, 나는 우리의 관계를 개선할 마음을 불러일으키지 못한 거야. 이렇게 거리감을 조성하는 거야말로 내가 지닌 재능이지. 우리는 사무실로 돌아갔어.

어쨌든 그는 어처구니없는 질문으로 나의 하루를 망쳐버렸어. 내가 누구에게든 로르에 대해서 말할 때마다 우리 관계는 재앙으로 변해버리고, 난 당장 그녀에게서 도망치고 싶어져. 하지만 그렇게 하지 않았지. 오히려 뭐랄까, 마치 필요한 양의 약을 털어 넣듯이 다시 사랑에 빠지고 싶은 생각으로 그녀와 식당에서 저녁을 먹기로 했어. 로르는 늦게 도착했어. 옷도 특별하게 입지 않고, 머리에선 튀김 기름 냄새가 나더라. 이제 더는 노력하지도 않는다는 생각이 들었지. 로르는 식구들 저녁 식사를 차리고 나왔다고 했어. '겉멋을 잔뜩 부린 연어 요리'라고 했는데, 그걸 안 먹고 나오려고 '요령 있게 처신했다'는 거야. 요령 있게 처신하다……. 난 어떻게 했느냐고 묻지 않았어. 이번에도 내 이름은 카트린이나 가브리엘이었을 게 분명하니까. 이건 사랑 이야기가 아니야. 완전히 가면무도회지. 이제 조금도 야하지도 않아. 나는 그녀가 차라리 휴대전화를 안 갖고 오길 바랐어. 저녁 시간 내내 그 덩치가 로르에게 큰딸이 어디 있는지 모르겠다는 문자를 보내는 통에, 그 식탁에 세 사람이 앉아 있는 것 같았거든. 로르에게 제발 내가 당신을 사랑할 수 있게 도와달라고 부탁할 틈조차 찾지 못했지. 마침내 로르는 그 성가신 남자에게 가브리엘의 집에서 자고 가겠다고 대답했어. 내겐 물어보지도 않고.

나는 가브리엘이 아니고, 우리 집도 여인숙이 아니야.

결국 로르를 자동차에 남겨두고 가면서 나는 앞 유리창으로 그녀가 우는 모습을 봤어. 로르는 고통받고 있는 거야. 이건 아니지. 내가 내 인생이 아닌 다른 이들의 인생까지 망칠 순 없어. 파파, 너 역시 괴로워하고 있다는 걸 알아. 너 때문에 받는 충격에 내가 무뎌질 거라고 생각하진 마. 어쨌든 나는 내일 그녀를 떠날 거야. 아니, 어쩌면 모레…….

너는 로르가 날 사랑한다고 말하고 싶겠지. 그녀도 그렇게 생각해. 사랑에 고조된 다른 여자들처럼. 나는 네가 로르를 변호해주려고 한다는 걸 알아. 너는 그녀가 매우 흥미롭다고, 뭘 좀 아는 여자라고 말하겠지. 분명히 말하는데, 그건 나를 성가시게 할 뿐이야, 부담스럽다고. 박식하다는 건 박사학위를 받은 자들 사이에선 불쌍하다는 말을 정중하게 표현하는 단어야. 교수는 2000유로던가, 그 정도 벌거든. 그럼 너는 또 로르는 예쁘다고 말하겠지. 물론 농담이겠지? 그런 건 덧없는 거야. 언제까지나 그렇진 않단 말이야. 로르는 정직해. 그건 사실이지. 유제품 가게나 생선 가게처럼 상품의 신선도가 중요한 곳에서 크게 칭찬받을 미덕이지. 정직함은 시골 사람의 성품이야. 그런데 그녀는 이제 그걸 잃어버렸어. 자기 남편을 속이고 있잖아. 로르가 강하다고? 그만해, 그녀는 항상 질질 짜. 로르가 울건 말건 나도 내가 하고 싶은 대로 할 거야. 로르는 내가 잘생겼다고 생각해, 사실이야. 하지만 그녀도 언젠가는 그 착각에서 깨어날 거야. 그래, 우리는 속궁합이 좋지. 거기에 대해선 나도 할 말이 없어. 하지만 결정적으로 로르는 개를 안 좋아해. 그리고 난 이전에 한 번도 교수를 좋아했던 적이 없고. 그런데 지금 무슨 말을 하는 거지……. 그래, 한마디로 그녀와 난 공통점이 없어. 단 한 가지만 빼고. 우리가 서로를 이해하지 못하고 있다는 거. 그래, 이제 내 기분이 훨씬 나아졌구나, 고맙다. 하지만 이건 너보다도 알코올 덕분이야.

네가 돌아왔을 땐 밤이었다. 안나는 자고 있고, 베라는 아직 들어오지 않았다. 주방에서 원을 그리며 빙빙 돌고 있던 앙통이 개수대 밑의 하부장 문을 발로 차서 닫으려다가 문짝 하나가 부서졌다고 알려준다. 또 200유로가 날아갔고, 공구 전문점 사이트에서 새 문짝을 찾느라 두 시간을 날렸어, 왜냐하면 이런 잡일은 다 내 몫이니까. 그는 냉장고의 냉동칸을 뒤적거려서 성에가 낀 리몬첼로 술병을 꺼낸다.

"망할 놈의 이번 여름을 떠올리게 하는군. 당신도 한잔 할래?"

네가 생각 없다고 말하자 그는 그럼 자기가 다 끝내겠다고, 자기는 충분히 그럴 자격이 있다고 말한다. 아버지에게 따귀를 갈기고 잘못했다는 말도 없이 외박까지 하는 빗나간 십 대 딸을 불안한 마음으로 기다리고, 마음이 항상 딴 데가 있어서 딸 일은 나 몰라라 하며 언제나 친구를 더 중요하게 여기는 아내를 기다리느라 저녁 시간을 다 보냈으니까. 그가 이어서 말한다. 당신은 나에 대해 생각을 해보기는 해? 당신은 이제 더는 여기, 집에 없어, 그 공허감을 당신이 알기나 해? 로르, 난 당신이 필요해.

그의 목소리가 갑자기 부드러워진다. 뭐라 표현할 순 없지만 어떤 익숙한 느낌 앞에서, 너는 그가 섹스를 원한다는 걸 알아차린다. 지난 두 달 동안 너는 그와의 잠자리를 교묘하게 피해왔다. 번번이 뻔한 구실들을 열거해왔던 두 달. 딸들, 안나, 강의, 갱년기, 연구, 돈, 피로, 이 모든 게 너의 욕망을 꺼뜨리거나 혹은 삼켜버린다고. 잠자리를 피하려고 사용했던 핑계도 이젠 바닥이 났고, 앙통은 지쳤다. 부서질 것만 같다.

"난 그게 필요해." 어렸을 때부터 자신을 묶어왔던 남성성의 맹세를 저버리고, 그가 눈물을 글썽이며 고백한다. 정말이야.

너는 다른 남자의 이름이 깊숙이 새겨진 피부를 한두 시간쯤 하얀 블라우스로 덮어 가리는 방법을 안다. 원초적 욕망이라고 학습된 애무를 네 손에 명령하는 것. 너는 태고의 시대부터 여자들이 이렇게 해왔다고 생각한다. 그리고 이번이 마지막이라고 또 한 번 맹세한다.

너희는 소파 위에 있다. 곧 너는 눈을 감은 채, 앙통의 무거운 몸 밑에서 클레망의 예리한 쇄골을 떠올리고, 그가 너를 포옹하는 상상을 한다. 바로 조금 전에 그가 거절한 행위. 그런데 이야말로 바로 외설이다. 바퀴 갈아 끼우듯이 다른 이의 몸을 안는 것. 꿈속에서 자폭하는 것.

시간은 짧았고, 너희는 소파에 얼룩을 남긴다. 가구점에 소파도 하나 주문해야겠어, 이건 너무 낡았네. 네가 그렇게 말하자 앙통이 물러선다. 그는 얼룩을 닦으면서 지금으로선 마지막 할부금을 갚는 일이 더 먼저라며 반대한다.

오늘 밤 너는 너 자신을 용서하기 시작한다.

잠시 후에 불 꺼진 방에서, 앙통은 곧바로 잠에 빠지진 않았지만, 곧 그럴 것이다. 그가 섹스 후에 잠들지 못하는 건 매우 드문 일이다. 그는 7시에 알람을 설정했다고 말한 뒤, 사랑한다고 말한다. 너는 안나가 엄마를 찾기를, 그래서 아이 옆으로 갈 수 있기를 기도한다.

"당신 들었어?"

"아니. 무슨 소리?"

"안나가 날 찾나 봐."

즉시 너는 안나 방으로 향한다. 그리고 밤에 켜는 작은 전등 불빛 아래 잠을 자던 딸이 꿈을 꿨는지 움찔하는 모습을 바라본다. 그 애가 버림받는 꿈을 꾸는 거라고 상상해본다. 네 몸의 온기를 느끼고 안나가 잠에서 깨어난다.

"엄마, 여기 있을 거야?"

"그래, 자렴."

"자고 있어."

"언니한테 개 데리고 왔던 아저씨 이야기했니?"

"아니, 안 했어."

아이는 숨을 내쉬며 다시 잠든다. 너는 그 옆에 눕는다.

하얀 물방울무늬가 그려진 핑크색 침대 가장자리에 누워서 너는 처음으로 수치심이 올라오는 소리를 듣는다. 수치심과 함께, 베라의 목소리처럼 울리는 맑은 목소리가 들린다. 너무 정확해서 진짜 같지 않은 그 목소리가 말한다. 로르, 너자신을 봐. 너는 한 은행가의 연간 실적일 뿐이야. 그들은 별별 것에 가격을 매기고, 심지어 강물에도 가격을 매기는 족속이야. 그런데 지금 너는 그런 사람에게 삼켜지기를 바라고 있구나. 계속 그렇게 가보렴. 그러면 계산 빠른 그가 너의 모든 걸 조각내서 다 가져가고 말 거야. 다른 모든 사람처럼 너도 사랑보다 돈을 더 좋아하니까 너 자신이 완전히 해체될 때까지는 어떻게든 견딜 테고, 그러다 보면 연인이라는 너에게서도 결국 끈질기고 악착같은 부르주아 속물 근성이 나오겠지. 너는 네 입술이 엉뚱한 차원에라도 들어가 말실수를 하는 바람에 그를 잃게 될까 전전긍긍할 거야. 하지만 네 엄마의 엄마 수준을 넘어서려면 얼마나 더 가야 할지 따위는 계산하지 않겠지. 너는 더는 아무것도 계산하지 않을 거야. 너는 그냥 소비될 거야. 너는 우연이란 것이 너를 그의 품으로 몰아가고 있다고 말하겠지. 사실 그건 마치 삼십 년간 앓아온 병자들이 온전히 자기 자신으로 존재하는 것에 지친 피로 같은 거야. 그러니 너도 교과서 같은 정답을 인정하지 않을 수 없겠지. 네가 끝내 갖지 못한 어떤 어려운 성공이 그에게 있었고, 너는 그의 성공을 사랑했다는 사실. 그리고 네가 그걸 실현할 수 없어서 그와의 융합을 선택했다는 사실. 하지만 네가 그걸 알았다고 해서 달라질 건 아무것도 없을 거야. 다만, 점점 더 슬퍼지는 마음을 안고, 이 관계를 지속하는 것에 동의하겠지. 너는 웃으면서 너 자신을 저주하게 될 거야. 그렇게 너는 너의 시대에 속하게 되겠지. 오만하고, 파렴치한 시대에.

너는 스스로에게 던진 이런 말들을 단 한마디도 믿지 않는다. 너는 상처 입은 사람들을 사랑한다. 너는 피가 심장으로 올라오길 기다리고, 피부가 다시 따뜻해지기를 기다린다. 보랏빛 손이 붉은빛으로 돌아오길 기다린다. 그게 전부다. 너는 모든 시대에 속한다.

안나가 자면서 돌아눕는다. 너는 작은 등을 켜둔 채 그 방에서 나온다. 잠시 들렀다 사라지는 피로처럼, 수치심이 사라졌다.

11월 14일 20시 02분, 체온 37.6도
호흡수 분당 19회, 심박수 분당 88회
혈압 83.8/55.2mmHg

파파, 오후 8시니까 산책용 목줄을 매줄게. 넌 그렇게 저녁 내내 끙끙 앓는 소리를 낼 자격이 없어. 이미 계속 기침을 해대서 주말 동안 내가 아무것도 못 하게 만들었잖아. 난 지금 몸이 별로 좋지 않아. 자위 한 번 못했을 정도야. 아민은 주말마다 테니스를 친대. 그리고 그레트는 자녀들을 빚 폭탄 테러리스트보다 상환의 욕구를 가진 멀쩡한 사람으로 키우려면 어떻게 해야 할지 고심하면서 아이들을 다국어 사용자로 교육하느라 주말에도 바빠. 그런데 난 문이 닫힌 부동산 사무소의 유리창만 눈으로 훑어보면서 아무것도 안 하고 이틀의 시간을 죽였어. 차라리 울 수도 있었겠지. 열네 살로 돌아가서 오후 11시 30분이 되기만을 기다리고 싶다. 서재에 있는 아버지를 찾아가 '조금 더 노력하면 잘할 수 있어요'라는 식의 격려의 글도 없이, 심각하게 망쳐버린 쪽지 시험 점수만 달랑 적혀 있는 노트를 내밀고 사인을 받고 싶어. 아버지는 이렇게 말할 거야. 아들아, 들어오렴, 문소리 내지 않게 조심해라, 잠을 깨울라, 그 사람이 자고 있어. 그 사람이란, 아버지의 아내를 말하는 거야. 나는 아마 이렇게 물을 거야. 아빠, 지금 뭐해요? 그럼 아버지는 일하고 있지, 라고 말할 거고, 난 남자 대 남자로서 아버지가 뭔가를 숨기고 있다는 걸 이해하겠지. 아버지가 노트를 보고는 놀라면서 말할 거야. 이렇게 점수가 나쁜데 라틴어를 왜 계속하려는 거냐? 2점은 점수라고 할 수 없어, 클레망, 이건 차라리 어떤 유언이자 선언이야, 대체 왜 하는 거니? 엄마를 기쁘게 해드리려고? 이건 작은 숟가락으로 바닷물을 떠내려는 격이잖니. 그렇게 말하면서 아버지는 웃을 거야. 왜냐하면 당시엔 레이몽 드보*처럼 그런 답 없는 노력을 이어가는 자들이 많았거든. 아버지는 계속 말할 거야. 아들아, 라틴어는 그만두는 게 좋겠구나, 용기를 내렴, 대신 이탈리아어를 공부하거나 기타를 배우면 되잖니, 그것들이 새로운 시야를 열어줄 거다……. 하지만 아버지는 죽었어. 난 라틴어뿐만 아니라 이탈리아어까지 공부했고, 음악 기초교육도 받았지. 지나치게 많이 했어. 그러느

---

*   Raymond Devos, 1922~2006. 프랑스의 스탠드업 코미디언으로, 정교한 말장난과 초현실적 유머로 인기를 끌었다.

라 내 주위엔 아무도 없었고, 앞으로도 죽 그렇겠지.

　　아직 아무것도 안 먹었구나. 일기예보 틀어줄까, 아니면 아예 라디오를 꺼버릴까? 일정을 한번 확인해야겠어. 빙산이 나만 따로 만나자고 할 때마다 깜짝깜짝 놀랄 일이 꼭 있거든. 이거 볼래? 이게 아웃룩이라는 앱의 한 페이지야. 그리고 왼쪽에 메달을 걸고 있는 남자가 바로 좋은 시절의 내 얼굴이란다. 아니, 우라질, 월요일 8시 30분에 직무평가를 한다고? 이게 도대체 누구 아이디어야? 지금은 그럴 시즌이 아닌데, 어째서 내 평가가 이렇게 일찍 나온 거지? 이거 불안한데……. 일어나서 하루를 막 시작하기도 전, 이도 저도 아닌 어정쩡한 시간인 아침 8시에 누군가가 내 직무평가를 대충 해치우고 귀찮은 일로부터 해방되려고 마음먹은 거야. 뭔가 찜찜한 냄새가 나. 파파, 그래도 이걸 너무 사적인 감정으로 받아들이지 말아야겠지. 이건 그냥 내가 상상해본 거야. 우리 사이니까 말인데, 금요일에 올리버와 악수할 때 끈끈한 의리와 집요한 의욕만 줄어든 게 아니라, 왠지 내 손을 잡는 힘도 느슨해졌다는 걸 느꼈어. 그리고 나에 대한 기대감도. 관광 같았던 시에나 출장 이후, 그 이탈리아인이 술집에서 철석같이 약속해놓고도 협상 후에 냉정하게 우릴 버린 걸 보면서, 나에 대한 기대감이 한 가지 확신으로 변했을 거야. 뭔가 해낼 줄 알았는데 알고 보니 별 볼 일 없는 놈이었다는 확신.

　그러니 뭔가 대비를 해야겠어. 필요하다면 방어도 해야 겠지. 하지만 방어하는 것처럼 보이지 않도록 화려한 언변도 필요해. 그러니 자, 어디 한번 연습해보자. 파파, 소파 위에 앉으렴, 아니, 뒷다리를 깔고 앉아서 인사 담당자 같은 표정을 해봐. 상대방의 말을 영원토록 듣고 있을 것처럼 굴다가, 오 분 후면 곧 다른 사람의 말에 귀 기울이는 그런 개자식의 표정 말이야. 한번 해보라니까. 오, 젠장, 완벽해. 기분 나쁠 정도야. 자, 이제 시작할게. 올리버, 다시 말하지만, 펠레그리니 은행이 떠나버린 건 처음부터 어떻게 막아볼 수 있는 문제가 아니었어, 우리로선 더는 아무것도 할 게 없었고, 그는 이미 결심을 굳힌 상태였다고, 순전히 우리 은행의 평가 때문이지, 당연하잖아, 누구든 AA 등급과는 결별하기 마련이잖아, 안 그러면 자기들도 AA 등급에 감염이 될 테니까. 파파, 이건 사실이란다. 내게 잘못이 있었다면 그 자리에 있었다는 것뿐이야. 운도 지지리 없지. 전쟁이 끝나는 시점에 미국이 아닌 독일에서 태어난 격이야. 그게 바로 나란다. 파파, 내가 이야기하는데 도망치지 마, 야! 너 어디 가는 거야? 너도 더는 날 지지해주지 않는구나. 그래, 이해할 수 있어. 내가 너한테 별별 말을 다 쏟아내니까 너 자신이 하수구 같다는 기분도 들겠지. 그래, 이제 좀 쉬게 내버려둘게. 아무래도 널 수의사에게 데리고 가야겠다. 그만 자려무나. 착한 개야.

야간 램프를 켜줄 테니까, 새들의 꿈을 꾸렴.

월요일 아침에 난 모든 걸 다 잊었다. 이미 한번 지나간
감정, 특히 두려움 같은 강렬한 감정을 또다시 겪을 힘이 없
어서, 월요일 8시에 임원회의실이 있는 층의 대기실에서 뭘
해야 할지 몰라 침울해지는 건 그만하기로 했다. 그리고 텔레
비전에서 최근에 빙산이 후원하여 만족스러운 결과를 얻었던
프로젝트를 상기시키는 뉴스를 확인했다. 강 연안의 정화 작
업장에서 나오는 분뇨를 먹어 치운다는 변형 조류를 도입해,
강어귀를 자연스럽게 청소하는 푸른 파도 프로젝트라는 것
이다. 이제 할 일은 간단하다. CEO 앞에서 그의 성공적인 후
원을 칭송하기. 그리고 분뇨 독소에 중독된 해초는 어떻게 되
는가에 대해선 묻지 말기. 멀리, 대기실과 임원회의실 사이를
구분하려고 바닥에 그어놓은 선 위에서 올리버가 손을 흔들
어 내게 사인을 보낸다. 택시를 탈 때처럼 여러 용도로 사용
하는, 그러나 친구에게는 잘 쓰지 않는 그런 사인.
　"거기 있지 말고 이리 오게, 클레망. 뭔가 의논할 게 있
으니. 문제의 핵심부터 짚어보지."
　나는 올리버 앞으로 걸어가 멈춰 선다. 그는 현재 정치적

상황에 관련된 사실적 진단으로 이야기를 이어간다. 암울하다는 것. 최근의 정부 재편은 우리가 완전히 침몰할 때가 되어서야 비로소 우리에게 유리한 지도자가 나올 것이라는 사실을 시사하고 있다. 그러다 느닷없이 던지는 질문.

"일단 앉게. 자네도 크리스마스 휴가를 떠나야지?"

그가 말한다. 모두가 그렇듯이 자네도 크리스마스 휴가를 누릴 자격이 충분해, 올해는 굉장했잖나. 그러면서 그는 자기도 정부 지침 때문에 애를 많이 태웠다고 덧붙인다. 클레망, 우린 영웅이 아니잖아.

그래. 진짜 끝이라는 소리구나.

"자, 내가 어떤 말로 시작했으면 하나?" 성과부터 시작하려는 건가? 마침내 그가 단도직입적으로 시동을 건다. 사실 성과 면에서는 기대 이상이었어, 이탈리아에서 있었던 소소하지만 큰 문제만 빼면, 오해 말게, 물론 나였어도 그보다 더 잘 해내진 못했을 걸세. 이어서 올리버는 짤막하게 리더십 영역을 슬쩍 치고 들어온다. 리더십은…… 양호한 편이야. 그 말은, 사람들이 나를 딱히 좋아하지 않는다는 뜻이다. 로르가 그렇듯이. 하지만 여기서 로르 이야기는 꺼내지 말자. 올리버는 그 상관관계를 모를 테니까.

신뢰가 하락하고, 동료들과의 교감이 부족하고, 따라서 재계약이 불확실하고…… 빙산답게 극지방의 냉기 도는 언어가 틀에 박힌 관례적 표현으로 쏟아지는 지금, 이처럼 구태의연한 공격이 이어지는 정확한 동기를 아직도 못 찾고 있는 지금, 사랑이 끝날 때처럼 서로가 아무런 설명 없이 망가지고 있는 지금, 겨우 아침 8시 45분밖에 안 된 시간이건만 난 벌써 아무것도 느낄 수 없을 정도로 무너졌다. 아무것도. 심지어 '그래도 우린 결국엔 서로 원원할 수 있는 해결책을 찾게 될 거야, 급할 건 전혀 없어'라는 마지막 말이 굉음처럼 들려오면서, 더는 어떤 소리도 들리지 않게 되었다. 이 모든 이야기가 전개되는 내내 우린 서로 비슷하게 생긴 매부리코를 증권 시세 화면에 처박고 있었다. 서류들이 분류되는 동안에도, 누군가 조용히 목을 매달고 있는 와중에도, 사업은 계속되는 법이니까.

"클레망, 자네와 허심탄회하게 대화하니 좋군."

나도 그래. 오줌이나 누러 가고 싶은 강한 욕망에 사로잡혀 내가 말한다.

나는 핸드드라이기 밑에 앉는다. 따뜻한 바람이 머리와 어깨로 불어온다. 내가 이 자리를 선호하는 건 온풍이 멈출 때 기분이 굉장히 좋기 때문이다. 만일 내게 다른 남자의 아내가 아닌 나의 아내가 있다면, 그녀에게 매일 이렇게 해달라고 부탁할 것이다. 시원하게 손을 씻은 후에 목덜미에 뜨거움을 느끼는 것. 만일 내게 겨우 일부만이 아닌, 전부를 내주는 아내가 있다면 난 최선을 다했는데도 쓰레기 같은 평가를 받았다고 그녀에게 칭얼댈 수 있을 것이다. 그녀가 나의 진짜 모습, 패배자의 모습을 보게 되더라도 상관없다. 행복할 때나 병들었을 때도 서로 사랑한다는 게 바로 그런 것이니까. 난 사피아가 들어오고 나서야 내가 얼마나 안 좋은 상태인지 깨달았다. 대변을 보려면 어디로, 어떻게 가야 하는지도 떠올리지 못할 정도로 정신이 빠져서는, 상형문자 하나 구별 못 하고 잘못된 장소로 들어오다니.

"클레망! 여자 화장실에서, 그것도 바닥에 앉아서 지금 뭐하는 거예요?"

나보고 뭘 더 어쩌라고?

오늘 너는 사기꾼 같은 네 삶에서 아주 오랜만에 약속을 지킨다. 프랑스어 바칼로레아 시험을 대비해 베라와 함께 시험 범위에 있는 텍스트들을 점검할 예정이다. 너는 생각에 잠긴 채 낡아빠진 희곡 《앙드로마크》* 사본을 들여다보며 베라를 기다린다. 푸른색과 베이지색 표지로 만들어진 이 책은 아셰트 출판사 판본으로, 1965년에 만들어졌다. 가장자리가 접힌 누런색 종이에서 가죽 냄새와 곰팡이 냄새가 난다. 표지가 잉크 얼룩으로 덮여 있으나, 아직도 표지 한쪽을 차지하고 있는, '오레스트'를 연기했던 배우 장 마레의 비극적인 얼굴은 알아볼 만하다. 본래 네가 갖고 있던 책이어서 첫 페

---

*   프랑스 극 작가 장 라신Jean Racine의 비극적 희곡.

이지 오른쪽 끝에 색이 바랜 볼펜으로 네 이름이 쓰여 있고, 그 위에 빗금이 그어져 있다. 로르 그레프, 1학년 L반. 그 위에는 더 똑바른 글씨체로 다른 이름이 적혀 있다. 실비 팔레, 2학년 C반. 네 엄마의 이름이다. 그 이름에도 역시 빗금이 그어져 있다. 그리고 네 이름 밑에 녹색으로 적힌 글씨, 베라 그레프. 아이 아빠의 성을 몰라서 너의 성을 썼다. 너는 그 애의 아빠를 한 술집에서 만났다. 이름 외의 다른 것을 묻기엔 너무 이른 감이 있어서 성은 미처 묻지도 못했고, 좀 더 시간이 지나 밤이 되었을 땐 둘 다 완전히 벗은 상태였으며, 다음 날이 되자마자 그는 너를 떠났다.

"베라! 엄마가 기다리잖니."

너는 테이블 위에 시험 범위 텍스트들을 모아놓았다. 너는 마치 우화집에 실린 옛날이야기처럼 그 애가 얌전하게 앉아 머리를 숙이고 공부하기를 바라지만, 그건 그 애를 위한 게 아니라 너를 위한 것이다. 적어도 한 시간은 좋은 엄마로 돌아와 아이에게 공부를 가르치고 코코아를 데워줄 수 있다면, 너는 무슨 짓이든 할 수 있다. 이미 우유 한 잔과 과자 한 봉지까지 준비해놓았다.

"엄마, 지금 장난치는 거지?" 학교를 포기하고, 낮잠을 실컷 자고 나서야 마침내 나타난 너의 뼈 중의 뼈, 살 중의 살이 한숨을 쉬며 말한다.

너는 큰 소리로 운율에 맞춰, 중간의 쉼표까지 지켜가며 발췌문을 읽는다. 소망 없는 영웅 서사시에 나오는 익숙한 숙명들, 즉사한 절대 권력자들, 사랑, 전쟁, 자존심, 형제애, 끝으로 신들을 아주 오랜만에 다시 만난다. 너의 무미건조한 목소리가 울려 퍼진다. "사랑은 우리가 영혼에 가두는 불이 아니오. 목소리, 침묵, 눈, 모든 게 우리를 배반하지. 제대로 덮지 않은 불은 더 잘 폭발할 뿐이오."

"뭐하는 거야, 시각장애인에게 책 읽어주기?" 베라가 너를 중단시킨다. "그건 벌써 읽었어. 차라리 그냥 엄마가 질문을 하는 게 낫겠네."

"그럼, 이 작품의 디에게시스를 요약할 수 있니?"

"아니."

"어떤 게 이해되지 않는데?"

"'디에게시스'라는 거. 됐어, 난 갈래. 이거 너무 바보 같아. 엄마도 강 건너편에 가서 해야 할 일이 많잖아."

그 애가 일어난다.

"앉아."

"앉으라고? 진심이야?"

말은 그래도 아이는 순순히 앉는다. 하지만 그저 빨리 끝나기만을 바라며 전략적 순응을 택한 것이다. 너는 속지 않는다. 아이는 너에게서 눈을 떼지 않은 채, 갑자기 숨도 쉬지 않고 설명을 시작한다. 네가 원하니 어쩔 수 없이 해주겠다는 듯한, 염장을 지르는 표정으로.

앙드로마크는 궁전에서 엄청 섹시한 여자인데, 몇 번이나 사랑에 실패했어, 그런데도 계속 사람들을 깔봐, 왕비니까, 여름이 시작하면서부터 그 여자가 골 때리는 짓만 골라서 하는데도 아무도 불평하지 않아, 머릿속에 샤넬 샌들에다 에르메스 드레스, 초과 인출된 4000유로가 전부인 여자지, 앙드로마크는 엑토르와 살았고, 엑토르는 아킬레우스의 손에 뒈졌어, 그 여자는 공상에 사로잡혀서 헛소리만 하는, 허언증에 걸린 쓰레기야.

"그만해."

허언, 허세, 허풍, 허영, 허위, 허욕…… 베라가 계속해서 읊어댄다. 그런 여자가 피로스의 궁전에서 사는 거야, 여왕이 사는 곳은 방앗간이나 다름없어, 남자 하나가 튀어나오나 했더니 이어서 오레스트Oreste라는 이름의 또 다른 남자가 튀어나왔거든, 그 남자의 이름이 왜 오레스트인지 알아? 오! 레스트!*라는 의미거든, 왜냐하면 항상 도망갈 생각만 하는 기둥서방 같은 놈팡이라서 그래, 이 왕비는 옛날부터 남자를 수집하는 취미가 있었어, 그래서 애새끼들을 줄줄이 낳는 게

---

*　　Oh! Reste! '오! 남아줘!'라는 뜻.

일이야, '오, 레스트!'는 오로지 섹스에 집착하는 놈팡이라, 난장판을 만들 생각뿐이지, 그런데 결국 왕비가 그 인간에게 제안해, 너랑 자줄게, 하지만 그전에 먼저 당신이 피로스를 죽여줘, 내 사이비 남편 말이야.

"정말 참을 수가 없구나, 베라. 너무 저속해."

"맞아. 하지만 내가 아니라, 앙드로마크가 그렇다니까. 엄마, 계속할까, 아니면 여기서 멈출까?"

너는 잔에 든 우유를 모두 마신다. 토하고 싶다. 너무 극단적이다. 우유 말이다.

"짧게 해봐."

오레스트는 긴 드레스를 입은 여인과 섹스를 할 수 있다는 확신으로, 피로스를 검으로 찔러 죽여, 비겁하게 말이야, 그런 다음 아이들까지 포함해서 트로이인들을 열 명씩 줄을 세워서 쓰러뜨려, 순전히 그 여자와의 섹스 때문에, 그야말로 알파 수컷인 거야, 결혼, 잠자리, 욕정으로 인한 갈증, 온통 그런 것뿐이야, 이 이야기에 기적 같은 건 없어, 풀은 메마르고, 애송이들은 감옥에 갇히고, 다시 가부장제로 돌아가고.

"그래, 이만 됐다."

엄마, 최고는 결말이야, 살아남으려고 스스로를 엄청난 희생자로 포장해온 왕비는 모두가 온화한 여자라고 믿었지만 사실 무서운 여자야, 실은 이 새 남편이라는 작자는 항상 자기가 기르는 개새끼를 데리고 다니는데, 이 작자가 그 개를 데리고 14강 토너먼트를 진압하고 나니까 그의 불알을 움켜쥐고 마침내 왕관을 빼앗거든, 자, 이제 너와 네 용병들은 모조리 다 내 궁전에서 나가줘, 그렇게 못하겠다면? 물러터진 남자가 나름 가까스로 반항해봤는데, 여기서 도도한 앙드로마크가 말하는 거야, 못 하겠다면, 너희들을 전부 불태우겠어, 한 명 한 명, 차례차례로, 대청소를 해버리겠다는 거지. 베라가 결론을 내린다. 질문 있어?

너는 남은 우유를 모조리 다 마셔버린다. 네 감정과 함께 올라오는 구토를 밀어 넣으며.

"아니, 됐어."

"결국 내가 엄마에게 《앙드로마크》 강의를 해준 셈이 됐네. 그럼 난 갈게."

아이는 사라지고, 너는 일어나 개수대로 가서 속을 게워낸다. 너는 가까스로 자신을 설득한다. 지금 꿈을 꾸고 있는 거라고, 저 애가 절대로 알 리 없다고. 하지만 네가 다른 모든 사람을 속일 수 있을지라도, 너 자신은 속일 수 없다.

가사도우미가 오지 않는다고 생각했는데, 알고 보니 내가 월요일과 목요일을 혼동한 것이었다. 마치 사람들을 끌어당기는 올리버처럼, 방바닥이 쩍쩍 달라붙는다. 피로에 찌든 땀과 라데팡스의 먼지로 뒤덮인 내 몸도 올리버만큼 끈적거린다. 오늘 밤 올리버와 나를 구별해주는 건 IQ밖에 없다. 아, 또 있다. 마룻바닥. 정확하게 1930년도 이래로 올리버 집의 진정한 주인으로 군림하고 있는 견고한 마룻바닥이 겨우 임원회의실의 카펫을 간신히 짓밟고 있는 내 허세와 내 존재를 조롱한다. 올리버, 그 개새끼가 나보다 오래 살아남을 테니까. 샤워실 배수판에서 토할 것 같은 냄새가 올라온다. 파파가 그 안에 오줌을 누었다. 이 이야기는 더 안 할게, 착한 개야, 누워 있으렴, 불쌍한 것. 난 뭐든 세워서 바닥을 닦을 물건을 찾는다. 밀고 닦을 수 있는 거면 되는데, 아무것도 없다. 포르노 사이트에 들어가기엔 시간이 너무 이르다. 게다가 로르에게 약속도 했고.

이 근방 모노프리 마트는 밤에도 문을 연다. 추운 날씨, 회전문, 누구든지 한 명 죽일 것 같은 기분, 계산, 다시 추운 날씨. 아무도 안 죽이고 소파로 돌아왔다. 크레프에 뿌리는 요리용 럼주만 들고. 씹을 건 하나도 없다. 25밀리리터의 술이 곧장 위장으로 내려가 혈액 속에 스며든다. 50도의 침전물이 곧 다리와 페니스와 발가락을 점령한다. 삼십 초 동안은 좋은 기분을 유지할 수 있다. 군대라도 이룬 기분이다. 만일 이 삼십 초 안에 계급장을 단 머저리 같은 놈이 내게 '공격!'이라고 외쳤다면, 나는 내 거시기를 잡고 샹드마르스 광장으로 달려가 무차별 사격을 했을 것이다. 하지만 이내 내 물건은 다시 고개를 숙이고 만다. 난 말줄임표처럼 세 개의 점만 써서 로르에게 문자를 보낸다.

답문이 없다. 로르는 훌쩍거리고 있을 게 분명하다. 파리 북쪽에서 낭테르를 지나 패배의 바람이 불어온다. 자, 그녀는 알고 있다. 그녀는 깨달았다. 내가 그녀의 입장이라도 답장을 안 쓸 것이다. 그런데 내가 이달 말에 공연하는 연극 초대권을 메일로 보내자, 가겠다고 답문을 보내왔다. 로르는 적어도 보름 동안은 날 만나길 원하는 것이다. 아니면 정말로 알프레드 드 뮈세*를 좋아해서 가겠다고 한 건지도 모른다. 그 연극을 선택한 건 내가 아니라 기업위원회. 빙산이 문화사업 장려 측면에서 객석의 몇 줄을 몽땅 샀다. 이런 일은 당분간 계속될 거다. 콜로세움에 풀어놓는 사자들은 즉시 죽지 않고 천천히, 아주 천천히 죽어갈 때 더 아름다운 법이니까.

조금 시간이 지나서, 선명한 화질의 비디오 세 편을 봤다. 나는 파파의 시선을 피한다. 더는 시나리오의 빈약함에도 놀라지 않는다. 얼굴에 사정하는 장면이 나오기 전까지는. 불쌍한 여자들. 그녀들은 미국의 영화사 워너브라더스 사의 시험에서 떨어진 자들이 써주는 시나리오를 갖고 자기들이 할 수 있는 유일한 일을 한다. 올리버가 우리 집에 어떤 감지장치를 심어뒀을지 모르니까, 검색 기록을 삭제한다. 모노프리마트에서 산 냅킨으로 내 몸을 닦아내자, 여인에게서 풍기는 향기가 난다. 모든 전자기기의 화면이 꺼진 짙은 어둠 속에서 음원 스트리밍 사이트의 초록색 아이콘이 끈질기게 빛을 뿜어낸다. 아무것도 없고, 아무도 내 이야기를 듣지 않으므로, 난 장자크 골드만의 노래를 귀에 때려 박는다. 음악이 어찌나 좋은지…… . 나는 베이스 음을 아주 크게 높인다. 복도 안쪽에서 헐떡거리는 파파의 신음을 묻을 만큼.

---

*   Alfred de Musset, 1810~1857. 프랑스의 시인이자 소설가, 극작가.

"개를 어떻게 주웠다고요?"

파파, 너와 나의 관계가 범죄의 결과라고 생각하는 사람이 또 있구나. 하기야 요즘은 파리 동역에서 실리콘 칩이나 이름표도 없이 상자 안에 들어 있는 임자 없는 강아지를 발견한다는 건, 다섯 잎 클로버를 발견했다는 소리나 마찬가지니까. 아니면 훔쳤거나.

"순종 양몰이 개군요. 예방접종을 기록한 반려견 건강수첩을 갖고 계신가요?"

그 수의사는 마치 내가 널 발견한 날 이후로 한 번도 네 건강 상태를 체크하지 않은 것처럼 묻지 뭐니. 나한텐 비자도 있고 네 모습을 본뜬 문신도 있는데. 더구나 우린 오 년 동안 규칙적으로 여행까지 했는데 말이야. '스위스 헬베티아 지방 목장에서 가축을 돌보는 개 중에서도 아주 뛰어난, 유서 깊은 품종인 버니즈 마운틴 도그'는 확실히 아파트보다야 넓은 곳에서 사는 게 훨씬 낫겠지, 그거야 두말하면 잔소리인 거고. 그런 논리로 말하자면 모든 게 다 문제지. 역에서 널 주웠다는 말에 젊은 수의사께서 당황하셨나 봐. 그에겐 면세로 1500유로를 지불하고 널 샀다는 이야기가 훨씬 편하겠지. 그는 내가 널 자연스러운 경로로 만나지 않은 게 탐탁지 않은 것 같아. 파리 북부 이블린에 있는 반려견 사육장의 보증서류를 요구하는 걸 보면 말이야. 이전 수의사가 훨씬 좋았는데. 그는 폐 질환으로 죽었어. 개보다는 고양이를 더 좋아하던 자였지. 어쨌든 이미 죽은 사람이니 아쉬워한들 어쩌겠니.

"버니즈 마운틴 도그를 파리 동역에서 그냥 주웠다는 건 정상적이지 않잖아요."

그가 고집스럽게 주장하는구나. 중성화 수술을 한 메인 쿤* 고양이들에게 신경안정제를 처방해주기 위해 십이 년 동안 공부를 했다는 자가 지금 우리에게 뭐가 '정상'인지를 가르쳐주려고 하다니. 파파, 네가 스위스계 독일어로 그를 비웃어주기라도 하면 좋겠어. 난 주제를 바꾸려고 물었어. 저기 선반 위에 놓인 하트 모양으로 생긴 것들, 저런 건 정상이냐고.

---

*   미국 동부의 메인 주에서 자연 발생했다고 알려진 고양이 품종.

"저 상자들이요?"

내가 뭔지 맞혀보죠. 저것들은 개들의 밸런타인데이를
위한 물건 같은데, 저게 당신이 말하는 '정상'인가요? 불쌍한
동물들, 그들 관점의 삶이란 하나도 없구나. 미국에선 동물
들도 결혼을 시킨대. 그게 당연하다는 거야. 파파, 네 삶이 더
밑으로 추락할 수도 있다는 걸 생각하고 이를 악물어야 해.
십 분 후면 우린 여길 나갈 거야. 여긴 그냥 확인차 잠깐 방문
했을 뿐이야.

"이건 화장 후에 재를 담을 항아리예요. 반려견 주인들
은 무엇이라도 보존하길 원하거든요."

파파, 저런 말은 듣지 마, 자, 옷이나 벗자. 코와 목, 귀를
검사해야 해. 수의사 선생, 이 녀석이 요즘 잘 먹질 않아요, 이
녀석이 센 강을 볼 수 있게 해주세요. 이건 간청입니다. 어제
저녁에 난 이 녀석을 퐁데자르 다리에서부터 앙리 4세의 기마
상까지 데리고 갔어요. 파파가 그 기마상을 아주 좋아하거든
요. 말 조각상 때문인지 아니면 운명적인 건지, 그건 잘 모르
지만. 아무튼 오 년 동안이나 내 인생을 길들여놓고, 지금까
지 왼쪽으로 갈지 오른쪽으로 갈지, 고기를 먹을지 생선을 먹
을지, 앉을지 설지 등등의 중요한 결정들을 다 내려왔던 파파
가 이젠 남이 이끄는 대로 끌려가야 한다니. 이제 모든 걸 거
부하고 구석진 곳에 웅크리고 있네요. 의사 선생, 당신과 나

라면 저런 모습을 보이는 게 그리 이상하지는 않을 거예요. 우리가 인간이라는 것과 이 시대에 살고 있다는 것만으로도 무너질 이유는 무궁무진하니까. 하지만 자유의지와 생존 본능을 가진 저 종족이 이렇게 무너지는 건 설명할 수 없지 않겠어요. 이 녀석과 난 희망을 잃을까 봐 지금까진 알려고 하지 않았지만, 이젠 그런다고 될 일이 아닌 것 같군요. 이런 걸 너무 싫어하지만, 그래도 뭔가 해야 하겠죠. 아, 혹시 어쩌면 이 녀석이 뭔가 내게 할 말이 있는 게 아닐까? 신에 대해서, 아니면 로르에 대해서. 어쩌면 청진기를 통해서 어떤 이름을 들을 수 있을지도 몰라.

"괜찮을까요?" 나는 소리 내서 말했다.

"이 혹 같은 것 때문에 불안하신 거죠?"

혹 같은 건 상관없다. 파파는 뭔가 내게 할 말이 있다. 그게 뭘까. 녀석은 지쳤다. 제발 이 녀석이 폭발하기 전에 어서 그걸 내게 통역해줘!

"선생님, 괜찮은 겁니까?"

우라질, 결과나 말하라고. '괜찮냐'는 말이나 들으려고 이렇게 에어컨도 없는 곳에서 돈까지 내고 마냥 기다리고 있는 게 아니라고.

"걱정하실 만도 했네요. 종양입니다."

빌어먹을. 나는 의자에 털썩 주저앉았고, 그는 말을 계속

한다. 네 혹이 점점 커지고 있다는구나. 그래서 검사를 해보려고 혹에서 세포를 좀 떼어낼 거래. 파파, 지금 세포를 채취하는 중이야. 이 남자는 지금 '살리는 행동'에 '살해'를 결합하고 있는 거야. 세포 주인인 너에겐 예고도 없이 말이야. 넌 안 된다고 말할 수 있었는데…… 자, 다 끝났어. 그는 떼어낸 세포를 연구소로 보낼 거야. 어쩌면 저건 그냥 지방 덩어리에 불과한 걸지도 몰라. 분명히 그럴 거야.

"제가 보기엔 좀 의심스럽습니다."

과학자가 한 가지 결과를 확신할 수 없다고 할 땐, 다른 결과를 확신하기 때문일 거야.

"솔직히 말씀드리면, 암 덩어리일 가능성을 배제할 수 없습니다."

결국. 여기서 내가 기절하면 안 돼. 이번엔 내가 널 데리고 가야 하니까. 내 눈엔 지금 너도 두 마리고, 수의사도 두 명으로 보여. 나도 꽤 오랜 시간 동안 아무것도 먹지 않아서 그런가 봐. 지금 난 60킬로그램이야. 네가 탁자 위에 누워 있을 때 동물 저울 위에 올라가서 확인했단다.

의사는 확실한 결과가 나올 때까지 네가 많이 아프면 코르티손 연고를 바르는 게 좋을 거래. 저 사람의 추측은 확신과 같아. 내 말을 알아들을지 모르겠다만, 다시 말해 넌 고통스러울 거야. 당연한 소리지. 고통은 세상에서 돈과 함께 가장 많이 공유되는 야망이란다. 심지어 고통이 육체보다 더 먼저 나타났어. 왜냐하면 필요가 도구를 만드니까. 제일 먼저 고통이 있었고, 그다음에 육신이 우리에게 온 거야. 그 고통이 우리를 비껴가지 않도록. 그리고 육신의 뒤를 이어 돈이란 게 왔고, 그 돈을 취하기 위해 손톱과 송곳니가 생겨났지. 그 후에 나타난 게 영어야, 예를 들면 코르티손 같은 거…… 헛소리는 그만하자.

수의사가 말하는구나. "이 단계에선 코르티손을 주사로 주입할 거예요."

단계란 건 심각성이 얼마나 높은지, 그 수준을 뜻하는 거란다. 파파. 넌 몸이 붓지 않도록 노력해야 해.

"검사 결과를 메일로 받아보시겠어요, 아니면 전화를 드릴까요?"

그만 가자. 이제부터 선택해야만 할 일들이 시작될 거고, 곧 비 오듯 쏟아질 거야.

내 품에 안겨 있으렴, 택시가 올 거야. 정말 모르겠구나. 사람들이 왜 모두 저런 얼굴을 하고 우릴 바라보는지. 붕대를 맨 60킬로그램짜리 양치기 개를 품에 안고 있을 권리도 없다는 거야? 네가 지금 내 가슴 왼쪽에서 느끼는 진동은 내 심장 소리가 아니야. 내 심장이 아직 뛰고 있는 건 사실이지만, 이건 휴대전화 진동이야.

로르구나. 그녀의 메시지야.

자기 딸이 뭔가 의심하고 있대.

이제부터 떠는 건 나야. 의심. 그건 진실의 예비단계고, 진실은 추락의 시초지. 그녀는 마음을 확실히 먹을 거고, 그쪽 남자를 떠날 거고, 결국 내게 올 거고, 점차 내게서 원하는 것들이 많아질 거야. 파파, 이건 절대로 멈추지 않을 거야. 이 여자는 완전히 산업혁명이야. 이 여자는 너와 함께하다가 너를 박살 낼 거야. 난 알아. 파파, 우리가 지금부터 뭘 할 건지 아니? 우선 집에 가서 잠을 좀 자고, 내일 아침 일찍 서둘러 시골로 도망치는 거야.

파파, 한 시간 후면 우리 엄마 집에 도착할 거야. 넌 혼자 있을 수 없어. 나는 일하러 가야 하고, 지금은 널 사무실에 데리고 갈 상황이 아니거든. 네가 혼자 코르티손을 주사할 수는 없잖아. 그건 능숙한 솜씨가 필요한 일이란 말이야. 너는 양들을 지키기 위해 태어난 녀석이야. 비록 날 만나게 되었지만. 우리 엄마가 주사를 놓을 줄 알아. 걱정하지 마, 주사 정도는 안 보고도 놓을 수 있는 사람이니까. 그리고 엄마 집에선 자연을 많이 볼 수 있어. 새들도 있어서 넌 아주 좋은 시간을 보내게 될 거야. 난 떨어져 있어도 네 소리를 들을 수 있어. 그런데 우리 엄마와 '좋은 시간' 사이에 무슨 관계가 있을까. 하나도 없겠지. 내가 예상하는 좋은 관계란 녹색 식물과 건강, 너와 들판, 넓은 공간과 달리기, 그런 관계야. 그런데 너는 이제 달리지도 못하겠구나. 어쩔 수 없는 사실이란다. 코앞에 토끼들이 지나가도 보고만 있게 될 거야. 정말 한심한 기분이겠지. 솔직히 내 생각엔, 네가 우리 엄마와 함께 있으면 내가 엄마와 있을 때 그랬던 것처럼 너도 불행을 자주 겪게 될 거야. 어떻게 생각하니? 지금이라도 집으로 돌아가서 오를로주 부두에 똥이나 싸러 가는 게 더 좋겠니? 말해봐, 그러면 전부 취소할게. 아, 잠깐 기다려, 로르의 메시지야.

로르가 나와 이야기하고 싶대. 그런데 오타가 있구나. 상황이 안 좋다는 뜻이야. 주유소에 들러서 전화를 좀 해야겠어. 우리 아버지는 이렇게 말하곤 했지. '이제 기름을 넣을 거다.' 내가 지방 도로를 다닐 때 늘 시속 110킬로미터로 달리는 건 아버지를 닮아서 그래. 아버지는 도로를 달릴 때면 항상 죽는 연습을 하곤 했거든. 내가 어렸을 땐 안 그랬어. 내가 열두 살이 될 때까지는 반드시 안전벨트를 매고 90킬로미터의 속도를 지켰지. 그러다 사람은 모두 비상구를 찾으며 산다는 걸 내가 이해할 나이가 되었을 때 아버지는 안전벨트를 풀었고, 절대 잊을 수 없을 최고 속도를 갱신했지. 참, 3킬로미터만 가면 주유소가 있어. 잘됐구나. 거긴 아이들을 위한 선물도 파는 곳이야. 내가 '아쉴 탈롱'* 만화책 시리즈를 모두

---

*   Achille Talon. '아킬레스건'을 뜻하는 프랑스어 'talon d'Achille'에서 착안한 제목의 프랑스 만화 시리즈.

모은 것도 바로 저 주유소 덕분이란다. 사실 우린 휘발유가 필요하지 않아. 순전히 내가 엄마 집에 도착하고 싶지 않아서 뭉그적거리는 거야. 2016년 크리스마스에도 이랬는데, 너도 기억하니? 우리가 어느 주유소의 미모사 뜰에서 푸아그라를 먹었던 날 밤 말이야. 새벽 2시에나 엄마 집에 도착했었잖아. 그 노인네에겐 오는 내내 우리 앞에 제설차가 길을 가로막아서 오를레앙부터는 도무지 속도를 낼 수 없었다고 둘러댔지. 눈이라곤 눈곱만치도 안 내렸는데 말이야. 그러자 노인네가 나를 또 환자 취급했지. 자, 여기서 멈추자. 디젤유 1리터에 1유로 34상팀이라면 괜찮은 가격인걸. 사실 잘 몰라. 기름이든 뭐든 가격표를 안 보고 지낸 지 꽤 되었거든. 움직이지 마, 금방 다녀올게. 그런데 아직도 내가 정확히 뭘 원하는지 모르겠어. 아니, 미래 같은 걸 말하는 게 아니야. 미래 따윈 이미 샌드위치처럼 반으로 접어버렸으니까.

나 왔어. 꽉 채우는 데 70유로더라. 자니? 너 주려고 랩에 싼 샌드위치 갖고 왔어. 고기가 들어 있는 건 이것밖에 없더구나. 그리고 이건 펭귄이야. 내가 포장지를 찢어줄게. 아주 폭신폭신하단다. 조심해, 먹는 거 아니야. 진짜 펭귄처럼 생겼지. 네가 악몽을 꿀 때 내 냄새를 맡을 수 있게 위에다 내 향수를 뿌려놓을게. 방금 로르와 전화했어. 이틀 동안 집을 비울 땐 자기에게 좀 미리 알려주라고 하더라. 우리를 볼 수 있을 줄 알았대. 상황이 아주 안 좋은가 봐. 그녀의 딸이 자기에게 안 좋은 말을 하고, 학교 수업도 몇 주나 빼먹었다는군. 나는 그냥 젠장, 하고 말했지. 너는 내가 다른 어떤 말을 덧붙였기를 바라니? 나는 사실 로르가 걱정할까 봐 빙산의 펭귄들 문제와 네 종양에 대해선 말을 아꼈어. 그런데 그녀는 늘 그렇듯이 내가 뭔가 더 말하기를 기다리는 거야. 그러다 결국 '나도'라는 말을 붙여서 말하더군. 나도 연약해, 클레망, 나도 혼자라고…… 그동안 한 번도 내게 오지 않았던 그녀가 말이야. 한 사람의 '연약한' 모습만 차지하고 나머지는 다른 상대에게 모두 넘겨주는 건 썩 좋은 거래가 아니라는 거, 너도 동의할 거야. 그래서 그냥 로르에게도 그렇게 말했어. 전화가 연결된 상태라 무슨 말이라도 해야 했거든. 게다가 네가 차 안에서 햇볕에 이십 분이나 이런 상태로 태워지고 있는 걸 뻔히 알아서 로르의 말에 집중할 수가 없었어. 내 말 때문인지 잠시 침묵이 찾아왔는데, 그때 나도 모르게 또 이런 말이 나오고 말았지 뭐니. 로르, 당신에겐 이 모든 게 쉬운 일이겠지. 말해놓고 나도 놀랐지만, 그땐 이미 늦었어.

로르는 더는 아무 말 하지 않았어. 유감이라는 말밖엔. 사랑에 빠진 여자는 저항하지 않아. 파파, 그게 남자들이 남자로 남을 수 있는 독특하고도 거의 유일한 창구란다. 사랑에 빠지면 여자는 길을 잃어버려. 남자들은 바로 그 지점을 강하게 파고들지. 자기를 사랑한다면 이 정도는 참아주리라 생각하면서. 그런데 실은 틀렸어. 그런 걸 참고 들러붙는 건 오직 당하는 게 아무렇지도 않은 헤픈 여자들뿐이야. 정말 사랑에 빠진 여자들은 너무 고통스러운 나머지 빨리 무너져버려. 그래서 다른 남자, 다른 쓰레기와 갑작스럽게 결혼해버리는 경우도 종종 있지. 어차피 나와는 상관없지만. 난 결혼 같은 건 안 할 거니까. 그렇게 나는 전화를 끊고 이 작은 펭귄을 샀어. 어떤 표지가 필요했거든. 파파, 더 무슨 얘기가 듣고 싶은 거니. 전부 진실 같은 건 아니지만, 어쨌든 난 다 말했어. 마치 라디오처럼.

이젠 상상할 수 없는 일이 매일 일어난다. 오늘은 경찰서다. 베라가 오늘 아침에 체포되었다.

정오인 지금, 너는 경찰서 입구에 서성거리며 서 있다. 앞서 네가 들은 믿기 어려운 사건의 정황을 이제 곧 베라의 입을 통해서 자세히 들을 수 있을 것이다. 몇 분 후, 경찰들이 절대 중단하지 않겠다고 표명한 소송의 발단을 들을 시간이 다가온다. 너는 벽을 따라 오가며 변호사를 기다린다. 마약 퇴치 연맹과 도로 안전을 다룬 작은 포스터에 시선이 가닿지만 읽지는 않는다. 녹색 플라스틱 의자에 완전히 지칠 때까지 앉아 경찰서 배경의 일부로 전락하는 것은 피하고 싶다. 너는 이곳의 모든 것을 기억할 수 있기를 바라며, 이 순간이 너를 스쳐 지나가기 전에 주변을 샅샅이 둘러본다. 네가 클레망을 다시 만나게 되었을 때, 그가 프랑스 중부 도시 루아르에셰르에서 돌아왔을 때, 사라져도 무방할 개로부터 그가 해방되었을 때 그에게 이 모든 순간을 그대로 묘사해주고 싶어서. 이렇듯 너는 그에게 할 수 있을지 없을지도 모르는 이야기들을 머리에 담고 너의 날들을 피상적으로 살아가며, 그와 하루하루를 공유한다는 허기진 환상에 사로잡힌다. 너는 너 자신의 그림자가 된다. 너는 메모한다. 더러운 장소들, 진짜 도시, 오줌 냄새, 갈라진 타일들, 낮은 천장, 생기 없는 형광등 불빛, 경찰 제복, 무례한 사람들…… 지금은 이들이 존재하는 이유를 인정해야 할 순간이다. 메모. 이제 이곳, 이 경찰서에 대해서 말할 수 있는 사람은 너밖에 없을 것이다. 변호사가 온 게 분명하다. 너는 보안 게이트를 지나고 있는 희미한 형체가 변호사일 거라고 추측한다. 아니나 다를까 경찰관이 그를 너에게로 인도한다. 여자다.

"선생님?"

"네?"

"뷔르 변호인입니다."

이자벨 뷔르 변호인은 경찰서에 올 만한 일을 저지르지 않았다. 단지 오늘의 업무 리스트 맨 위에 여기 오기로 적혀 있었다는 것 외엔.

"우리가 쓸 수 있는 시간은 삼십 분도 채 안 돼요." 그녀가 알려준다.

너는 외모를 전혀 가꾸지 않은, 구부정한 자세에 보풀이 많은 검은 코트를 입은 이 민첩한 여인에 대해 클레망에게 말할 것이다. 낡은 코트가 그녀가 담당하는 소송의 성격을 아주 분명하게 알려준다. 아마도 일 년 내내 베라 같은 아이들을 상대할 것이다. 쉰 살, 어쩌면 그보다 많을 것 같은데 국선변호인이라니. 다음번 저녁 식사 시간엔 파리 변호사들의 불안정한 입지에 대해 많은 이야기를 나눠볼 수 있을 것이다. 그리고 디저트를 먹을 때는 더 상세한 이야기로 들어가서, 베라를 위한 알리바이를 찾아낼 것이다. 아무것도 하지 않았는데 어떻게 특정 인물로 오해받아 체포되고 구류까지 당하게 됐는지 설명할 방법을. 그래서 일석이조로, 너는 자기가 늘 옳다고 주장하는 앙통 앞에서 그의 자부심을 무너뜨릴 몇 가지 증거를 언급하며 이 사건을 설명할 수 있을 것이다. 너는 네 딸의 야성을 계속 지켜줄 것이고, 그 애가 분탕질을 했다는 주장을 부인할 것이다.

너는 이 재앙이 단순한 추억거리로 바뀌고, 아이의 범죄 기록이 허용 가능한 학교 기록으로 바뀌길 바라고 있다. 너는 확실히 미쳤다.

곧 너는 뷔르 변호인을 동반하고 사법경찰관 사무실에

앉아 재판받는 기분을 느끼며 참을성 있게 기다린다. 사법경찰관의 뒷벽에 걸린 플라스틱 액자 속에선 대통령이 정면을 바라보지 않고, 어딘지 모를 서쪽 저 먼 곳을 바라보고 있다. 네 앞 책상 위에 팻말 하나가 놓여 있다. '고기를 먹고 싶으면, 네 엉덩이나 처먹어라'라는 문구가 적혀 있다. 두 시간 전에 베라의 고등학교 구내식당에서 모호한 이데올로기 시위가 벌어졌을 때 사용된 구호 중 하나다. 네 딸과 몇몇 아이들이 주간 메뉴 게시판에서 검은 순대가 나온다는 걸 알고, 직원들이 없는 틈을 타 주방에 침입했다. 그러곤 커다란 스텐 접시들 위에 배변한 뒤에, 접시 위에 놓인 검은 순대들을 진짜 똥과 바꿔치기했다. 주방에서 나는 소리에 들어왔다가 그 소란을 목격한 구내식당 직원들 덕분에 대형 식중독 사태나 그보다 더 끔찍한 사태가 일어나는 건 간발의 차이로 피할 수 있었다. 학교는 즉시 경찰을 불렀고 베라를 고소했다. 베라는 감정의 미동도 없이 침착하게 일련의 정황이 정확하다고 시인했다. 하지만 너는 그 애의 말을 믿을 수 없다. 이 아이는 왜 이렇게까지 범죄를 저지르는 걸까. 이미 너 자신이 구토가 나올 정도의 짓을 저질렀기 때문일까? 변호인이 말이 없자 사법경찰관이 그 기회를 잡아, '고깃덩어리들이여, 너희 스스로의 세포를 먹어 치우라'라는 불온한 플래카드를 들어 올린다. 학생, 이런 소란스러운 행동과 이 메시지 사이에 어떤 관계가 있나요. 그는 종차별주의를 반대하는 남자 친구가 뒤에서 베라를 조종했을 거라고 넘겨짚는다.

"그러니까 당신 말은 내게 그런 생각을 주입한 남자가 있다는 뜻인가요? 그 뜻이 아니면 뭐겠어요."

"베라……."

"내가 그런 게 아니라, 다른 놈팡이가 있다잖아. 이분께서 먼저 그렇게 말씀하셨잖아. 엄마는 귀가 먹었어?"

변호인이 팔 안쪽에 얼굴을 묻고 기침을 한다.

"이건 어떤 남자를 위해서 벌인 시위가 아니에요. 여러 가지 전투가 한 점으로 수렴된 거라고요."

"뭐라고요?"

베라는 먼저 이 지역의 반反종차별주의자들을 관찰했다고 한다. 그들은 아무 일도 하지 않고 빈둥대기로 유명한 문과 3년생 학생들이지만, 한심한 애들로 가득한 이 학교에선 그나마 진보적 사유를 받아들인 자들이었다. 그래서 그들과 함께 생명과학 수업에서 고등어 해부를 중지시키는 일을 벌였다. 반종차별주의적인 접근이 자신의 기본적인 소명인 반성차별주의 투쟁을 부추길 수 있겠다고 생각했기 때문이다. 그건 어떤 남자가 아니라, 순전히 그녀의 생각이었다. 말하자면 베라는 동물들을 인간을 위한 자원과 고깃덩어리로만 보지 말라고 군중을 교육한 것이다. 그러면 동시에 남성들에게도 같은 핵심을 교육할 수 있을 테니까.

"정리하자면?" 여전히 감을 잡지 못한 경찰이 묻는다.

여성을 오직 자원과 고깃덩어리로만 보는 짓을 더는 하지 말라는 거죠. 그런 생각이 가져오는 해악에 대해선 우리 엄마에게 물어보세요. 빠삭하게 아실 테니까. 그 과정에서 희생되는 자들에겐 어차피 기대할 게 없어요. 본래 희생물들은 해부당하는 고등어처럼 파괴되고 마니까요.

뷔르 변호인이 놀라고 당황한 기색을 감추지 못하고 너를 바라본다. 변호인이라는 직업을 가졌다면 무엇보다도 자신의 의견은 법복 밑에 넣어둬야 한다고, 너는 생각한다. 그래서 이 투쟁을 일반화시킬 생각을 한 거라고, 문제의 주동자가 말을 잇는다. 다만 플래카드는 베라의 아이디어가 아니었다. 베라는 행동할 때 장식적인 것들은 모두 거부한다. 그녀는 이 문제에선 똥과 함성만으로 충분하다고 봤다.

"모든 종에게 공통적인 언어는 외침 그 자체지, 알파벳이 아니니까요." 그녀가 말하고, 경찰관은 자판을 두드린다.

변호인은 방금 말한 부분, 분명한 의도를 가진 이 말들이 모호하게 작성될까 염려된다며 어떻게 기록했는지 다시 읽어달라고 요구한다. 베라는 더 강경하게 이어간다. 이것이 베라의 리듬이다.

"경찰관님, 이 문제는 냄새를 푹푹 풍겨야 해요. 그래야 사람들이 이해하거든요." 그 애가 말한다.

베라의 말이 옳다. 오직 충격만이 말을 한다. 그리스도는 피를 흘렸고, 그 충격을 글로 쓴 건 그리스도가 아닌 다른 사람, 그의 제자들이었다. 베라가 그 말의 근원이 아니다. 그 말의 근원은 너이고, 다시 말해 클레망이다. 너는 다른 모든 이에게 방수막을 친 만큼, 그리고 클레망이 네 안에 들어온 만큼, 꼭 그만큼 클레망에게 젖어들었다. 자신만의 성서, 자신만의 교회, 그 안에 푹 잠겨 있는 그에게. 네 안에 스며든 그는 이제 언제라도, 너의 동의 없이 너를 내면에서부터 사로잡을 수 있다. 잘 흡수되도록, 결국엔 너를 완전히 점령하도록 배치한 사랑. 이다음은 무엇일까?

너는 경찰관의 손가락이 타자기 위에서 움직이며 탁탁거리는 소리를 듣는다. 이곳이 대로와 가깝다는 걸 증명이라도 하듯, 조금 더 먼 곳에서 교통체증에 걸린 자동차들이 빵빵거리는 소리와 피고인이라 생각되는 누군가의 고함이 뒤섞여 들려온다.

경찰관이 조서를 마무리 짓고 베라가 자기 이름이 불릴 시간을 기다리는 동안, 복도에서 뷔르 변호인이 구금이 해제되었으며 검사의 기분이 좋은 것 같다고 알려준다. 그리고 베라는 다시 출두하게 될 텐데, 아마 판사 앞에 서게 될 거라고

말한다. 그 판사가 남자일지 여자일지 모른다. 뷔르 변호인은
여성 판사와 남성 판사 중 어느 쪽이 유리할지 판단하기 어렵
다고 한다. 경찰관이 너희를 불러 인쇄된 서식을 내민다. 아
이가 미성년자라 네가 조서에 서명해야 한다. 너는 죄송하다
는 말도 없이 종이 밑에다 네 이름을 쓴다.

너무 늦었지, 로르. 오랫동안 전화를 걸지 않아서 미안해. 그동안 아팠어. 정확히는 모르지만 간이나 어머니가 원인인 것 같아. 나는 여드레 전에 노친네 집에서 돌아왔어. 우리 집 노친네에 대해서 뭘 알고 싶지? 내가 당신에게 무슨 말을 해주길 바라? 짧게 설명하자면, 우리 어머니는 아주 젊었을 때 마음이 폭발해 터져버렸어. 그때부터 엄마는 파괴자, 핵무기가 되었지. 길게 말할까. 그녀는 평생 기도를 해왔는데 처음엔 이런저런 것들을 얻기 위해서였고, 그다음엔 기도보다 더 나은 게 없어서 그냥 계속해온 거였어. 그녀는 그리스도를 자기 오라버니로 아는 여자야. 거의 모든 걸 그리스도를 대신해 말하지. 하나님의 계획에 대한 예리한 지식, 고독, 원예, '모차르트의 마지막 진혼곡'과 '슬픔의 성모 7곡', 전지전

257

능, 간신히 절제하는 습관성 과음……. 그게 우리 어머니야. 우리 아버지 이후로, 또 아버지가 있는 동안에도, 어머니에겐 남자라곤 한 명도 없었어. 내 생각엔 아버지도 그녀의 남자가 아니었어. 그러나 그녀는 육체에 대해 누구보다도 잘 알고 있지. 고통과 결핍 때문에. 아니, 그녀는 일하지 않았어. 당신 어머니는? 우리 엄마는 생활비를 버는 일보다 훨씬 많은 일을 했지. 영원을 얻기 위해 점수를 따는 일들 말이야. 이 사회에서는 자리를 찾지 못해서 하늘의 서열 가운데, 하나님의 생각을 통역하기 위해 창조된 존재들 가운데에 자리를 잡았어. 우리 어머니의 자리는 하나님이 미사를 집전하게 하려고 심어둔 자 중에서도 단연 높은 곳이야. 나를 포함한 패자의 종자들이 질문하면 우리 어머니는 언제라도 답변을 내놓았어. 답은 늘 똑같았지. 인간들이 너무 아무 짓이나 막 해댔고, 그래서 그리스도가 울 수밖에 없었으며, 그런 놈들을 모조리 혼내주고 싶었지만, 그녀로선 팔이 두 개밖에 없는 탓에 두들겨 패줄 기회를 많이 놓쳐버렸다……. 그녀는 늘 선과 악 사이에 경계선을 그어놓고 내가 그 줄 위로 달리게 했어. 행여 나쁜 쪽으로 기울어지면 나는 타일 바닥에 드러누워야 했지. 그런 걸 생각하면 난 지금쯤 성자가 되어서 동물적 후각으로 하늘 가는 길을 찾았어야 마땅해. 그런데도 난 기회만 있으면 길을 잃고 말지. 당신도 봐서 알 거야. 그런데 왜 난 어머니

이야기를 하면서 계속 '하곤 했다'느니, '늘 그랬다'느니 식으로 말하고 있는 걸까. 그만큼 그녀가 지긋지긋하다는 거겠지.

어머니에게 당신 이야기도 했어. 일부러 그런 거야. 내가 어머니에게 속내를 털어놓는 습관 따위가 있어서가 아니라, 내가 그 여자에게 할 수 있는 말 중에서 그보다 더 악한 말이 없어서 그랬어. 유부녀를 만난다는 거. 조금만 운이 좋았으면 어머니를 졸도시킬 수 있었을 텐데. 이 나이에 다시 따귀라도 맞고 싶었던 걸까. 관심을 끌기 위한 표시일 수도 있고 반격일 수도 있었겠지. 아무튼 나는 어머니에게 모든 걸 이야기했어. 남편은 여편네가 바람피운 줄도 모르고, 여자는 몰래 사내를 만나고, 가정은 뒤죽박죽이고……. 어머니는 적십자에 보낼 뜨개질을 계속하면서 말했어. 어떻게 처신해야 옳은 건지는 너도 잘 알 거라 믿는다, 너도 이젠 다 컸으니까, 그게 나쁜 일이라는 걸 알잖니, 클레망, 너는 지금 길을 잃은 거야. 어머니는 항상 그랬지. '넌 길을 잃었어.' 그 한 문장으로 내가 만나는 여자들을 모조리 시체로 만들고, 그 한 문장으로 사람의 아들의 탄식을 억눌러버렸지. 믹스 샐러드를 앞에 놓고 내가 말했어. 어머니를 용서해드릴게요. 그랬더니 우리 엄마가 뭐라고 했는지 알아? 무슨 소리냐, 난 용서해달라고 한 적 없다. 어떤 분위기인지 알겠지? 항상 이런 식이야. 엄마는 내가 한 번도 자기를 벗어난 적이 없었던 것처럼 말하지만, 사실 난 열일곱 살에 도망쳤었어. 그전까지 한 번도 진짜 살아 있었던 적이 없었거든. 엄마가 따귀를 때릴 때마다 늘 무릎까지 땅속에 처박히는 기분이었으니까. 나의 아버지? 마흔다섯 살에 죽음으로 직행했지. 소심한 육체 안에 갇혀서 대화를 거부하며 살다가, 단 이 초 만에 자기 삶에서 빠져나간 거야. 세상 사람의 평판이 신의 힘만큼이나 컸던 우리 부모 세대에선, 배우자를 벗어나려면 죽는 것 외엔 길이 없는 경우가 종종 있었잖아. 구급차에 실리거나 시체 이송 가방에 담겨서 나오는 것만이 감옥에서 빠져나오는 방법이었던 거지. 말하자면 감옥 같은 결혼 생활에서 빠져나오려면, 뇌혈관 장애나 심장마비가 제격이었던 거야. 아니면 교통사고든지. 아버지는 A13번 도로에서 대형화물차를 정면으로 들이받고 머리가 깨졌어. 말 그대로 '대형차' 말이야. 흔히들 잘못은 항상 트럭에 있다고들 말하지. 혹은 달리는 말이나 창녀, 아니면 권총이 잘못이라고. 당신 말대로, 남자들은 자기들의 고통에 대해선 겉만 슬쩍 이야기할 뿐이야. 그 후에 우리 엄마는 자신의 싸움을 계속했어. 사랑받지 않으려고 기를 쓰는 싸움. 나를 포함해, 너무 순진해서 엄마로부터 사랑을 받는 게 마땅하다고 느꼈던 사람들은 모두 절망했지. 여보세요, 로르? 전화를 끊은 줄 알았어. 지난번에, 내가 당신에겐 이 모든 일이 쉬울 거라고 했던 말 때문에 아직 날 미워하고 있군.

"듣고 있어, 내 사랑."

다행이야. 로르?

"응?"

우리 어머니에 관한 진실은 그녀가 점점 쇠약해지고 있다는 거야. 어머니가 이번에 처음으로 봉지 샐러드를 사서 요리했어. 이제 채소를 재배할 인내심과 허리 힘이 없는 거지. 팔이 부었더군. 그런데 그걸 내게 감추려고 하는 거야. 어머니의 눈길은 어서 그날이 오기만을 기다리는 사람의 눈길이었어. 그때까지 샐러드 봉지를 한 손으로 뜯어가면서 버티려는 눈길. 그걸 보고 있기가 힘들더군. 그녀를 안아줄 수도 있었는데……. 우리 둘 중 하나는 시작해야 한다고 생각했어. 너무 늦은 때라는 건 없다고. 하지만 곧바로, 지금은 너무 늦었다고 생각이 바뀌었어. 엄마는 찬장 안에 꽉 차 있는 세브르 지방의 도자기 접시는 하나만 내고, 나머지는 모두 일회용 종이 접시를 썼어. 이젠 도자기 그릇을 쓰기도 힘겨운 거지. 난 강하고 고약하던 예전 모습으로 어머니를 대하고 싶어서, 있는 힘을 다해 옛날 일들을 기억하려고 애썼지. 그리고 어머니가 자기가 하겠다고 다리를 질질 끌며 식탁 치우는 모습을 그냥 앉아서 보고만 있었어, 손가락 하나 까딱하지 않고. 난 어머니가 그런 내게 고마워할 거라고 생각해. 이렇게 생각하면 쓰레기일까?

　　"아니."

　　로르, 내게 할 이야기 있어?

　　"아니. 나중에 할게."

너는 베라가 욕실 거울 앞에서 숱 많은 머리카락을 빗질
하는 모습을 바라본다. 그 애를 때려주고 싶던 욕망이 며칠
전부터 사라졌고 숨쉬기가 훨씬 쉬워졌다. 아이는 거울에서
약간 뒤로 물러나, 훨씬 부드러워진 시선으로 자기를 보는 널
바라본다.

"무슨 생각해?"

그 사람 생각. 조금 후에 클레망을 만나 지난 몇 주의 삶
을 한 문장으로 줄인다면 뭐라고 해야 할까. 너는 계속 그 문
장을 찾는 중이다.

"아무 생각도 안 해."

"또? 엄마, 그러다 어떻게 되는지 알아?"

아이는 머리빗을 네 손에 쥐여주고 욕실을 나간다. 이

제 네가 그 자리에 서서 네 모습을 거울에 비춘다. 베라는 어제 열여덟 살이 되었고, 너는 아이에게 네가 쓰던 시계를 주었다. 학교는 아이를 쫓아내는 대신 다행히 고소는 취하했고, 아이를 더 심문할 필요도 없게 되었다. 앙통은 다른 모든 일처럼 이 일에 대해서도 전혀 모른다. 지금 그는 마치 다른 곳에 사는 사람처럼 너희 모녀의 삶을 전혀 모르고 있다. 너는 이번에도 베라가 학교에서 제명당한 이유를 설명하기 위해 억울하면서도 흔한 동기를 찾아야 한다. 너는 찾아낼 것이다. '베라는 이제 판사를 만날 필요가 없어, 나도 마찬가지고.' 너는 그 문장을 네 안에서 빙빙 돌려보고, 그 문장이 주는 위로와 편안함을 혀로 음미해본다. 베라는 판사를 만날 필요가 없어. 나도 마찬가지고. 너는 가느다란 네 머리털을 윤기 나게 빗고 나서, 청량감을 주는 반짝이 크림을 두 뺨에 바른다. 그리고 그 크림을 머리에도 바르고 입술에도 바른 다음, 데이트에 어울릴 옷을 찾는다.

"베라!"

"왜 또?"

"베라, 네가 그 옷 가져갔니? 내 방 옷걸이에 걸어둔 미니스커트?"

중고 거래 앱에서 50유로에 샀던 가죽 스커트가 보이지 않는다. 너는 오늘 밤에 그 옷을 입고 극장에 가고 싶다. 그애는 네가 어떤 옷을 말하는지 모른다. 다만 거울 앞에서 시간을 빼앗기고 있는 너를 딱하게 여길 뿐이다. 크림에다 세럼에다 미니스커트까지, 대체 뭐하자는 거야, 엄마? 1센티미터씩 밀고 나가면 언젠간 영토를 되찾을 수 있다고 생각하는 팔레스타인처럼 엄마도 그런 것들로 젊음을 되찾을 수 있다고 생각하는 거야? 다 소용없는 짓이라는 거 알잖아.

"고마워, 미안하지만 그래도 난 계속 노력할 거야."

"뭐 보러 가는데?"

너는 어떤 연극인지 정확하게 말한다. 에두아르 7세 극장에서 상연하는 알프레드 드 뮈세의 〈로렌자치오〉. 너는 네가 누구와 저녁 식사를 하는지, 어디서 옷을 샀는지, 그 옷을 입고 어디에 갈 건지에 대해 온 세상에다 거짓말을 하지만, 이 아이에게만은 아니다. 베라가 누구랑 가는 거냐고 묻지 않고 그냥 어디 가느냐고만 묻는 한, 너는 솔직히 대답하겠노라고 다짐했다. 너는 다른 모든 사람처럼, 최소한의 도덕성을 위해 너에게 한계선을 부과한다.

아이는 네 침대 발치에 쌓인 옷 무더기에서 끄집어냈던 스커트를 다시 갖고 오겠다며 자기 방으로 사라졌다. 그 애는 옷을 살펴보더니, 이런 치마라면 차라리 잃어버리고 없는 편이 낫다고 말한다. 엉덩이에서 10센티미터밖에 안 되는 사슴 가죽은 연극 관람에 알맞은 복장이 아니잖아, 이건 대체 어떤 복선이야? 너는 굳이 그 스커트를 입고, 한술 더 떠서 광택 없는 립스틱으로 입술까지 그린다. 그러자 순식간에 네가 계획했던 모습이 나타난다. 너는 아이에게 입을 맞추고 아이를 칭찬한다. 그렇게 문학적인 표현을 즉석에서 적용할 줄 알다니, 그 정도면 내년에 바칼로레아에 합격하는 것도 꿈은 아니겠다고. 그리고 엄마에게도 그 정도 자유는 있다는 걸 상기시킨 뒤에 오늘 밤은 늦을 거라고 말한다.

"엄마는 엄마가 자유롭다고 생각해? 멍청한 남자의 눈요기를 위해 고깃덩어리를 장식하는 게? 그 멍청한 자의 이름은 대체 뭐야?"

"멍청한 자라니, 누구?"

"엄마 몸뚱어리를 탐하는 도살자 말이야."

몇 시간 뒤, 무대 위에 로렌자치오가 나타난다. 오늘 밤 네 옆엔 네 인생의 남자가 있다. 극장 안에 들어와서 좌석에 앉을 때까지 너에게 입 한 번 맞춰주지 않고, 딸 이야기를 털어놓고 싶은 너에게 자기 개 이야기만 늘어놓는 이 남자. 그는 자기 개를 봐줄 학생을 찾고 있다고 말한다. 자기가 구인 문안을 작성해서 보낼 테니 학교 게시판에 붙여줄 수 있겠느

냐고, 그러면 네가 자기 개를 구해주는 거라고 말한다. 너의
스커트에 대해선, 오롯이 너에게만 부담을 떠넘기는 거짓말
의 대가에 대해선, 그리고 사랑에 대해선 단 한마디도 없다.
암전. 1막. 막이 올라도 향기 나는 네 머리에 키스 한 번 않
고, 네 눈길과 교차하는 단 한 번의 눈빛도 없다. 메디치 가문
의 공작이 타락한 자신의 혈통을 저주하는 동안, 너는 그에게
세 번이나 사랑한다고 속삭인다. 그가 말한다.

"알아."

옆 사람들이 조용히 하라고 쉿, 소리를 낸다. 곧이어 너
는 통증을 느끼고, 자리에서 일어나 나온다.

그도 너를 따라 통로로 나온다. 그는 미안하다고 말하면
서도 무대에서 들려오는 대사에 귀를 기울인다. 그는 너희가
연극을 보러 여기 온 줄 알았다고 말한다. 직원이 와서 너희
에게 통로에 있으면 안 된다고 말한다. 너희는 벽 쪽으로 붙
어 무대 앞쪽 입구로 걸어간다. 그러다 그가 갑자기 눈앞의
여닫이문을 밀고 들어간다. 구석진 작은 방이 나타난다. 접이
식 의자들과 진공청소기가 있고, 벽에 조르주 페도* 작품의
포스터들이 붙어 있다.

---

*   Georges Feydeau, 1838~1924. 프랑스의 극작가.

한 시공간에서 메디치 가의 로렌초가 샤를 5세 앞에서 자기 어머니의 복수를 하는 동안, 다른 시공간에선 역사의 비밀 속에서 작가인 알프레드 뮈세가 연인이었던 조르주 상드를 베개로 질식시키려다 실패하고, 또 다른 시공간에선 아무것도 모르는 앙통이 잠에 빠져 있는 동안 한 극장의 구석진 곳에서 클레망이 너를 안고 있다. 너는 벽에 등을 기대고서, 지금껏 발견하지 못한 기쁨을 느끼는 시늉을 하면서, 거짓으로 신음한다.

"3막을 보고 싶지 않아?" 그가 속삭인다.

그의 목소리 안팎에서 너희 둘 사이의 종말을 알리는 소리가 점점 더 선명하게 떨려온다. 네가 어디를 가든, 그가 무슨 말을 하든 공기 중에서 늘 고동치던 무엇인가가 더는 고동치지 않는다. 사랑에 빠진 여자들은 그것을 느끼는 법이다. 지상의 동물이 죽기 전, 그 위를 날고 있는 독수리와 곤충도 그것을 느낀다. 네가 말한다.

"당신은 분명히 나를 버릴 거야."

그는 가까스로, 마지못해 웃으며 말한다. 귀찮게 굴지 말라고.

늦은 시간, 너의 집은 암흑 속에 빠져 있다. 베라는 자기 방에 없다. 너는 그 애가 술집에서든 침대에서든 젊음을 즐기기를 바란다. 네 침대에 두 형체가 보인다. 안나가 자기 아빠와 함께 잠들어 있다. 그는 안나가 떼를 쓰는 바람에 달래는데 몇 시간이나 걸렸다고 중얼거리고, 너는 알았다고 말하며 다시 문을 닫는다. 그에게 굳이 다른 설명할 필요 없이 혼자 잠잘 수 있게 되어 안도감을 느끼면서.

복도의 어슴푸레한 빛 속에서 너는 갑자기 통증을 느끼고 배를 감싼 채 주저앉는다. 배 속의 뭔가가 너를 뜨겁게 한다. 욕망 때문이 아니다. 오줌을 누는데 죽은 생선 냄새가 난다. 로르, 너는 당연히 놀랄 수밖에 없다.

베라가 바깥 날씨가 춥다는 걸 알려주듯 빨간 볼을 하고 집에 들어온 건 새벽 2시다.

"내 침대에서 뭐해?"

"어디 갔었니?"

그녀가 웃는다. 거침없고 불안정하고 신랄한 그 웃음이 너를 얼어붙게 만든다.

"아래층 C열에."

"재미있는 대답이네."

그게 뭐가 재미있어? 그 애가 웃음을 멈춘다. 〈로렌자치오〉, 그건 연극이자 동시에 현실이던걸. 그리고 로렌초를 연기한 그 청년 말이야, 아주 독창적인 캐스팅이었어, 사실 그처럼 강렬한 절망감과 칼부림의 결말로 나아가려면 열일곱 살쯤이 더 어울릴 텐데, 잘 자.

뜨거운 통증이 다시 느껴진다. 더 생생하게.

/

연극, 하나도 기억이 안 난다. 로렌초를 연기한 배우가 어린 소년이었다는 사실 빼고는. 고등학교 때 그 희곡을 읽은 적이 있어서 결말은 이미 알고 있다. 로렌초는 언제나 내 등을 오싹하게 한다. 자기 엄마와 정사를 나누고 있는 누군가를 그 순간에 곧장 죽여버리다니. 어처구니 없는 어린 녀석 같으니라고. 로르에겐 딸들만 있고, 더는 훼손될 명예도 없으니 다행이다. 로르는 오늘 밤에 가죽 스커트를 입었다. 나를 위해 샀을 텐데 전혀 모르는 브랜드의 기성복이다. 아주 부드러운 소가죽이거나 혹은 어린 양가죽일 듯한 그 스커트를 만져보니 위험할 정도로 강한 자극이 손끝에 맴돌았다. 참기 어려운 감촉…… 무엇이든 위반하도록 유도하는 향기를 뿜어내는 죽은 동물. 이런 걸 옷으로 만드는 건 반드시 금지해야 한

271

다. 나는 1막이 끝나기 전에 몇 번이나 스커트를 쓰다듬었다. 하지만 로르는 내 뜻을 이해하지 못했다. 그녀는 내가 쓰다듬을 때마다 매번 내 손을 꼭 잡았다. 그녀는 제대로 저속해지는 법은 절대 모를 것이다. 게다가 그녀의 나이엔 가죽의 존재감이 그 너머의 육체를 능가할 수 있다는 위험에 대해서도 전혀 모른다. 그녀는 나를 짜증나게, 때로 절망스럽게 만든다. 한마디로, 그녀는 자기가 가죽을 입고 있다는 걸 잊고 있었고, 나는 그녀의 진짜 몸이 가죽 너머에 있다는 걸 잊고 있었다. 벽장 속처럼 밀폐된 창고 안에서 선 채로 그녀와 사랑을 나누었을 때, 내 상대는 가죽 스커트였지, 그녀가 아니었다. 불쌍한 여자. 난 그녀에게 그 두 단어를 말했어야 했다. 나는 사람들의 박수 소리를 들으며 그녀를 버려두고 나왔다. 객석에 다시 불이 켜지고 내 빈자리가 보였다. 자리가 비어 있는 게 딱히 특별할 일은 아니었지만, 그 자리는 내가 완전히 떠난, 빈자리였다.

굳이 변명하자면, 나는 막이 올라가기 직전에 동물병원에서 온 메일을 읽었다. 핵심 내용은 파파가 악성종양 4기라는 사실이었다. 나는 창고 안에서도 온통 그 생각뿐이었다. 파파를 데리러 가는 도로 위에서도 나는 수의사에게 아무 일 없을 거라, 잘될 거라 확인받고자 백번도 넘게 전화를 했다. 내겐 화학요법을 받게 할 자금도 충분하고 파리 최고 전문병원에서 수술할 용의도 있었다. 그러나 그는 내 말을 건성으로 들었다. 우리 노인네 집 근처까지 갔을 때는 어찌나 마음이 조급했던지, 하마터면 로모랑탱 쪽으로 빠지는 도로를 지나칠 뻔했다.

늘 그렇듯이 문은 활짝 열려 있었다. 노친네가 텔레비전을 또 도둑맞으려고 작정한 것 같았다. 그녀는 내가 돈다발이 주렁주렁 열리는 나무에서 돈을 걷어온다고 생각한다. 하기야 완전히 틀린 말은 아니지만.

"너냐, 클레망? 초인종 소리를 못 들었는데."

네, 또 저예요. 당신이 한 남자를 단골손님으로 만들었던 것처럼 또 왔어요. 그 녀석은 어디 있어요? 파파, 파파! 설마 그 녀석도 죽인 거예요? 아, 거기 있구나, 나의 개야. 이리 오렴. 잠은 자고 밥은 먹었니? 넌 날 사랑하니?

"클레망, 네 양복 주머니에서 전화가 울리잖니."

알아요. 어차피 이 전화는 끊기지 않을 거예요. 좀 기다려요, 곧 분부대로 할게요. 지금은 파파의 귀에 대고, 결국 악성 림프종 진단을 받았다고 말해줘야 할 시간이에요. 그리고 진짜 개자식은 바로 당신이라는 말도.

파파, 수의사가 전화했는데 화학요법이 필수적인 건 아

니래. 나도 너처럼 정말 잘됐다고 생각했어. '필수적이지 않은Pas indispensable', 부정을 뜻하는 남성 형용사. 그건 다시 말해 필요 없다는 의미야. 수의사는 화학요법 말고 차선책이 있다고 하더니, 동물인지 조수인지 아무튼 고성 때문에 너무 시끄러우니 문을 닫고 오겠다면서 잠시 수화기를 내려놓았어. 난 귀에 휴대전화를 딱 붙인 채로 기다렸지. 이제 곧 희망찬 소식이 전파를 타고 전해질 참이었으니까. 파파, 사람들은 희망을 주고받지 않을 수 없을 거야. 이건 사디즘이 아니라 아득한 옛날에 대한 기억, 천지창조의 일곱 날 이전에 대한 기억이야. 아직 빛이 생겨나지 않았기 때문에, 빛을 소망할 수 있었던 때의 기억 말이야. 인간은 어두운 터널의 끝을 늘 염두에 두는 습관을 간직해온 거지. 아무튼 곧 수의사가 돌아와서 수화기 너머로 다시 이야기하기 시작했어. 그런데 그가 말한 다른 선택이란 건…… 자기 권리를 존중하는 민주국가에서 행하는 일, 바로 안락사더구나. 우리 여사님께서 하아, 하고 한숨을 쉬시네. 우리 여사님은 내가 짐승들에게 말 거는 걸 좋아하지 않아, 그건 무식한 자들이나 하는 짓이라면서. 그러곤 빨리 잊어버리려고 하지. 또 하실 말씀 있어요? 어디 들어봅시다.

　　결국 이런 말씀이시군요. 개가 몹시 아플 거다, 고통스러

위한다, 그러니 안락사를 시켜야 한다⋯⋯. 물론이죠, 그런
데 혹시 어머니께선 몸소 저 녀석을 물어뜯어 죽이고 싶은 게
아닌가요? 원래 그런 걸 좋아하시잖아요. 바로 여기 이 핏줄
이 경동맥이에요, 팔딱거리고 있는 이거요.

"진정해라, 클레망."

당신이나 입 다무세요. 당신은 다른 사람들하고 똑같이
결정하잖아요. 이 녀석의 이름도 생략하고 단지 '개'를 고통
스럽게 해선 안 된다고 결정을 내리잖아요. 이건 옳지 않다는
말만 되풀이하면서, 특별히 나 때문에 쓰신다는 그 미세먼지
차단 마스크를 통해 막말을 퍼붓고 계시다고요. 조물주께서
주신 계시에 따라, 그분의 피조물에 대한 의무를 다해야 한다
고요? 당신이 하나님의 뜻을 대변한다는 자부심에서 나온 그
의무 나부랭이? 지금, 개가 울부짖는 소리에 응답해야 한다
고, 하나님이 그걸 원하신다고 말씀하시는 거예요? 여자들,
아이들, 노예들, 짐승들, 노인들, 저주받은 자들의 부르짖음
에? 당신은 나를 남자다운 남자로 만들기 위해서라는 명목으
로 내가 태어나서부터 여섯 살 때까지 혼자 울게 내버려두었
던 여자예요. 그런 당신이 울부짖음에 응답해야 한다고 말씀
하시는 거예요? 불쌍하기 짝이 없는 어리석은 여자 같으니.
조잡한 버튼으로 원격 조작하던 그 침대에서 죽어가던 아이
가 만일 당신이었다면 어땠을까요?

"클레망, 그렇게 상스럽게 굴지 마라."

저 개를 보세요. 파파가 나처럼 숨이 막혀 헐떡거리고 있어요. 하도 보잘것없어서 병명조차 없는 질병 때문에요. 올수도, 안 올 수도 있는 막연한 뭔가에 대한 두려움만 있을 뿐인 질병이죠. 녀석의 고통을 헤아릴 생각도 않고 당신은 그저 고깃덩어리에 주삿바늘을 꽂기만을 바라는군요. 로르와 함께 있을 때 내가 그러는 것처럼.

"너, 아직도 그 여자를 생각하니? 맙소사, 아직도 안 끝낸 거야?"

거의 끝났어요. 당신은 모두를 똑같은 구덩이 안에 처넣고 있어요, 부정한 여자라고 해서 개보다 더 낫게 쳐주지도 않는 거죠. 당신은 교리 없이 사는 건 인간이든 짐승이든 다 증오하는 사람이니까. 그렇게 바람 들어오는 통로에 있지 마세요. 아니면 숄이라도 두르던지. 우라질, 당신을 쓰러뜨리지도 못하는 폐렴은 대체 어디다 써먹는 건지 모르겠네. 아시죠, 당신 병원비를 내고, 수속 절차를 밟는 귀찮은 짓거리를 하는 건 오직 내 체면 때문이란 걸. 그 여자 이름은 로르예요. 어쨌거나 그녀는 날 사랑해요. 지금은 눈이 멀었지만 멍청한 여자는 아니에요. 로르는 우리 관계의 끝에 뭐가 기다리고 있는지 조금씩 깨닫고 있어요. 아무것도 없다는 걸요. 그냥 없는 정도가 아니라, 절대적으로 아무것도 없죠. 그 여자는 생각이 있는 여자고 나는 개가 있는 남자인데, 내가 동시에 둘 옆에 있을 순 없잖아요. 나는 오직 허구만을 견딜 수 있고 그녀는 항상 진실을 갈망해요. 그녀가 늘 품는 생각은 사는 것이고, 내 생각은 기다리는 거예요. 당신이 보시다시피, 개를 앞에 두고서.

"그 여자를 가만히 놔둘 거라니 다행이구나. 너희들 그 신비한 마음의 과학인지 심리학인지를 바탕으로 자신들을 좀 살펴보려무나."

어머니는 조금도 비틀거림 없이 꼿꼿이 일어나서 또박또박 확신에 찬 걸음걸이로 문 쪽으로 가서는, 나더러 흔들리지 말고 신중하게 행동하라고 말한다.

"잘 가라, 클레망. 잘 생각해보렴."

안녕히 계세요, 어머니. 엿이나 드세요. 파파, 네 옷을 입으렴. 이제 가자.

파파, 우리 집에 가면 캄캄한 밤일 거야. 주유소에서 네가 먹고 싶은 걸 먹기로 하자. 들어봐, 라디오에서 쇼팽 음악을 들려주는구나. 그의 야상곡이 계속 나오고 있어. 저 남자는 지칠 줄도 모르는가 보다. 그래, 여행 코스를 바꾸기로 할까. 촌놈들이 사는 곳으로 지나가자. 이 거대한 농담이 시작된 곳이 어딘지 보여줄게.

저기 수영장이 있어. 그리고 저건 영화관이야. 여기 이곳은 내가 다니던 고등학교인데, 의미 있는 일이라곤 하나도 일어나지 않던 곳이란다. 아무 일도 일어나지 않는 거, 그게 바로 내 삶이야. 굳이 기억나는 일을 하나 찾자면 2학년 때 갈색 머리 계집애가 나를 주시하다가 내 동정을 빼앗은 후에 날 차버렸던 사건이야. 소피라는 여자앤데, 치과 의사와 정신박약자 사이에서 태어난 아이였어. 그 여자애가 나랑 섹스를 했어. 나는 일주일 내내 얼이 빠져서 멍청하게 지내다가 그다음 주에 그 계집애에게 기욤 아폴리네르*의 시처럼 약간 노골적인 시를 대충 만들어줬어. 그런데 답장이 없었지. 파파, 너에겐 절대로 생기지 않을 문제가 뭔지 아니? 그건 '말'과 '노화'라는 재앙이야. 그리고 이 두 가지 말고 하나가 더 있는데, 모두가 나온 곳, 바로 고등학교란다. 자궁과 고등학교겠구나. 그 후엔 다 고약한 일뿐이야. 사랑이란 고등학교에서 배우는 게 전부야. 만일 누가 그 반대의 말을 한다면 그건 거짓말이야. 아, 그리고 내가 썼다는 시 말인데, 그 거대 인터넷 사이트 같은 여자애가 내가 써준 시들을 멍청한 자기 친구들 두세 명에게 그냥 보여줬단다. 졸지에 난 시인이 되었지. 그런데 코딱지만 한 시골에선 시를 쓴다는 게 별로 자랑스러운 일

---

*   Guillaume Apollinaire, 1880~1918. 프랑스의 시인이자 비평가.

은 아니야. 그건 그냥 별 볼 일 없이 입만 살아 있는 글쟁이, 사기꾼에 불과하지. 그렇다고 내가 인간에 대해 금방 절망했던 건 아니야. 그랬어야 했는데. 하지만 당시만 해도 아직 기대감을 갖고 있었어. 사랑에 대해, 적어도 서로를 알아간다는 것에 대해, 섹스에 대해. 그러고 나서 한참 후에 파리 동역에서 널 발견한 거야. 그때 난 메스 쪽으로 가는 열차 밑으로 몸을 던질 생각이었는데 말이야. 적어도 나 자신에게 그렇게 되뇌던 중이었지.

우린 방금 메시지를 받았단다. 내가 낸 구인광고에 대한 답장이야. 로르는 한번 말한 건 반드시 지킨다는 걸 또다시 증명했구나. 그래서 불안하다는 거지만. 아무튼 난 내가 사무실에 있는 동안 너랑 놀아주고, 네가 두려움에 떨 때 그 사실을 내게 전화로 알려줄 사람을 찾고 있었어. 아니, 널 사무실로 데리고 갈 순 없어. 그래, 맞아. 특별한 경우엔 반려견도 회사에 데리고 가는 게 허용되는 건 사실이야. 예를 들어 우울증 있는 근로자가 정당한 이유로 요구할 때나 수유를 위해 젖먹이를 데리고 출근할 수 있는 것과 마찬가지지. 하지만 그러려면 많은 절차를 밟아야 해. 쓸데없는 서류들과 증명서들을 제출하고, 조심성 없는 질문들을 받는 심사도 거쳐야 하고. 그러고도 거부당하는 경우가 많아. 그건 그렇고, 내가 받은 메시지엔 이렇게 적혀 있구나. 제 이름은 세실입니다. 저는 동물을 좋아해요, 반려동물 관리사 자격증은 없지만 구조 대원 수료증은 있어요. 완벽해. 게다가 그녀는 시간을 자유롭게 쓸 수 있대. 공기처럼 자유로운 거지. 너도 보이니, 파파? 이제 상황이 달라질 거야. 그러고 보니 내게도 세실이란 이름을 가진 고모가 있었단다. 리옹에서 방직 사업을 하셨었지. 아버지가 살아계실 때 우리 집에 한 번 오셨어. 나에게 올림피크 리옹 축구팀의 머플러를 주셨지. 그 머플러는 고모가 가신 후로는 다시 찾지 못했어. 고모도 지금쯤은 돌아가셨겠지.

너는 '공공장소의 역사'를 강의하다가 세 번이나 멈추고 최대한 당당한 걸음으로 문 쪽으로 걸어갔다. 문을 나와서는 주저 없이 화장실을 향해 달려갔다. 변기 위에 앉아 경련을 일으키며 오줌을 누는데, 피와 함께 마치 면도날이 살갗을 찢으며 나오는 듯하다. 네가 천장을 향해 온갖 용서를 구하는 동안 전날 밤의 악몽이 다시 떠오른다. 이제 막 알게 된 교리로부터 돌연 생겨난 악몽. 너는 나무 장작더미 위에 세워진 돛대 위에 노끈으로 묶여 있다. 네 앞에 무릎을 꿇은 어떤 남자가 너를 핥는 게 느껴진다. 그러나 밑을 내려다봤을 때, 너는 네 다리 사이에서 솟아오르는 불길을 발견한다. 그래, 이건 화형대다. 점점 더 거세지는 불길. 집념에 사로잡힌 네 영혼은 영원히 꺼지지 않는 불길과 방광염을 혼동하고, 너는 수치심도 없이 성경에 나올 법한 쓰레기 같은 네가 고통으로 성화하길 꿈꾼다. 악마들과 성상들, 지금 네 성기를 파헤치는 다른 어떤 것과 함께 클레망이 계속해서, 몇 번이고 나타난다. 너는 이 끊임없는 충격에 더는 놀라지도 않는다.

너는 다시 강단에 오른다. 수줍어하는 한 학생을 불러내 마스크를 벗게 하고, 네가 수업을 시작할 때 배포한 위르겐 하버마스*의 글을 읽게 한다. 학생은 바네사 파라디**의 음색을 가졌다. 다른 학생들은 강의실의 정적 속에서 그녀가 읽는 것을 듣는다.

"테러리즘에서 나타나는 것은 암살자와 미사일 따위의 무언의 폭력을 뛰어넘어 공통 언어를 개발해야 한다고 경고를 해야 할 세계가 오히려 실어증에 걸려 있다는 참담한 충격이다."

너는 학생에게 공통 언어라는 단어부터 다시 읽어달라고 요구한다. 방금 뭔가를 깨달았기 때문이다. 학생이 다시 읽는다. 공통 언어를 개발해야 한다고 경고를 해야 할 세계가 오히려 실어증에 걸려 있다는 참담한 충격이다.

그거다. 너라는 존재는 바로 이런 차원의 전쟁이 벌어지

---

*   Jürgen Habermas, 1929년생, 독일의 철학자.
**   Vanessa Paradis, 1972년생, 프랑스의 싱어송라이터이자 배우.

는 전쟁터였다. 너는 네 안에 숨겨진, 서로 적대적인 두 명의 로르 사이에서 공통 언어를 찾는 중이다.

"교수님? 계속 읽을까요?"

"됐어요, 고마워요."

너는 정통한 학자처럼 설명을 쭉 늘어놓고 학생들이 필기할 수 있도록 잠시 입을 다문다. 순식간에 익숙한 평온이 찾아온다. 너는 가르치는 일을 좋아한다. 그때만큼은 무거운 육신에서 해방되는 것 같다. 너는 수업 시간에 최선을 다하고, 그다음은 신경 쓰지 않는다. 숙박업자들이 숙박 앱에 올라오는 별점에 잔뜩 신경을 쓰듯 학생들이 올리는 평가에 따라 무너지거나 고마워하는 다른 교수와는 다르다. 너는 일렬로 앉은 마스크 행렬을 바라보며 그런 생각을 한다. 네가 태어난 세상에서 지금까지 살아남은 건 바네사 파라디의 노래 외엔 하나도 없다고. 배우자를 뒤바꾸던 난교 유행이 쇠퇴할 즈음, 그 시절엔 생텍쥐페리의 실종된 비행기가 있었고, 진지한 좌파가 있었으며, 모노폴리*는 그저 보드게임에 불과했다. 그러나 그 시대의 유물들은 아주 작은 돌 조각 하나 남지 않고 모두 사라져버렸다. 하늘에서 내리는 눈이나 텔레비전도 이제

---

*   Monopoly. '독점'이라는 뜻으로 미국에서 시작된 보드게임 이름이기도 하다.

사라져간다.

네가 설명을 다 끝내지 못하고 계속 강단을 비우자, 마스크 군단은 오히려 더 너에게 관심을 보였다. 수업이 끝난 뒤 학생들은 아침부터 책상 앞을 지키느라 뻣뻣해지고, 탈수증에 시달리고, 혈당이 쑥 떨어지고, 단백질이 부족하여 축 늘어진 몸으로 수다를 떤다. 두 번째 줄에선 네가 꽤 잘생겼다고 생각하는 뱅상이라는 아이가 록산느라는 아이의 이야기를 듣느라 정신이 없다. 록산느의 말은 잘 들리지 않지만, 그녀는 이렇게 자극적인 이야기를 들어본 적 있느냐는 듯한 표정이다. 너는 왠지 질투가 난다.

11시다. 의사에게 갈 수 있을 것이다. 어떤 의사라도 상관없다. 너희 가족의 주치의인 네 남편만 아니라면. 너는 내일 클레망이 보낸 광고를 다시 올릴 것이다. 파리에서 개 한 마리를 돌보는 데 한 시간에 30유로라니. 이민자들에게 프랑스어를 가르치는 네 학생 중 몇몇은 그보다 더 적은 보수를 받는데, 그런 광고를 게시판에 올리는 게 과연 올바른 일일까. 너는 아직 답을 얻지 못했다. 더 심각한 건, 네가 그 답에 크게 관심이 없다는 것이다. 사무실을 나서다가 장 미셸과 마주친다. 그는 너를 꼬시려고 더는 애쓰지 않는다. 네가 마침내 누군가에게 속한 여자처럼 보이는 거겠지. 병원에서 메시지가 도착했다. 두 시간 후 베르트제라는 의사가 예약 진료 사이에 너를 잠깐 봐줄 시간이 있다고 한다.

교회 종탑의 그림자 속에서 사제복을 입고 거니는 사이비 종교인을 흉내 내며 고통의 원인을 분석한 너의 망상보다, 병원 예약 앱의 힘을 빌려 이 분 만에 찾은 낯선 의사가 제시한 의견이 당연하게도 훨씬 더 과학적이다. 모든 걸 다 태워버릴 불길 따위는 존재하지 않는다. 속죄를 위한 화형대도 없다. 너는 그저 박테리아의 희생자일 뿐이다. 혹은 부정한 행위의 희생자거나. 혹시 선생님이 원인이 아니라면, 아마도 남편분께서 병원균을 갖고 왔을 거예요, 지금 여기에 안 계시니 확인할 수는 없지만요. 물론 더 상세한 분석 이후에 진단을 내리겠지만, 이 의사는 적어도 한 가지는 이미 확실히 알고 있는 듯하다. 상대방을 존중하는 것. 그는 감염의 가능성보다 너무 적게 나가는 너의 몸무게를 더 염려한다. 심각한 정도인가요? 아니요, 그 정도는 아니에요, 그냥 제가 말하는 방식이 그래서요, 신경 안 쓰셔도 됩니다. 그가 말을 바꾼다. 그 순간 너는 그의 싸움이 너를 위한 게 아니라는 걸 깨닫는다. 그는 산부인과를 위해, 존중할 만한 여자들을 위해, 생물학적 운명을 따라 출산에 힘쓰는 여자들을 위해 싸운다. 성병 때문에 급히 병원을 찾는 '아무 여자'가 아니라. 진료비 43유로에 검사 결과 소견서를 발송하는 데 필요한 우표 값이 더해진다. 기계가 고장 나서 원격 데이터 전송은 안 된단다. 성병 증세를 보이고 면역력이 떨어진 자들을 대상으로 하는 소변 배양 검사와 생식기 질병 검사, 그리고 비뇨생식기 세포 채취를 통한 세균 검사가 필요해요, 연구소는 맞은편에 있으니까 11시까지 아무것도 먹지 않았다면 바로 그쪽으로 가세요.

"네, 아무것도 안 먹었어요."

"그럴 줄 알았어요. 위에 아무것도 들어 있지 않다니. 그건 건강에 정말 안 좋아요."

너는 건너편 결과 분석 연구실로 갔다. 소변을 이 안에 담아주세요, 여기, 이 선까지 채우시면 돼요, 처음 나오는 소변은 그냥 흘려보내고 조금 지난 후의 소변을 담아주세요, 첫 소변은 검사에 쓸모가 없거든요, 의료보험이 적용되어 15유로를 공제하고 8유로만 내시면 됩니다, 결과는 사흘 후에 전자메일로 갈 테니까 메일 주소를 적어주세요. 너는 연구소 직원의 눈에서 연민의 빛을 찾아본다. 사랑으로 인해 피 오줌을 누고, 가려움증을 느끼는 여자들 사이에서 느낄 수 있는 연민. 하지만 전혀 찾을 수 없다. 그녀는 너 같은 여자들로부터 하루에 열 번도 넘게 소변을 받아간다.

'스물네 시간이 지나 백혈구와 적혈구의 수치가 폭발적으로 증가해서, 백혈구가 정상수치 1만을 넘어 20만에 이르렀고 대장균까지 발견되어 요로감염으로 최종 진단되었습니다.' 검사 결과 메일이 도착한 건 네가 생미셸 역을 막 나섰을 때였다. 의사는 시프로플록사신정 두 통을 처방하면서, 너의 파트너, 혹은 파트너들도 약을 복용하는 것이 좋겠다고 권했다. 그리고 괄호 안에 이런 글도 덧붙였다. 분석 결과에 따르면 임신 상태로 추측됩니다. 피에르 H. 베르트제. 파리 병원 인턴 역임, 임상교육 담당의사 역임, 군의관 모임 회원.

그 순간 보도에 간신히 서 있던 너는 넋이 나가 광장을 향해 걸어간다. 분수대에서 조금 안쪽으로 들어가 있는 계단 위에서 한 음악가가 생소한 후렴구를 크랭크 오르간으로 숨 가쁘게 연주한다. 녹색 신호를 받고 지나가는 자동차들의 엔진 소리, 운전자들이 서로에게 고성을 내지르는 소리, 영화관에서 나오는 사람들의 발소리, 생미셸 대천사 동상의 발밑 분수대로 물이 떨어지는 소리, 버스가 그들을 향해 가스를 내뿜는 소리, 1867년에 세워진 낡은 분수대에 실망한 관광객들의 말소리가 마구 뒤섞인다. 하지만 오늘, 1867년의 낡은 피조물은 다른 무엇이 아닌 바로 너다. 진전의 그림자도 가지지 못한 너. 어디선가 아주 오래된 모국어로 한 노래가 들려오고, 가짜 성모이자 게으른 학생인 너는 수치심과 염증, 한 명의 사생아를 사슬로 연결한다. 거리의 가수였던 프레헬*이나, 에디트 피아프** 같은 여자들이 나타나기 전, 그 무엇으로도 부술 수 없었던 어두운 현실 속 파이프오르간 곡조에 맞춰 노동자들의 목소리가 들려온다. 굴레를 벗어나지 말라. 겸손하게 눈을 내리깔라. 늦게까지 돌아다니지 말라.

* Fréhel, 1891~1951. 프랑스의 가수 겸 배우.
** Édith Piaf, 1915~1963. 프랑스의 가수.

나는 허기로 고통을 호소하는 경제부 기자 프레데릭과 함께 맥주를 마시며 한 시간을 보내기엔 이상적인 상태가 아니었어. 하지만 알코올이 필요했고, 뭔가 대답을 해줄 자가 필요했어. 파파, 솔직히 너는 대화자로서 특권을 누리기엔 한계가 있잖아. 내 질문은 이런 거였어. 여자는 왜 자기가 사랑하는 남자를 떠나는가. 갑자기 '클레망, 이제 끝났어'처럼 견디기 힘든 말을 굳이 마주 본 채 생생한 말로 전해주는 이유가 무엇인가. 그런 폭탄선언에 놀라 얼굴에 땀이 흐르고 손이 떨리는 불상사를 피하게 해줄 첨단 기기를 손에 쥐고도 말이야. 파파, 혹시 네가 답을 알고 있다고 해도 말하지는 마. 그런데 정말 네가 답을 알고 있다면 진화 경쟁에서의 성적을 재검토해야겠구나. 지금까지는 네 동족이 인간에게 패배했다고 보고 있지만, 어쩌면 동점을 선포해야 할지도 모르지. 어때?

나는 이런 생각들로 도피하고 있었어.

왜 프레데릭일까. 그야 그가 내 손이 닿는 범위에 있으니까. 간단하지. 프레데릭은 내가 뭔가 할 말이 있는 척만 해도 하던 일을 즉각 멈추고 달려올 유일한 자야. 왜 그럴까? 그는 블룸버그에서 일하고 있으니까. 내 직업이 정보를 지키는 것이라면, 그의 직업은 정보를 발표하는 거야. 이제야 세 살짜리 어린이들이 이해되네. 바보처럼 끊임없이 왜, 왜를 되풀이하니까 상당히 재미있어. 왠지 마음이 평온해져. 그런데 왜 내가 모호한 인간관계의 통찰력을 경제학자에게 바라는 걸까? 대답은 그 질문 안에 있어. 프레데릭은 대학교에서 선택과목으로 심리학을 공부했고, 무료로 습득한 지식을 친구를 돕는 데 쓴다는 건 지극히 경제적인 일이니까. 파파, 그걸 부의 재분배라고 한단다. 시간이 있다면 이것도 각주를 달아두는 게 좋을 거야. 인간은 자본의 개념을 가지고 재분배의 개념을 만들어냈어. 욕조로 흘러들어온 자본주의의 사악한 뱀을 그대로 물을 틀어 흘려보내려고 말이야. 오늘의 주제는 특히 비물질적인 재화와 지식이란다, 알아듣겠니? 아무튼 프레데릭이 먼저 와 있었어. 구닥다리 체크무늬 셔츠를 입고 말이야. 파파, 네 생각엔 왜인 것 같니? 이걸 마지막으로 더는 묻지 않을게. 왜냐하면, 정확히 말해서 그 녀석이 새로운 유행에 적응하지 못해서야. 십중팔구 디지털 생활로 전환도 못 했을걸. 아직도 〈르몽드〉를 종이로 보더라니까. 내가 말했지. 야, 프레데릭, 이 신문 좀 치워, 베르사유 궁전에서 사나 봐? 살 만해? 그랬더니 프레데릭이 대답했어. 아니, 난 아직 쿠르브부아에 살고 있어, 라고. 파파, 너, 자니? 별로 중요하지도 않은 이야기가 길어질 거 같아서 그러는구나. 자지 말고 좀 버텨봐. 이 이야기의 교훈은 이거야. 뭐든 너무 억누르면 머저리가 되어버린다는 거야. 정말로 그런 일이 생긴다니까, 내 말 믿으렴. 안 그러면 프레데릭의 취향은 설명이 안 돼.

나는 그에게 남자 대 남자로 내가 겪고 있는 상황을 일련의 과정까지 상세하게 이야기했어. 난 그가 이런 주제에 아주 관심이 많다는 걸 잘 알아. 프레데릭은 쥐시외 캠퍼스에서 동양어를 공부하던 단 한 명의 여자와 꼭 한 번 섹스를 한 그런 녀석이야. 그것도 내 방에서. 처음 계획은 그 캠퍼스에서 그저 우리에게 너무도 부족한 사회적 관계를 시작해보기 위해서였는데, 그런데 생각지 못한 전개로 이어지면서 그는 혼돈 속에서 그 여자와 결혼을 하고 말았어. 그 결혼이 준 거라곤 쿠르브부아에서 키우고 있는 네 명의 자녀뿐이고, 그래서 그는 일을 아주 많이 한단다. 그때부터 그에겐 타인들의 애정사가 굉장한 관심거리가 되었어. 하지만 별다른 감정은 담지 않아. 약간 유리병 속의 곤충을 바라보는 듯한 관심이랄까.

그런데 내 이야기가 꽤 막연했는지, 그가 평소보다 훨씬 빨리 관심을 돌렸어. 내가 계속 로르 이야기를 했더니 그 여자와의 관계에서 원하는 게 뭐냐고 묻더라니까. 난 아무것도 없다고 했고, 그러자 그가 화제를 돌렸지. 그럼 회사 일은 어때, 별일 없어?

나는 다시 내 이야기로 끌어오려고 애썼어. 로르가 선언한 갑작스러운 결별에 대해 난 여전히 만족스러운 설명을 찾지 못하고 있었거든. 내가 어떤 특별한 말을 했던 것도 아니야. 게다가 난 그녀를 즐겁게 해주는 법을 정확하게 알고 있단 말이야. 그녀가 좋아하는 색깔도 알고 있고⋯⋯. 그런데 대체 뭣 때문인 걸까.

"네 생각엔 어때, 육체적인 문제 때문인 것 같아?" 내가 과감하게 물어봤어.

사실 나는 어떤 여자들은 전혀 선호하지 않을 턱을 가진 데다가, 그 턱을 수염으로 감출 수도 없어. 회사에서 투명성을 내세우는 임무를 맡고 있으니까. 그러니 어쩌면 내 턱이 문제였을 수도 있지. 그게 아니라면 뭘까?

프레데릭이 맥주를 다 비웠어. 그는 지금 그대로의 내 모습이 잘생겼다고 했어. 문제는 그 여자⋯⋯ 아, 그 여자 이름이 뭐라고? 그래 로르, 문제는 네가 아니라 그 여자야, 더 정확히 말하면 너와 그 여자, 둘 다 문제지.

"우리 아내 말마따나, 하늘 아래 두 개의 태양은 없으니까, 클레망."

나는 그 말에 어리벙벙해졌어. 그가 나보다 상태가 더 안 좋은 게 분명했어.

그는 시계를 들여다보더니, 우리 은행에 관해서 떠돌고 있는 소문들을 내게 읊어줬어. 그는 그 소문들이 얼마나 들어맞는지 알고 싶어 했어. 나는 그중 몇몇 소문은 다른 소문들보다 더 거짓이라고 말해줬고, 로르가 나와 함께 배를 맞대고 잠든 적이 있다고 했어. 그건 분명히 신뢰의 표시였다고.

"그럼 너희 회사의 상장폐지 소문은 누가 배를 맞대고 잘 수 있게 해주는데?" 프레데릭이 한껏 기른 자기 수염 뒤로 미소를 지었어. 손님이 들어올 때마다 문에선 딩동 소리가 나고 있었고. 우리 두 사람 사이에 몰이해라는 근본적인 문제 말고도 가게가 시끄러워 서로의 말이 잘 들리지 않았지.

"그래서 너희는 상장폐지되는 거야?"

이것도 따로 기록해둘 필요가 있겠어, 파파, 나중에 시간 있을 때 그렇게 할 생각이야. 어쨌거나 로르는 확실히 내가 증권거래소에 남아 있는 쪽을 더 좋아할 거라고 막 말하려는 순간에 문이 다시 열렸어. 그리고 내가 아는 어떤 남자가 들어오는 거야. 예전에 우리 회사에서 위기관리부 부장으로 일했던 사람이었어. 2018년에 두 시간 만에 증발했던 남자. 메시지 하나 남기지 않았고, 나도 그를 다시 생각한 적 없었지. 이름이 뱅상인가, 그랬던 것 같아.

"클레망, 너 지금 나랑 있는 거 맞아? 증시에서 떠나는 게 너희 은행의 기본 시나리오냐고 묻고 있잖아."

"응, 언젠가는."

난 그 뱅상이라는 남자를 아주 좋아했었어. 그는 내 아버지처럼 히피 문양의 넥타이를 매고 있더라.

"기본 시나리오라고?"

"그래, 맞아."

그 위기관리 부장은 유령처럼 사뿐하고 우아하게 바 안쪽에 앉았어. 난 몹시 감동했어. 현대의 죽음에서는 진짜 죽은 자를 보는 게 아주 드문 일이잖아.

그때 프레데릭이 재빨리 문 쪽으로 향했고, 이어서 갑자기 그의 아이들이 우르르 나타났어. 옹딘느, 라자르, 오귀스탱 등등. 그리고 프레데릭의 근무가 끝나기를 더는 기다릴 수 없었던 애들 엄마까지. 그의 근무란 바로 계속해서 질문을 퍼부을지도 모를 나를 뜻하는 거겠지. 내가 말했어. 그냥 가, 내가 계산할게. 그런데 그는 이미 계산을 하고 떠났어.

나는 그 자리에 남아 있었어. 하나님이 옹딘느와 오귀스탱 같은 애들로부터 나를 지켜주신 덕분에 내 저녁 시간은 자유로웠지. 하지만 위기관리부 부장의 테이블로 옮기는 건 망설여졌어. 내가 신호를 보냈는데도 그는 나를 보지 못하더라. 그자든지 아니면 나든지, 우리 둘 중 하나는 정말로 유령인 게 분명했어. 하지만 계속 손을 들어 신호를 보낼 정도로 누가 진짜 유령인지를 판가름하고 싶지는 않았지.

너는 자수를 놓은 면 식탁보를 펼친다. 특별한 날에만 꺼
내는 물건이라서 안나가 놀란다. 그 애가 특별히 축하할 일이
라도 있는 거냐고 묻는다. 그런 일은 전혀 없다. 너는 너의 가
족을 더럽히면 더럽힐수록 하얀 천에 더 집착한다. 식탁 위에
비닐 식탁보와 플라스틱 식기를 피하고, 묵직한 식기, 시부모
님이 썼던 은제 식기를 꺼내 식사하려 한다. 너는 너를 짐승
과 구분 지으려 애쓰고, 가능한 한 모든 곳에 네 품격의 증거
를 보이려 한다.

"특별히 축하해야 할 건 없어, 안나. 이렇게 하면 예쁘잖
아. 그냥 그래서 그러는 거야."

"딸들아, 아빠 왔다. 주문해놓은 피자도 왔어!" 앙통이
문을 활짝 열고 들어오며 외친다. "오늘은 금요일이니까, 맘

껏 늘어지자꾸나."

곧 식탁 주위에 너의 가족이 모여 앉는다. 다른 요리 하
나 없이, 여덟 조각으로 나눈 피자를 도자기 그릇에 담아서.

"로르, 핫소스 줄까? 오늘 당신 학교에서 새 전임강사를
뽑는 회의가 있었지?"

"응."

"응이라니? 전임강사? 아니면 핫소스?"

"둘 다."

너는 인터넷 사이트를 통해 배달된 미지근한 요리들을
건넨다. 무덤 속의 네 엄마가 말한다. 아이가 셋이 되면 첫째,
주방에 더 많이 들어가고, 둘째, 네 시간을 완전히 가족을 위
해 써야 할 거다. 얼마 안 되는 봉급을 받아가며 일하기보다
는 그게 훨씬 경제적일 테니까.

"이야기 좀 해봐."

"별로 재미없어."

"우린 당신이 어떻게 지냈는지 궁금해." 앙통이 미소를
짓는다. 그는 일요일까지 지켜내야 할 가정의 평화를 지금부
터 준비하는 중이다.

"진심이에요?" 베라가 말한다.

너는 너 대신 말할 권리를 미지의 로르에게 양도한다.
너 자신을 둘로 나누는 건 이제 끔찍할 정도로 자연스러운

일, 생명 유지에 필수적인 일이 되었다. 이렇게 살든지, 아니면 도망쳐라. 뒷면의 로르, 작고 두려움에 찬 그 로르가 배 안에서 하나의 생명이 커가는 소리와 네 엄마의 엄마가 따뜻한 물과 뜨개질바늘에 대해 퍼붓는 말을 듣는 동안, 앞면의 로르는 가족들에게 잠시 교내 상황을 이야기한다. 점점 더 절묘해지는 곡예. 앞면의 로르가 말한다. 맞아, 오늘 지원자들 오디션이 있었어. 앞면의 로르는 전임강사 채용 심사원의 50퍼센트가 여성이어야 한다는 고용위원회법에 따라 앞자리에 앉아 있었다. 아드리앵Hadrien이 설명할 수 없는 이유로 해임되자, 그 자리를 메울 사람이 필요했기 때문이다. 너는 그 아드리앵이라는 동료에 대해서 아는 게 하나도 없다. 자기 이름의 첫 글자인 H 발음에 몹시 집착해서, 묵음인데도 항상 자기를 하드리앵이라고 부르게 했다는 것* 외엔.

"H 발음? 혹시 가계부를 정리하다가 녹초가 되어서 '하' 소리가 절로 나왔던 거 아니야?" 앙통이 추측한다.

첫 번째 지원자는 라파엘이었다. 앞면의 로르처럼 기계 같은 모습을 추구하는 부류다. 이력서는 특별하다고 할 만한 게 하나도 없다. 하지만 그는 파일 관리 프로그램과 새로 나온 모든 플랫폼에 능통하며, '통합 관리 소프트웨어에 대한

---

* 프랑스어에서 H는 일반적으로 발음하지 않는다.

액세스 권한을 해제해달라' 등의 부탁도 능숙하게 처리할 수 있는 사람이다.

"그게 다 뭐냐고는 안 물어볼게. 거기 남긴 빵이나 좀 건네줘."

두 번째 후보자는 안느 로르였다. 그녀는 임시 연구조교로 아직 이 년 동안 근무할 수 있었기 때문에 이 자리에선 즉시 탈락 대상이었지만, 어떻게든 기회를 잡아야 한다고 생각했던지 아주 열심히 대답했고, 안쓰러울 정도로 꽤 잘했다. 하지만 그건 네 생각이 아니라 다른 심사 교수들의 지배적인 생각이었다고, 너는 분명하게 말한다.

"엄마, 왜 휴대전화 꺼놨어?" 베라가 본론을 벗어난 질문을 한다.

왜냐하면 뒷면의 로르가 함께 통화하고 싶은 유일한 남자를 떠나려는 중이기 때문이다. 세 번째 후보는 니콜라. 그는 앞면의 로르처럼 지칠 줄 모르고 나아가는 강인한 사람이다. 그 역시 임시 연구조교 출신인데, 학교에서는 이 성자 같은 니콜라에게 쥐꼬리만 한 사례금을 주면서 장장 칠 년 동안이나 연장 근무를 시켰다. 그는 하루 스물네 시간 내내 학교에 있다고 해도 과언이 아니어서, 그야말로 진정한 수위 역할을 하고 있다. 어떤 학생이라도 그를 찾아가면 해결하지 못할 문제가 없었다. 그는 가히 학생들의 아버지라고 부를 만하다.

그런 그에겐 두 자녀가 있다. 논문을 쓰는 동안 태어난 아이들이다. 이들 네 식구는 거의 모든 걸 포기하다시피 하면서, 박사 과정 장학금과 그의 부모가 빌려준 돈으로 이제껏 살아왔다. 지식인의 자녀로 살아가려면 춥고 배고픈 가난은 어릴 때 일찌감치 익숙해져야 할 습관 같은 것이다.

"아냐, 그건 틀린 생각이야." 앙통이 말한다.

"당신은 몰라요. 멍청한 당나귀같이." 베라가 입에 음식을 가득 넣은 채로 앙통을 향해 말한다.

"당나귀는 착해." 안나가 끼어든다.

성자 니콜라로선, 자기가 그의 과에서 전임강사로 뽑히는 게 당연했다. 그리고 절박했다. 십일 년 동안 열두 달 중 아홉 달을 난방장치도 끄고 살아오면서, 상처받은 가족들로부터 실추된 가장의 명예를 회복할 유일한 기회였다. 그의 연구 실적은 아주 오래전부터 아내에게 아무런 의미도 주지 못했고, 아이들도 아빠를 무시하고 있었다.

"그래서 그를 뽑았어요? 난 딸기 다 먹었어." 안나가 딸기 이야기로 식탁의 열기를 가라앉힌다.

"아니." 앞면의 로르가 하품을 한다.

"왜!"

"그래, 너무 부당한 결정이지." 앞면의 로르는 인생을 설명할 생각에 미리 피곤해진다.

"또 신경안정제 복용해?" 앙통이 날카롭게 반응한다.

"조금, 왜?"

"말투가 벌써 그래."

앙통이 냅킨을 접으면서, 들어가서 일찍 자겠다고 알린다. 이 대화 때문인지, 아니면 주말이라는 점 때문인지, 아무튼 뭔가가 그를 급격히 피곤하게 만들었다.

"잠깐 앉아요." 베라가 말한다.

"뭐라고?"

"엄마가 자수 놓인 식탁보를 깔았잖아요, 이건 굉장한 소식이 있다는 거예요."

"아냐." 네가 말한다. 너무 큰 소리로 말해서 안나가 깜짝 놀란다.

"엄마, 정말이야?"

엄마, 정말이야, 정말 확실해? 베라는 두 번이나 더 되풀이해서 확인한다. 너희 네 식구가 모두 한자리에 모인, 드문 기회라는 점을 부각하면서. 너는 그 애에게 제발 입을 다물어 달라고 애원하는 눈길을 보낸다. 그러자 그 애가 먼저 일어서고, 다른 식구들도 따라 일어선다. 금요일이다. 각자 자기가 원하는 걸 하고, 설거지는 내일 아침에 할 것이다.

베라가 파리에서 친구랑 약속이 있다고, 오늘 밤엔 늦게 들어올 거라고 알린다. 그리고 돈을 요구한다. 앙통은 그 애더러 일자리를 찾으라고, 어린애들을 가르치거나 하다못해 식물에 물 주기라도 할 수 있지 않느냐고 말한다. 그러자 베라는 일자리를 찾으면 그 일에만 전념할 거라며, 그렇게 되면 당신도 사흘에 한 번씩 10유로를 받기 위해 징징거리는 자신을 지켜보는 남성우월주의적인 여유를 누릴 기회가 없어질 거라는 말도 빼놓지 않는다. 맙소사. 앙통이 한숨을 쉬면서 자기도 신경안정제를 먹어야겠다고 중얼거리고, 안나에게 함께 리모컨을 찾아보자고 말한다. 베라는 돈을 기다린다. 무력감에 만사가 귀찮아진 너는 알아서 가져가라는 뜻으로 현관에 놓인 네 가방을 가리킨다.

　베라가 엄청난 훈련을 받은 채굴자처럼 네 개인 물품을 자유자재로 뒤지는 동안, 너는 그 애가 너와 만나던 한 남자를 너희 집 밖으로 내쫓았던 날을 떠올린다. 그때 베라의 나이는 여섯 살이었고, 너희 모녀는 완전히 하나가 되어 있었다. 놀이, 식사, 잠, 장보기, 일요일, 책, 7월의 바다, 모든 것을 함께했다. 그날 밤 너는 그 애가 중간층의 작은 다락방에서 잠을 자고 있다고 생각했다. 파르망티에 거리에 있던 너의 원룸에서 2미터 정도 높여 만든 다락이었다. 네가 초대한 손님과 너는 1인용 접이식 소파에서 조용히, 재빠르게, 옷을 다 입은 채로 포옹 중이었다. 가끔 있는 그런 일이 너에겐 숨구

멍 같은 시간이었다. 그가 네 목에 입을 맞췄고, 너희는 눈을 감고 있었다. 그런데 어느새 그 애가 다가와 네 소매를 잡아당겼다. 너는 그 애가 내려오는 소리를 미처 듣지 못했다. 아이는 당황해서 손가락으로 머리를 쓸어넘기는 그 불쌍한 남자를 물끄러미 바라보았고, 남자는 아이에게 안녕, 이름이 뭐지, 네 파자마에 있는 게 뭐니, 별들이구나, 하고 말하면서 자기 술잔을 찾았다. 아이는 그 남자를 한참 탐색하고 나서는, 엄마에 비하면 너무 늙었고, 우리 집에 비하면 너무 뚱뚱하다고 선언했고, 네 품에 안기면서 그를 보내라고 졸랐다. 그는 떠났다. 다시 베라를 재우면서 너희 둘은 함께 웃었다.

"빈털터리잖아, 엄마." 베라가 네 가방을 내밀며 실망한 목소리로 말한다.

사실 너는 현금을 갖고 다니지 않는다. 너는 아이에게 카드를 준다. 그 애는 이미 네 비밀번호를 알고 있다. 가방을 닫기 전, 너는 무심코 가방 바닥을 훑어보다가 작은 초록색 알약을 발견한다. 너는 물도 없이 캡슐의 4분의 1을 삼키고, 그 순간 베라가 문을 쾅 열고 나간다. 안나가 양치질하도록 앙통이 샤워실까지 데리고 갔다가 아이의 방까지 다시 데려다주지만, 아이는 디저트를 더 먹고 싶어 한다. 그동안 식탁에 그대로 앉아 있던 너는 차갑게 식은 네 몫의 마르게리타 피자

조각에서 까만 올리브들을 골라낸다. 언제였을까. 베라와 네가 서로에게 완전히 속해 있던 그 관계가 어느 시점부터 무너졌을까. 분명히 아주 최근에 벌어진 일이다. 클레망을 향한 너의 열정이 그 애를 위대한 사랑의 사다리에서 떨어뜨렸다. 너는 막연하게나마 가늠해보려고 애쓴다. 네가 어디까지 대가를 치러야 하는지. 단 한순간도 지울 생각을 해보지 않은 배 속의 아이에 관해서 사람들에게 뭐라고 설명해야 하는지. 또 그다음 너는 어떻게 할 것인지……. 이 모든 생각이 아무런 두려움 없이, 눈물도 없이, 큰 동요도 없이 전개된다. 신경안정제 덕분에 너는 이제 곧 그 문제에서 조용히 뒤로 물러날 것이다. 너의 신경, 너의 피, 심지어 너의 이성까지도.

그러니까 그 애를 낳겠다는 거냐. 웨딩드레스 대신 침낭 같은 관들이 제공되는 저 낙원에서 네 할머니가 안타까워한다. 치열한 전쟁으로 수많은 젊은 남편들이 숨겨야 했던 1945년이나 너의 시대나, 고생스러운 건 마찬가지구나.

그렇다. 너는 그 애를 지킨다. 그리고 아이의 아빠는 앙통이 될 것이다. 클레망은 아이를 원치 않을 것이다. 할머니, 그는 이미 자기 자신만으로도 너무 힘들어서 숨쉬기도 곤란하고, 심장도 심하게 뛰어요.

조금 더 후에 앙통이 주방으로 돌아와, 네 몸과 4미터 정도 거리를 둔 채 네 앞에 섰다. 그는 쓸데없이 냄비 바닥을 행주로 문지르는 너를 바라보다가 말없이 그릇들을 평소보다 덜 조심스러운 손길로, 대충 한 번 닦는 과정도 생략한 채 식기세척기 안에 집어넣었다. 그러고는 세척기 다이얼을 두 시간 삼십 분이나 걸리는 친환경 프로그램에 맞추고 나서 너에게 물었다. 혹시 누군가를 만나고 있느냐고. 너는 왜, 라고 되물었다. 그는 네 얼굴에 나타난 뭔가를 보면 굳이 따로 설명할 필요도 없다는 듯이 턱으로 너를 가리켰다. 그는 더는 네가 누군지 모르겠다고, 네 옷도, 네 냄새도 낯설다고, 심지어 너를 향한 사랑도 줄어들고 있다고 말했다. 그는 두려움, 고통을 느끼고 있고, 설명을 찾고 있었다. 그리고 이제 모든 걸 이해했다고 말했다.

너는 아니라고 말했다. 아무도 없다고. 그 말에 뒷면의 로르는 숨이 막히고, 너는 더는 아무것도 덧붙이지 못한다. 너는 그에게 입을 맞추기 위해 3미터 거리를 건너갔다. 뾰족한 못들이 박힌 카펫 위를 맨발로 걸어가는 듯했다. 오늘 저녁, 앞면의 로르는 그와 섹스를 나눌 것이다. 비록 그것이 뒷면의 로르에게 역겨움을 주더라도. 심지어 그녀를 죽이는 게 되더라도. 그녀, 뒷면의 로르는 너를 성가시게 한다. 그동안 그녀는 다른 곳을 바라보아야 할 것이다. 아무래도 그녀의 혀 밑에 신경안정제의 또 다른 4분의 1을 넣어줘야 할 것이다. 그러지 않으면 세 달 동안 성관계도 없이, 무슨 기적으로 너희가 아이를 가질 수 있다는 건가? 그녀, 비행을 저지른 그녀는 이 상황을 생각이나 했을까?

/

술집을 막 떠나려는데, 카운터 앞 등받이 없는 높은 의자 위에 걸터앉은 한 여자가 눈에 들어왔다. 스물다섯 살쯤 되어 보이는 그 여자가 내게 모호한 미소를 보냈다. 멀리서 보니 나쁘지 않았다. 다리가 좀 짧아 보이지만 조금 더 위를 보니 충분했다. 자신을 알리려는 듯 까딱거리는 손의 리듬에 맞춰, 붉은색과 흰색 줄무늬 티셔츠 아래 보기 드문 탁월한 가슴이 흔들리고 있었다. 나도 작게 수신호를 보냈다. 그러자 여자는 더 크게, 더 확실하게 미소를 지었고, 머리를 약간 옆으로 기울였다. 마치 한 마리 노루를 안심시켜서 가까이 오게 하려는 것처럼. 그런 행동이 이상하게 보이지는 않았고, 나는 푸른색 정장 허리끈을 졸라맸다. 그 정장은 내가 주주들에게 잘 보이고 싶을 때나 기자들의 기를 죽이고 싶을 때 입는 옷이다. 로르는 내가 그 옷을 입으면 특히 멋져 보인다고 했다. 다가갔다. 스무 살, 많아야 스물두 살. 크지 않은 키에 작은 눈, 아름다운 머리카락, 다듬지 않은 헤어스타일. 한마디로 평범하지만, 함께 화장실로 뛰어들어 제안하는 그 즉시 더럽고 천박하게 여겨질 짓거리를 시작하고 싶다는 충동을 굳이 거스르고 싶은 정도는 아니다. 벌써 만취한 순교자 같은 내 모습이 그려진다. 구두 위로 축 내려와 술꾼들의 오줌에 젖은 바지, 동시에 문에 새겨진 욕설들을 해독하고 있는 나, 낯선 여자 안에 들어가 있는 내 음경. 화장실 불빛 아래 서 있는 그 여자가 여장남자였다는 사실이 곧 드러나고, 오히려 더 만족한다. 나는 이런 상상을 로르에게 이야기하는 내 모습을 떠올렸다. 그녀는 내 타락의 수준으로 내 고통을 가늠하니까.

"세실입니다." 그녀가 말했다. "당신이 클레망이죠?"

아, 그렇군. 대학생. 그제야 프레데릭과의 만남 뒤에 약속이 있었다는 게 떠올랐다. 파파를 돌보는 일에 지원한 사람이었다. 안녕하세요, 그러잖아도 당신을 찾고 있었어요. 머릿속을 어지럽히는 화장실에서의 경건한 이미지를 뒤로하고 내가 말했다. 난 곧 그녀의 이상적인 자기소개서를 기억해냈다. 줄무늬 티셔츠에 화장하지 않은, 자기 앞에 영원 같은 삶을 두고 있는 젊은 여성. 들어오세요, 문은 열려 있어요, 당신은 내 안에 그냥 들어오기만 하면 돼요, 라고 말하듯 수동적인 모습. 그녀는 스물한 살이고, 아이들을 돌본 경험이 있으며, 전공이 무엇인지는 모르겠지만 대학교에서 학사 자격을 땄다. 난 그녀가 약의 복용량을 읽을 수 있는지, 공을 던질 수 있는지 따위의 아주 기본적인 질문을 세 가지 했다. 그리고 그녀에게 일자리를 주었다. 그녀는 아이들과 지내면서 약한 자들을 돌보는 일을 배웠고, 또 유일한 지원자였기 때문이다. 그녀는 대단한 성취를 해낸 것처럼 기뻐하는 듯 보였다. 그런 다음, 고용인으로서 그녀에게 한잔하며 좀 더 있다 가라고 말했고, 그녀는 좋다고 응한 뒤 코카콜라를 마셨다. 나는 그녀에게 다른 여자 이야기를 꺼내놓았다.

세실은 내 말에 대단한 관심을 보이며, 아주 사랑스럽게 귀를 기울였다. 심지어 질문까지 했다. 그 여자를 어떻게 만났는지, 그녀를 어떻게 생각했는지, 또 그녀가 떠나버렸다니 다시 쫓아갈 계획이 있는지 등등. 만일 인턴십을 위해 잠자리까지도 가져야 하는 시대에 그저 이처럼 쉽게 채용해줘서 감사하다는 뜻으로 관심을 보인 것임을 몰랐다면, 혹시 신문사나 어떤 단체에서 조사를 나온 거냐고 물어봤을 것이다. 나는 같이 일을 하거나 무언가를 공유해야 하는 사람이 아닌, 오직 나만을 위해 귀 기울여주는 누군가가 정말 필요했다. 그래서 그녀에게 전부 다 말해주었다. 모든 이야기를. 그런데 왠지 쓰레기통을 여는 기분이었고, 그 이상은 아니었다. 그건 역겨운 일이다. 그녀가 하품을 하고 나서 아주 상냥한 목소리로 '당신은 참 상스러운 사람'이라고 말했을 때, 비로소 난 맞은 편 의자 위에 진짜 사람이 앉아 있다는 걸 기억해냈다. 로르에 대한 이야기만 무려 두 시간이었다. 세실은 실망한 듯 보였다. 뭔가 좀 더 사적인 걸 기대했던 게 분명하다.

술집이 문을 닫는 바람에 난 내 또래의 남자들과 함께 거리에 남겨졌다. 조금 전 난 세실에게 앞으로 긴밀한 협력을 하고, 서로를 좀 더 잘 알아보자는 취지에서 함께 밤을 보내며 사랑을 나누자고 제안한 뒤 대답을 기다렸다. 일반적으로 그녀의 나이에는, 그리고 대학 공부까지 한 여자로서는, 악취가 나고 제대로 소화되지 않은 남성 지배 사회의 잔류물 같은 내 화려한 발언을 들으면 분명히 나를 향해 사회의 쓰레기 같은 놈이라고, 적어도 그런 비슷한 말을 퍼부어야 했다. 하지만 그녀는 아무 말도 하지 않았다. 단지 싫어요, 했을 뿐이다. 아마도 그녀는 용서를 잘해주는 여자거나, 그런 것에 별로 상관하지 않는 여자에 속할 것이다. 어쨌든 그녀는 그저 약간 시간을 끌었다. 아마도 눈물을 흘리고 있는 남자를 길바닥에 버려두고 가는 게 좀 곤란했겠지. 난 괜찮다고 말했다. 이건 눈물이 아니라 그냥 일종의 침 같은 거라고. 하긴, 나 자신도 눈물인지 침인지 구분할 수 없었다.

/

영화 〈시계태엽 오렌지〉의 사운드트랙은 내 평소 기상 알람이 아니야. 나는 그렇게 미친 자는 아니야. 이건 올리버의 전화라는 걸 알리려고 따로 설정해둔, 죽은 자도 일으킬 벨소리야. 내가 여보세요, 라고 했더니 그는 대뜸 염병할, 대체 이게 무슨 좆같은 상황이야, 하고 소리 질렀어. 그래서 난 알아보고 곧바로 다시 전화하겠다고 했고. 오늘 아침 장이 열리기 한 시간 전, 블룸버그가 발표한 기사를 찾아봐야 했어. 그 기사는 '최고 경영자의 측근인 공식 출처에 따르면' 상장 폐지하는 것이 우리 측의 '기본 시나리오'라고 발표했어. 나는 올리버에게 전화해 전혀 모르는 일이라고, 최고 경영자의 측근이라는 이 끔찍한 공식 출처가 대체 누구를 말하는 건지 도무지 모르겠다고 말했어. 그랬더니 그는 누구를 바보로 아

311

느냐고 했어. 블룸버그의 프레데릭이 네 단짝이지 않느냐면서. 나는 우리는 절대 친구가 아니라고 말했지. 난 프레데릭이 친구가 아니라고 세 번이나 부인했어. 그에 대한 우정 어린 마음으로. 오늘날의 해석에선 유다를 동성애자로 보는데, 그 유다가 정확히 말해 '친구'거든. 그리스도를 사랑하는 친구. 그렇게 쓰여 있어.

난 즉시 '민영화 같은 건 한 번도 계획된 적이 없으며, 곧 이런 거짓 정보의 출처를 찾아내서 교수형에 처하겠다'는 식으로 기사를 전면 부인하는 진지한 글을 작성했어. 하지만 프레데릭의 기사 이후에 주가는 어찌 된 일인지 20퍼센트 급등했어. 이미 6월부터 우리를 괴롭혀온 시장 당국은 우리가 최근의 어려움을 해결하기 위해 주가를 조작했다고 우리를 고소했고, 그러자 올리버는 전화를 걸어 우리가 내부 조사 중이라고 대응했어. 그동안 나는 로르의 세미나를 위한 논문을 준비하고 있었는데, 이상하게도 윗선들은 내가 다른 곳에 정신을 팔아도 별로 신경 쓰지 않더라. 그건 그렇고 파파, 세실하고 지낸 너의 하루는 어땠니? 잠깐, 전화가 왔어. 지금 내 휴대전화가 '금지된 장난*'을 하는 중이란다. 로르의 전화야. 이제 우린 이별을 고한 그 황당한 문자에 대해 다시 이야기해

---

*   프랑스 영화감독 르네 클레망의 작품 중 동명의 영화가 있다.

볼 거야. 그럼 다시 만날 수 있겠지. 곧 돌아올게, 잠시 후에
이야기하자.

　　로르는 상태가 아주 안 좋아. 그 남자, 그 원시인이 엄청
화를 냈대. 그가 화를 낸 이유는 말해주지 않았어. 자기 가족
의 비밀에 속하는 거라면서. 그 남자는 스키를 어깨에 메고,
딸을 겨드랑이에 끼고서 스키장으로 떠났다는구나. 어린아
이를 앞에 두고 자신이 돌아오지 않을지도 모른다고 크게 소
리까지 질렀대. 파파, 그 그림이 그려지니. 아마도 그는 그녀
가 감추고 있었던 사실을 깨달았을 거야. 아니, 내 이야기 말
고, 다른 비밀. 그녀가 해준 이야기인데, 너도 알잖아, 얼굴
본 적 없는 그녀의 큰딸 말이야. 그 애가 감옥에 갈 뻔한 굉장
한 일을 벌였다고 했던 이야기. 정확히 기억은 안 나지만, 그
애가 학교에서 무언가를 비판하려고 식판에 똥을 쌌다는, 대
충 그런 대단한 이야기였어. 난 너무너무 질투가 난다고 말했
어. 당신의 삶은 생각지 못한 새로운 전개들로 가득 차 있다
고, 당신은 정말 운이 좋다고. 로르는 충격을 받고 내가 자기
를 놀린다고 생각했어. 난 정말 놀리려고 그랬던 게 아닌데.
그녀는 내 안엔 심장이 있어야 할 자리가 텅 비어서 공감력이
라곤 눈곱만치도 없다며, 몹시 유감스럽다고 마구 퍼부었어.
파파, 만일 네가 내 의견을 묻는다면, 그 말은 왠지 미리 준비

해둔 문장 같은 냄새가 났다고 말하겠어. 어쨌든 나는 뭐라고 말해야 할지 몰랐어. 물론, 고의는 아니었지만 하룻밤 새에 어떻게 내 손으로 빙산을 침몰시켰는지를 이야기했다면, 그녀는 틀림없이 나를 이해해주었을 거야. 하지만 그건 정확한 사실이 아닌 데다가, 일단 하늘에서 눈이 내리기만 하면 그 문제는 당연히 이번에도 아무 문제 없이 넘어갈 텐데, 내가 그런 말을 하면 오히려 잘난 척하고 허풍을 떠는 사람으로 여겨질 것 같았어. 그래서 아무 말도 안 하고 있었더니 그녀가 소리쳤어. 내가 자폐증 환자라고, 어떻게 그 정도로까지 입을 다물 수 있느냐고, 어떻게 자기를 사막에서 혼자 말하게 내버려둘 수 있느냐고, 위로해줄 말이 그렇게도 없느냐고. 난 없다고 대답했지. 그게 사실이니까. 난 죽어가는 개를 위한 것 외엔, 누군가에게 즉각 해줄 수 있는 위로의 말을 단 한 번도 머릿속에 가져본 적이 없어. 심지어 나 자신에게도. 나는 그래서, 그녀에겐 차라리 진실만이 위로가 될 거라는 생각에서 그렇게 대답한 거야. 그런데 그녀는 갑자기 '안녕'이라고 하더니, 나더러 심포지엄에 나오지 않는 게 좋겠다고 하면서 전화를 뚝 끊었어. 난 그녀에게 즉시 문자를 보내서 내가 제대로 이해한 건지 확인했어. 그런데 내가 이해한 게 맞더라. 그녀는 나를 빼버렸어. 우리를 만나게 해준 심포지엄이었는데, 그녀는 더는 거기서 나를 보고 싶지 않다고 했어.

바로 그 순간에 세실로부터 문자를 받았어. 파파, 그녀
가 '좋-아-요'라고 내게 문자를 보냈어. 너랑 하루를 보내는
것 말이야. 글자 사이에 줄을 그었더구나. 젊은 애잖아. 너희
의 이야기는 나를 즐겁게 해. 세실과 너의 이야기 말이야. 세
실과 지내는 시간을 잘 누리렴. 다 잘될 거야, 나의 개야. 어
떻게 지냈는지 말해주고, 이 어려운 고비를 잘 넘겨주길 바란
다. 하늘은 텅 비어 있고, 여자들은 너무 난해해. 방법을 찾아
야겠어. 아무래도 권총이 좋겠지.

너는 심포지엄의 발표 내용을 하나도 듣지 않는다. 흥미로운 게 하나도 없다. 네가 클레망의 참여를 취소해버렸으니까. 너는 이제 그에게서 어떤 빛도 바라지 않고, 오히려 그 반대의 것만 예상하게 되었다. 이틀 밤이 남았다. 샴페인 빛깔의 우아한 침대 하나가 놓인 방. 그의 피부는 멀리 떨어져 있고, 너의 몸은 심포지엄에 완전히 강탈당했다. 이틀이나.

너는 발언권을 넘기고, 마이크를 넘긴다. 연구자들은 시대에 관한 대담한 의미론적 발언으로 서로 경쟁한다. 네가 피에르, 폴, 자크 등 종이 위에 죽 나열된 남자 이름들을 훑는 동안, 이 시대는 수많은 멸칭을 부여받는다.

"질문 있습니까?" 너는 연단 위에서 중재자의 자격으로 무기력하게 되풀이한다.

너는 질문들의 순서를 정한 뒤에 다시 마이크를 넘긴다. 그리고 약을 먹고 잠들 수 있을 때까지 몇 시간이 남았는지 세어보면서 눈을 문지른다. 그 남자를 떠난 이후로 너무 많은 눈물을 흘리는구나. 제대로 대우받지 못한 여자들의 낙원에서 네 할머니가 안타까워한다. 1944년에 자신의 독일인 남자를 위해서도 너보다는 덜 울었다고.

마지막 발표와 질문들이 이어지고, 드디어 해방이다. 너는 그곳에서 사라지기 위해 강당의 문을 향해 일제히 움직이는 군중에 슬쩍 몸을 파묻는다.

"로르, 우리랑 같이 저녁 먹지 않을 거야?"

"로르, 어디 가요?"

너는 침대에 누워서 당연히 받아 마땅한 네 고통에 아주 잘 어울릴 가사의 노래나 들을 생각이다. 스테판 아이허, 피에르 라푸앙트, 리하르트 바그너.

"갑시다, 좋은 기회잖아요." 장 미셸이 말끔하게 면도한 얼굴로 얼버무리듯 제안한다.

장 미셸 따위는 무시하렴, 지금 네 상황을 보란 말이야. 정원이 초과된 하늘에서 네 엄마의 엄마가 너를 격려한다.

"난 피곤해."

너는 동료들이 묵는 호텔에서 2킬로미터 떨어진 곳에 따로 호텔을 잡았다. 동료들이 그 사실을 알고 깜짝 놀란다.

"주최 측에서 별 네 개짜리 호텔 숙박비를 지원해준 거야? 이건 좀 불공평한데!" 고참 교수인 우리아가 신경에 정말 거슬린다는 듯 소리친다.

너는 욕조를 끝까지 채운다. 지구는 갈증으로 죽을 지경인데 네 욕조의 물은 넘쳐난다. 너는 물이 그냥 넘치게 놔둔다. 곧 물속에 들어간 너는 온몸이 델 정도로 뜨거운 온도에 비명을 지른다. 브라보, 네 무릎 주위의 혈관들이 또 터질 것이고, 네 두 다리는 점점 내보이기 부끄러워질 것이다. 네 스커트는 이미 길어지고 있다. 앞으로는 노년을 향해 가는 여성들을 위한 여름 정장으로 몸을 가린 채 여름을 보낼 것이고, 반면에 짧은 스커트나 반바지를 입은 네 딸들은 너 없이 사랑의 이야기를 이어갈 것이다. 너는 그 애들이 태어나기 전에 네 엄마가 그랬던 것처럼, 아이들을 미워할 것이다. 너는 술을 많이 마실 거고, 네 아이들은 그런 너를 수치스러워할 것이다. 그 와중에도 충분히 체념이 되지 않은 너의 눈길은 젊은 남자들에게 오래 머물 것이다. 너는 저속해질 것이다. 사실 벌써 그렇다. 너는 늙기보다 차라리 녹아 없어지는 편을 원할 것이다. 너는 면도칼을 가져왔다. 붉은 물의 환상이 너를 짓누른다.

사람들은 네가 모든 걸 다 가졌었다고 말할 것이다. 가브리엘이 너희들의 만남과 추락을 증언할 것이다. 그땐 진실이 더는 아무도 죽이지 않을 테니까. 이미 끝난 일일 테니까. 사람들은 네가 사랑 때문에 죽었다고 생각할 것이다. 그건 그냥 밤과 수면제일 것이다. 발디제르 스키장에 있는 앙통과 안나는 리프트 위에서 소식을 듣게 될 것이다. 안나는 그날 이후로 스키 리프트에 공황을 느낄 테고, 동시에 인공으로 만든 눈과 거품 목욕에 대해 깊은 혐오를 느끼게 될 것이다. 물이 식었다. 이제 너 자신을 둘로 나눠왔던 이 더러운 짓을 멈춰야 한다.

잠시 후에 너는 특대 사이즈의 목욕 가운을 걸치고, 보드라운 면으로 싸인 깃털 이불 위에 비스듬히 누워서 가브리엘에게 전화로 네 방의 모습을 들려준다. 합판으로 된 가구 하나, 침대 위에는 정액 얼룩이 있는 풋사과 빛깔의 벨벳 띠가 둘려 있고, 그 위에 할 일 없이 누워 있다고. 너는 되풀이한다. 오늘 밤 죽고 싶다고. 너는 친구를 실망시킨다. 그녀는 네가 차라리 다른 미래를 상상하기를 바란다. 클레망의 아이를 낳고, 너희 둘은 평범하지만 행복한 삶을 살고, 너의 두 딸은 너희와 함께 지내고, 앙통은 그냥 다른 곳에서 따로 지내고…… 어쨌든 오늘보다 더 나쁠 일은 없을 테고, 아마 앞으로는 점점 더 나아질 거라고. 너는 그녀에게 그건 생각할 수 도 없는 일이라고 말한다. 정말이야, 클레망은 그런 걸 원치 않아. 가브리엘이 반박한다. 그런 생각을 해보지도 않는 것, 그거야말로 생각할 수도 없는 일이지.

"로르, 너는 희망을 거의 잃어버린 여자 같아." 그녀가 전화를 끊기 전에 속삭이듯 말하고, 그 말이 새벽까지 네 귓 가를 맴돈다. 희망을 거의 잃어버린 여자. 아침까지 불면증으 로 꼬박 새우며 너는 침통한 마음으로 그 문장을 되풀이하고, 허공을 향해, 켜져 있는 전등을 향해, 천장을 향해 그 말을 되 뇐다. 그리고 그 문장은 소리를 잃고, 마치 나무판에 던진 공 처럼 너에게 돌아온다.

너는 희망을 거의 잃어버린 여자야.

모두 잃어버렸지.

너는 추문과 종말 외에 다른 건 한 번도 상상해보지 않았 다. 집도, 아이도, 그와 너의 관계가 발전하는 것도, 너희 이 름이 나란히 쓰여 있는 결혼 서류도……. 너의 종교, 진실함 과 성실함을 숭배하고, 신을 숭배하지 않으며, 적당히 보수 적인 성향의 너의 종교가 그런 생각을 금지하기 때문이다. 너는 자유롭지 않다. 너의 상상과 욕망을 투쟁 없이도 소멸시킬 끔찍한 힘이 네 안에 선재해 영원히 존재할 것이기 때문이다. 계급 콤플렉스. 네 엄마의 엄마가 단순하게 수치심이라고 부르는 그 종교가 너에게 더는 소란 피우지 말고 이곳에, 너희의 결합을 상상하는 이 문턱에 멈춰 서라고 명한다. 단지 어렴풋이 꿈꾸는 것만으로도 벌써 겁을 먹고 있는 너는 그 결합을 이뤄낼 수 없을 것이다. 가장 끔찍한 것은 모든 권리를 갖고 있으면서도 이를 손에 넣을 수 없는 상태로 남아 있는 것이겠지. 그래요, 할머니. 사실 이건 수치심이에요.

그러니까 서둘러! 지칠 대로 지친 여자들, 세탁기 같은 여자들, 너무 녹초가 되어서 자기가 무슨 이야기를 하는지조차 모르는 여자들의 하늘에서 네 엄마의 엄마가 울부짖는다. 대체 너는 혼자서 뭘 하는 거냐, 이 밤에 사치스러운 호텔 욕조 안에서 네 몸이나 만지면서 인문학이라는 그 죽은 언어로 수다나 떨고 있다니! 냉큼 일어나 움직여, 안 그러면 천벌을 내릴 테니 그런 줄 알아.

12월 13일 02시 12분, 체온 36.5도
호흡수 분당 19회, 심박수 분당 75회
혈압 114.8/76.7mmHg

/

저녁 7시에 로르가 내게 전화했어. 나는 그녀의 목소리에서 더는 위로도 필요하지 않다는 걸 알았지. 그녀는 나와 이야기하고 싶어 했어. 아주 절박했어. 한 번만, 클레망, 이번엔 꼭 대답을 해줘야 해. 그녀가 경고했어.

나더러 오라는 말은 하지 않았어. 정말이야. 그녀는 전화해달라고만 말했어.

하지만 파파, 나를 붙잡아줄 네가 옆에 없어서, 나는 사무실을 나와 대중없이 그냥 흔적을, 냄새를 따라갔어. 그녀의 흔적, 그녀의 냄새를 말이야. 그리고 세실에게 전화를 해서 우리 집에 좀 더 머물러달라고 부탁했어. 세실은 혹시라도 있을지 모를 응급상황에 대비해 내가 어디로 가는지 알아야겠다고 했고, 나는 로르의 집 주소를 몰라서 그녀가 사는 동네밖에 알려줄 수 없었단다. 그랬더니 내 말이 미처 끝나기도 전에 세실이 알았어요, 하곤 전화를 끊어버리는 거야. 젠장. 내가 한 시간에 30유로나 주고 있는데, 전화를 끊고 말고는 내가 정할 수 있잖아. 아무래도 세실은 너에게 누가 위인지 분간하는 법을 배워야 할 것 같아.

나는 럼 거리의 쿠바 바에 들러 십오 년 숙성시킨 산티시마 트리니다드 럼주 두 잔을 마신 다음, 내 멋대로 로르의 집으로 갔어. 공식적인 첫 방문이었지. 우리가 함께 가서 닫혀있는 덧문만 바라보고 온 밤들을 제외하면.

로르의 집엔 대문이 없어서 드나들기가 쉬워. 난 그녀가 혼자 있다는 걸 알고 있었어. 그 뚱보를 포함해 다른 가족들은 400킬로미터 떨어진 곳에서 스키를 타고 있을 테니까. 초인종을 누르려 했는데, 그녀가 평소 구두를 닦을 현관 매트위에 서니 갑자기 기분이 좋아졌어. 그냥 알코올 때문인지는나도 모르겠지만, 그 문 앞에서 자고 싶어졌어. 로르와 좀 더가까운 곳, 좀 더 가정적인 분위기가 나는 그곳에서. 그때 그녀가 문을 열었어. 자기 때문에 현관문 앞에 누웠던 자가 지금까지 아무도 없었다는 걸 그때 그녀의 당황한 표정을 보고알았어. 나를 아무 데서나 막 드러눕는 부랑자로 여기는 듯했어. 어쩌면 난 진짜 그런 놈인지도 모르지, 알 수 없는 일이야. 곧 그녀가 나를 품에 꼭 껴안았어. 그때 난 드디어 와야 할 곳에 도착했다고 느꼈어. 만일 그때 그녀가 내 전부를 갖길 원했다면 가질 수 있었을 거야. 비록 내가 소중히 여기는 유일한 개가 한 대학생, 그것도 내가 아는 게 하나도 없는 어린 여자 옆에서 죽어가고 있는 순간이었지만. 하지만 그 포옹은 일 초도 지속되지 않았어. 난 곧 몸을 뺐고, 마치 집 안을 몰래 살펴보기 위해, 순전히 그 목적으로 온 얼간이 같은 어조로 이렇게 말했지. 집 구경 좀 시켜줄래?

로르의 집은 따뜻했어. 가족적인 분위기가 났단다. 원형의 가구들, 곳곳에서 온화한 빛을 발하는 20와트 전구, 크로즈 에르미타주 와인 2017년산 상자 안에 들어 있는 벽난로용 장작들. 이런 것들이 예술 애호가에다 수학과 축구, 와인과 북유럽 여행을 좋아하는, 말하자면 18세기 감각을 지닌 교양인의 분위기를 풍겼어. 내가 질투해선 안 될 이곳의 주인은 어느 정도 좋은 취향과 어느 정도의 재산을 갖춘 자야. 물론 나보다야 훨씬 적겠지만. 그런 생각이 순간 나를 발기하게 만들었어. 난 지방의 박람회라도 온 것처럼 여기저기 돌아다니면서 눈에 보이는 모든 걸 비웃었어. 난 그녀가 중간에 이야기할 틈을 조금도 주지 않았단다. 평소에 내가 말 좀 하길 원했던 게 바로 그녀였으니까, 쉬지 않고 말을 했지. 그러자 그녀는 내게 꼭 해야 할 중요한 말이 있다고, 자기가 말 좀 하게 해달라고 했어. 하지만 난 그녀에게 담배 있느냐, 벽에 걸린 사진 속의 늙은 여자는 누구냐, 당신 어머니냐, 이 문 뒤엔 뭐가 있느냐 등등의 말로 그녀의 말을 끊었어. 진실의 순간이 지나가는 그 시간을 몽땅 바보 같은 말들로 채우고 있었던 거야. 그런 걸 생존 본능이라고 부른단다. 탄약통의 총알을 모두 다 쓰고 난 뒤에는 로르가 입을 열 때마다 입을 맞췄어. 그녀는 결국 하려던 말을 포기했지.

로르는 나를 청록색 소파 위로 밀었고, 나더러 다시는 조금 전처럼, 쓰레기처럼 그렇게 아무 데서나 바닥에 널브러지지 말라고 말했어. 다시는. 그런 다음 나를 아무도 사용하지 않는, 아이들의 친구들이 오면 쓰는 침대로 끌고 가서 요구했어. 날 사랑해줘, 바로 여기서.

나는 그녀를 아프게 했어. 사랑이 아니라 전쟁을 한 것 같아.

"클레망, 만일 당신이 지금 다시 떠나면, 나는 당신을 죽일 거야. 우린 지금 해야 할 이야기가 있어."

그래도 도망쳤어. 그녀가 두려워하는 모습을 보려고 문쪽으로 가다가 다시 돌아오기도 했어. 우리 관계를 위해 뭘 해야 할지 전혀 몰랐던 평소처럼, 자꾸 여기저기를 둘러보기만 했지. 그녀는 그만 좀 하라고 말했고, 나는 냉장고 위에 붙어 있는 아이들의 사진들과 오래되어 뒤틀린 다른 사진들을 보며 몇 마디 했어. 그중 그녀가 삼십 대였을 때의 사진도 있었어. 한 아이를 품에 안고 해변에 서 있는 모습. 아마 그 아이가 큰애일 테지. 아이는 금방이라도 뭔가 물어뜯을 듯한 짓궂은 표정을 짓고 있었고, 재미있게도 로르는 지금보다 더 늙어 보였어. 이어서 다른 사람들은 뭘 먹고 사는지 궁금해서 냉장고 안을 들여다봤고, 예상대로 햄을 발견했고, 출판사별로 책들이 구분되어 가지런히 정리된 책장 선반도 들여다봤어. 대단도 하지. 문예평론지 〈신프랑스〉가 놓여 있는 선반 위에 그 남자의 사진도 있었어. 그 앞에 선 내가 조금도 자랑스럽지 않아서, 하마터면 '선생님'이라는 말이 튀어나올 뻔했어. 그는 뚱뚱하지 않았어. 그건 그저 내 머릿속 상상에 불과했던 거야. 그때 로르가 거의 울 것 같은 목소리로 애원했어. 클레망, 내 말 좀 들어봐……. 로르 집의 소파는 청록색이었어…… 이건 이미 말했던가. 나는 떠나기 직전에 유리잔들을 좀 씻으라고 말했어. 그리고 나서 곧장 집을 나와 문을 닫았지. 내 뒤에 수치심을 남겨둔 채……. 남자들은 아주 오래전부터 그러지 않았던가요, 선생님.

돌아와서 나는 세실에게 우리와 함께 자고 가라고 간청했어. 그녀가 약간 화가 나 있다는 사실을 눈치챘어야 했는데. 근무 시간이 추가되어서 짜증 났겠지. 세실은 얼마를 주겠느냐고 물었어. 난 인간적인 온정의 가격이 얼마인지 몰라서 '300유로? 350유로?'라고 말했어. 하지만 그게 함정이었던 거야. 세실은 '인간 이하의 개자식'에서 시작해 '쓰레기 같은 새끼'에 이르기까지, 판에 박힌 욕설 목록에 포함될 온갖 욕이란 욕은 다 쏟아내고 택시를 타고 떠났단다. 자기 집으로 돌아갔는지, 어디로 갔는지는 나야 모르지. 하기야, 파파, 이건 너도 알고 있는 얘기구나. 바로 오 분 전의 일이었고, 너도 눈을 뜨고 있었으니까. 나는 소파 위에 있을 테니, 너는 그 융단 매트에 누우렴.

결국 너는 아무 말도 못 했다. 말을 꺼낼 틈도, 진짜 해야 할 말도, 말할 용기도 찾지 못했다. 너는 이렇게 말해야 했다. 내 사랑, 일이 생겼어, 결과가 나타났어, 사건이 일어났단 말이야, 난 또 모든 걸 속이기 위해 안간힘을 쓸 수밖에 없게 되었어, 명백한 사실도, 본능도, 언어도, 모두 사실과 어긋나게 만들어야 한다고, 이건 자살이야, 그러니 내 말 좀 들어봐, 우린 아이를 만들었어, 제발 뭐라고 말 좀 해봐.

너무 늦었구나. 고문을 당하고도 살아남은 여자들의 천국에서 할머니가 애석해한다. 너는 아무것도 말하지 못했어, 완전히 망한 게지, 바로 그런 게 우릴 변화시킨단다.

너는 욕실 문을 열어둔 채 고통스럽게 욕조에 몸을 담근다. 화냥년. 너는 큰 소리로 너 자신을 호명한다. 너와 그의 이야기에선 아무도 서로를 사랑하지 않는다고 믿으면서. 물이 뜨겁다. 거품이 수도꼭지 밑까지 부풀고 제라늄 향기가 욕실 안을 가득 채운다.

잠에 빠졌던 게 분명하다. 고통이 너를 깨운다. 가장 깊숙한 곳을 강간하는 듯 생생하고 날카롭게 파고드는 고통. 너는 또 한 번 소리 지른다. 이제 물은 미지근해졌고, 거품은 사라졌다. 너는 숨을 멈춘다. 무슨 일이 일어나는 건지 정확하게 깨닫는다. 너로부터, 네 안에서 시작된 파멸.

배에서 무언가 느껴진다. 조금 전까지는 살아 있었던, 그러나 점차 그 끈을 놓아버린, 죽어버린 '어떤 것'이 느껴진다. 물이 다시 따뜻해졌다. 욕조에 분홍빛이 나타나더니 물 전체가 붉어진다. 너의 넓적다리 사이에서 붉은 액체가 멈추지 않고 새어 나온다. 너는 아무 말도 하지 않고, 누구도 부르지 않는다. 누구를 부른들, 뭐라고 말하겠는가. 도와달라고? 이미 끝났다. 너는 분홍색 물이 거의 보라색으로 변해가는 걸 지켜보고만 있다.

끝이다. 그렇다. 모든 게 다 비워지고 있다. 네가 할 수 있는 건 아무것도 없다. 욕조 안에 있는 피와 함께 이 생명의 한 조각도 흘러가 사라진다. 이제 너는 과거를 갖게 되었다.

　너는 욕조에서 나온다. 너 자신까지 완전히 용해되어 없어질까 두려워서. 피는 계속해서 흐른다. 피는 너보다 훨씬 강한 지배자다. 벽이 흔들린다. 커다란 거울에 비친 네 모습이 흐릿해지더니 사라진다. 헛되다. 이제 너의 얼굴 따위가 뭐가 중요한가. 진짜 고통의 얼굴이 타일 바닥 위에 붉게 드러나고 있는데.

　잠시 후에 너는 눈을 뜬다. 같은 장소에, 아까와 같이 여전히 벗은 상태이고, 머리에 제법 두께가 있는 뭔가가 받쳐져 있다. 처음엔 희미하더니 점점 선명한 형상으로, 무릎을 꿇고 있는 베라가 보인다. 베라는 사방에 퍼져 있는 네 피를 수건으로 닦고 있다. 혹시 목욕물과 함께 흘러간 게 아니라면, 아마도 5밀리미터 정도 자랐을 배아까지. 너는 이게 꿈이길 바란다. 하지만 삶은 그런 너그러움을 보여주지 않는다.

　"엄마는 기절했었어." 그 애가 말한다.

　너는 사람 같은 소리로 뭔가 말하려고 애쓴다.

　"구급차를 부를까?" 베라가 묻는다. 감정이 보이지 않는 얼굴에 피곤함만 묻어난다.

　너는 아니라고 고개를 흔들고, 손을 들어 올려 이젠 괜찮다고 표시한다. 더는 피가 많이 흐르지 않을 것이다. 느낄 수 있다. 네 딸은 너를 보지 않는다. 여전히 무릎을 꿇은 자세로, 액체로 변한 죽음을 닦아내느라 분주하고, 너는 여전히 할 말을 찾지 못하고 있다.

"내가 돌아오지 않았으면 엄마는 죽었을 거야."

바닥에 맞닿은 등에서 점점 더 한기가 느껴진다. 너는 눈을 감고 고맙다고 말한다. 두 다리를 옆으로 모아보려 하지만 너의 빈약해진 근육으로 움직이기엔 너무 무겁고, 서로 너무 멀리 떨어져 있다. 포기한다.

"오늘은 내 생일이었어." 베라가 몸을 일으키며 말한다.

마침내 네 입에서 말이 나온다. 부끄럽다. 너는 수치심으로 당장이라도 죽고 싶다. 이렇게, 타일 바닥 위에 온몸이 해체된 채로. 너의 아이가 네 말을 믿어줄까.

베라는 붉다 못해 갈색으로 변한 수건을 쓰레기통에 넣으려고 한다. 너는 그 애가 자기 손과 팔에 묻은 피를 닦는 걸 바라본다. 너는 울지 않는다.

"엄마, 난 엄마가 진저리가 나. 당신들, 정말 역겨워."

그 애가 방을 나가면서 문을 쾅 닫는다. 너는 항변하지 못한다. 항변해봤자 무슨 소용이 있는가. 열여덟 살에는 연민이라는 게 생겨나지 않는다. 그리고 너는 그 어디에 있는 것보다 바닥에 누워 있는 게 네 고통을 진정시키기에 더 낫다고 느낀다. 네 딸이 복도에서 멀어지는 소리가 들린다. 그 애는 거실까지 가서, 잘 미끄러지지 않는 미닫이 통유리창을 삐걱 거리며 연다. 너는 그 애가 잔디밭으로 나갔으리라 짐작한다. 아마도 담배가 필요하겠지.

정원에서 뭔가가 다가오는 소리가 들린다. 꼭 필요하고, 그리고 두려운 것. 절규하는 소리. 베라다. 아주 오래전부터 네가 기다려왔던 것, 그것을 베라가 깊은 내면으로부터 토해 낸다. 너를 대신해서 내지르는 소리. 그 애는 절규하고 또 절 규한다. 이웃집에서 쾅 하고 문을 닫는 소리와 누군가가 큰 소리로 조용히 하라고 외치는 소리가 들린다. 베라는 계속 소 리를 지른다. 이웃들이 진저리를 친다.

너는 그 아우성을 찬가처럼 듣는다. 너의 아이를 위해 네 가 할 수 있는 일은 아무것도 없다. 너는 생각한다. 그래, 계 속하렴.

우리의 아이들에게
태어남과 동시에 두려움에 찬 비명을 지르는 그들에게
사랑을 부르짖는 그들에게
피 묻은 그 손으로
북을 두드리며.

이틀 후, 너는 병원 침대 위에서 깨끗한 몸으로 깨어난다. 부분 마취에 사용된 탄산가스 잔여물도 모두 사라졌다. 반쯤 잠들어 있는 동안 네 배에서 지극히 작고 불확실한 배아의 잔여물이 깨끗이 청소되었다. 너는 의사로부터 빠른 회복을 위해 간단한 주의 사항을 듣는다. 유산 후에는 수시로 출혈이 일어나는 경우가 종종 있어요. 이어서 녹색 가운을 입은 젊은 여성이 들어오더니 네 머리맡에서 미소를 지으며 말해준다. 모든 게 다 괜찮아질 거라고, 다 '지나갔다'고, 몇 시간 후면 다시 정상적인 삶을 되찾을 수 있다고. 이제 다 지나간 일이에요, 부인. 그녀가 말한다.

너는 아무에게도 알리지 않았다. 그래서 아무도 널 데리러 오지 않았고, 그래서 더 힘들고, 그래서 다행이다. 줄기차게 내리는 비가 더욱 거세지고, 포르루아얄 역에 도착할 때까지 너를 계속 후려친다. 너는 기운이 없어서 똑바로 걷지 못한다. 흙탕물에 젖은 채, 또 기저귀의 두께 때문에 일그러진 엉덩이를 하고서 천천히 지하로 내려간다. 이틀 동안 기저귀를 차면서 계속 갈아줘야 한다. 택시를 탈 수도 있었지만, 너는 네가 그럴 자격도 없다고 느낀다. 사람들이 지나가며 부딪혀도 피하지 않는다. 열차 안에 앉을 자리를 확보하지 못한 것에서, 더 많이 고생하는 것에서, 두 손으로 감염 위험이 있는 손잡이를 잡고 흔들리며 서 있는 것에서 위안 비슷한 것을 찾는다. 마치 클레망처럼, 육체의 고통을 안이하게도 성결과 혼동하고, 네 육체가 받는 굴욕을 네 값싼 영혼의 속죄와 혼동한다. 집으로 돌아가려면 한 시간 삼십 분이 더 남았다. 많은 노동으로 학대받은 순교자들의 천국에 있는 네 엄마의 엄마는 네 영혼을 그곳으로 데리고 가지 않을 것이다.

너는 종일 학교에 있었다고 할 작정이다. 이제 겨우 오후 2시 30분이다. 앙통은 자기 진료실에 있다. 안나가 돌아오기 전까지 두 시간 정도는 더 잘 수 있을 것이다.

너는 네가 완전히 텅 비었다고 생각된다. 정말로. 간호사가 그 사실을 확인해주었다. 오늘 아침에 정원의 미닫이 통유리창을 그냥 열어두고 나왔다는 사실을 떠올리고, 너는 그 문을 통해 집으로 들어간다.

소위 '삶을 영위하게' 해준다는 장소, 그 한없이 기다란 너희 주방의 공간 안쪽에, 속옷 차림에 양말만 신고 바닥에 앉아 분주하게 일하고 있는 앙통이 보인다. 그는 네가 들어오는 소리를 듣지 못했다. 개수대 앞에 무릎을 꿇고 있는 그는 싱크대 밑 수납장 문의 경첩 나사를 풀어, 부서진 문을 떼어내고 새 문을 다는 중이다. 그런데 뭔가가 말을 듣지 않는지 낑낑대고 있다. 네가 서 있는 곳에선 그게 뭔지 알 수 없다.

앙통은 아직도 널 못 봤다. 그는 마지막으로 애쓰다가 포기해버린다. 타일 바닥 위에 그 문을 놓고는 고통스러운 듯이, 이젠 나이를 무시하지 못하겠다는 듯이 무릎을 짚고 몸을 일으키려 한다. 그러곤 벽에 기대어 비틀거리다 다시 천천히 일어선다. 싱크대 수납장 문이 그의 퇴화를 유도한다. 그는 또다시 비틀거리더니 한쪽 어깨로 벽을 쿵 들이받고, 그다음엔 다른 어깨로, 그다음엔 무릎으로, 그리고 그다음엔 머리를 벽에 쿵 박는다. 마치 벽을 드나들던 남자가 이젠 벽을 통과한다는 환상에서 완전히 깨어나 절망에 빠진 듯, 기운 없이 쿵, 쿵. 갑자기 그가 두 손으로 얼굴을 가리고 운다. 너는 네가 뭘 보고 있는지 깨닫는다. 최악의 고독을 더는 견뎌낼 수 없는 자. 떠나려고 하는, 혹은 더 나쁘게는 끝내 버티려는 자. 네가 소리친다. 나야. 아주 크게, '내가 여기 있어'라는 의미로, 모든 게 내 잘못이라는 의미로.

다 지나갔다고 말했던 조금 전의 간호사에게 너는 아니라고 말하고 싶다. 간호사님, 이건 아직 현재예요. 현재진행형. 다 지나간 게 아니라, 지나가는 중이다. 언제고 원할 때마다, 조금씩.

12월 18일 08시 56분, 체온 36.3도
호흡수 분당 15회, 심박수 분당 70회
혈압 126.7/84.4mmHg.

빙산의 주식 평가가 다시 올랐어. 순항을 위한 'AAA 등급'을 되찾았단다. 우리가 상장폐지를 부인하는 발표를 하자, 처음엔 텔레비전에서 시시껄렁한 농담처럼 몇 마디씩 하곤 했는데, 주가는 곧 꽤 괜찮은 성적을 유지하기 시작했어. 그러다 얼마 안 가 하루에 한 번씩 조촐한 도약으로 매일 전날의 주가를 갱신하며 상승 곡선을 탔지. 고르게, 평화롭게, 지루하지 않게. 오늘 나는 매일 아침 음울하고 한심한 사내들이 그러듯, 팀원들의 긴장감을 풀어준답시고 짓궂은 농담을 던지며 소위 휴게 공간이라 불리는 인사과 사무실로 들어섰어. 그런데 안으로 들어갈수록 공기가 점점 무거워지는, 왠지 졸아드는 기분을 느끼고 중간에 멈췄지. 인사과 팀원들이 마치 한 사람처럼 일제히 똑같은 시선을 내게 보냈어. 저 녀석이

337

지금 여기 뭐하러 온 거야. 아무도 말은 안 했지만 모두가 그렇게 생각하는 눈치였어. 갑자기 멍해졌어. 처음엔 이해하지 못했지만, 직원들을 해고했던 경험이 있는지라 이 분위기가 어떤 의미인지 금방 깨달았지. 그들은 나를 잠깐 관찰하더니, 곧 각자 일에 열중했어. 내 존재가 공중에 떠 있는 불쾌한 입냄새처럼 느껴졌어. 입냄새는 원인 제공자가 사라진 후에도 계속 남아서, 심하게 괴롭힐 정도는 아니지만 어쨌든 모두를 엄습하는 효과가 있잖아. 파파, 시빌은 너희 종족으로 치자면 세인트 버나드처럼 구조견에 해당하는 사람이라고 할 수 있어. 그녀가 내게 다가와 커피 한 잔을 건넸거든. 굳이 그럴 필요 없는데도 액세서리를 착용하듯 부가적인 친절을 베푼 거지. 아직은 나를 직원으로 여긴다는 듯이.

"클레망, 당신이 인사 책임자와 마침표를 찍을 시간은 10시예요."

인사과. 그건 말 그대로 사람을 담당하는 부서야. 하지만 이 시대의 인사과는 단지 경제성과 눈에 보이는 사실만 취급해. 오호라, 알겠군. 그들은 이미 마음이 떠난 시선으로 서로 은밀한 두려움을 주고받았어. 9시는 한참 넘어야 도착할 녀석이 갑자기 이 시간에 나타난 걸 보면 뭔가 위험한 일을 저지를 생각을 하고 온 건지도 몰라, 무슨 폭탄을 터뜨릴지 모르니 뒷창문이 제대로 닫혔는지 살펴보고, 마음 단단히 먹고 대비하자고! 두려워하는 그들의 마음이 어찌나 잘 이해되던지. 최근에 몇 번이나 회사의 방향과 엇나가는 실수를 해버린 주제에 이번에도 어김없이, 시빌 표현대로 '인사책임자와 마침표를 찍기로 정한' 시간보다 한 시간이나 빠른 9시에 나타난 나란 놈은 알고 보면 은근히 공개 처벌을 즐기는 건지도 몰라. 어느 12월 25일에도 비슷한 일이 있었지. 평소와 다름없이 회사에 왔는데 문은 모조리 닫혀 있고, 상냥한 수위가 지방 도시 두에에 사는 자기 가족사진을 보여주었어. 기계 같은 일상에 푹 젖게 되면 그 일상이 저절로 반사적인 행동으로 나타나는 법이지. 그래서 집에서 회사로 늘 기계처럼 왕복하게 만들고, 늘 다니는 동네의 똑같은 길을 쳇바퀴 돌듯 반복하게 하며, 매일매일을 그날의 의무들로 채워가게 해. 이제 문제는 그 시간을 어디서 어떻게 보내느냐겠지. 하긴, 이제 집에 가면 그것에 대해 생각할 시간이 차고 넘칠 거야.

지금까지 전혀 알려진 바 없는 오뱅이라는 남자를 필두로 인사과 직원 몇몇이 내게 미소를 지으며 다가왔어. 내가 젊었을 땐 인사과 직원이라면 주로 약간 어머니 같으면서도 군인 같은 이미지를 풍기는 여성들이었어. 그들은 이런저런 사회계획들의 정당성과 식권의 가치에 대해 토론하며 함께 술을 마실 수 있는 자들이었고, 각자의 임무를 진지한 일로

여겼지. 그런데 지금 이 남자는 기침 한 번만으로도 휙 날아
갈 것처럼 허약하고, 겨울도 나지 못할 듯한 작은 체구의 백
인 남자야. 에섹 비즈니스 스쿨을 다녔거나 가정교사까지 두
고 교육을 받고, 알레르기 반응 때문에 글루텐프리 식단을 하
며, 오줌도 꼭 사람들이 정한 곳에서만 눌 것 같은 계집애 같
은 녀석이라고 삐딱한 생각이 들었어. 그래, 내가 아마 동성
애 혐오자인가 보지. 솔직히 나도 나보다 공감력이 떨어지는
짐승을 마주치면 겁에 질릴 거야. 나는 우리가 각자 사회생활
을 위해 스스로를 속일 수도 없고, 서로에게 어떤 동질감도
느끼지 못할 거라는 걸 알았어. 오뱅 같은 녀석과 대체 무슨
말을 할 수 있을까.

　"보고 싶을 때 열어보시죠." 그가 내게 호칭도 생략하고
말했어. 그에겐 내가 더는 아무것도 아닌 존재이기 때문이겠
지. 그가 단정하고 매끈한 손으로 봉투 하나를 내밀었어. 우
라질, 지금이 어느 땐데 아직도 이렇게 암흑가 보스 흉내야.
시가 하나만 물고 있으면 딱이겠군. 이 자식은 틀림없이 슬
그머니 봉투를 내미는 이 제스처를 염두에 두고 부지런히 네
일숍에 다녔을 거야. 아, 또 편견에 찬 지레짐작. 이 고질적인
버릇. 어쨌든 그는 한 호흡을 쉬고 나서 말했어. 이미 그쪽도
이해하시겠죠, 클레망, 지난 몇 달, 특히 최근 몇 주간의 모든
결과를 뽑아봐야 했어요, 뭐, 지금 이 자리에서 그쪽이 했던

실수를 새삼 모두 나열할 필요는 없겠죠. 이를테면, 당신은 언제부턴가 더는 우리와 함께하지 않고 있어요. 실제로 이제부터 어떤 부서에도 배치되지 않을 겁니다. 당신에게 제안했던 조건들은 사실 모두에게 부여한 게 아니고, 그룹의 가치에 맞게 계산되어 부여된 거였어요. 애사심과 민첩성 같은 가치 말입니다. 오늘부터 휴가를 즐겨도 돼요. 사실 그러지 않으시면 피차 모두가 불편하겠지만, 그쪽 자유입니다. 집에 머물기로 결정하더라도 방문자 신분증은 내줄 테니 필요할 때까지 마음대로 쓰도록 해요. 중요한 건, 이제부턴 블룸버그든 어디든, 어떤 언론사의 기자도 절대로 만나선 안 된다는 겁니다. 당신을 기소하길 원하는 사람은 아무도 없어요. 자, 모든 게 분명해졌다면, 이제 마그다가 결재 파일을 갖고 올 겁니다.

아니, 이건 프랑스어가 아니야. 파파. 자폐증을 앓아도 이렇게는 말하지 않을 거야.

대학을 졸업하면 바로 이런 식의 표현법을 배운단다. 늘 산소가 부족한 환경 속에서 어떻게든 살아남기 위해 만들어진 표현 방식이지. 맞아, 아주 비싼 값을 주고 배운 거지.

그다음엔? 다음 순서대로 난 올리버를 찾았어. 그 자식, 비겁하게 숨어 있더군. 그러고 나서 시빌에게 찐하게 키스를 했지. 깜짝 놀란 듯했지만, 친절하게도 가만히 있더라.

그런 다음 거기를 빠져나왔어. 대형 포스터에서 티 안 나게 살짝 지워버린 아주 사소한 부분처럼 그렇게.

나는 1929년에 빌딩에서 떨어진 은행가처럼 라데팡스 광장에 내려섰어. 대신 훨씬 우아하게, 훨씬 더 기술적으로 사뿐히. 그리고 쇼핑센터에 있는 카스토라마 매장에 들렀지. 마스크 없이 들어갔더니 직원들이 뭐라고 하더군. 무기도 없긴 마찬가지였는데 그건 확인도 하지 않으면서. 그리고 네가 아까 현관에서 본 그 모든 시시껄렁하고 쓸모없는 것들을 샀어. 파파, 우린 돈이 많아. 너무 많아서 이 돈을 다 어디다 써야 할지 모를 지경이란다. 봉투 안에 들어 있는 제안서를 보여줄게. 웃겨 죽을 지경이야.

수의사에게도 갔었어. 그가 검사 결과에 따른 상세한 기록을 설명해주기로 했거든. 지옥문에 이르기까지 우린 계속 선택을 해야 하기 때문이야. 그가 선택 사항들을 설명해줬어. 첫 번째로, 자기 연구실에서 할 건지, 우리 집에서 할 건지. 난 우리 집에서 하는 게 너를 위해 더 나을 거라고 말했어.

내가 일기를, 진짜 일기 말이야, 그걸 주둥이가 아니라 손으로 쓴다면 아마 이렇게 쓰겠지. 오늘 난 내 반려견을 죽인다. 어머니는 잘됐다고 생각한다.

로르. 자폭한 네 가정 때문에 우는 짓, 이제 그만하렴. 네
가정은 오래전에 해체되었고, 너는 이미 해체된 가정을 그리
워하지도 않잖아. 너는 그저 전쟁터로 가듯 또다시 그 얼간이
에게로 돌아가고 싶을 뿐이야. 또다시, 괜찮아질 거야, 우린
행복해질 거야, 잘될 거야……. 로르, 그 이기적이고 멍청한
문장은 대체 언제까지 읊조릴 셈이니. 배터리가 다 닳을 때까
지? 넌 듀라셀 건전지 회사에 운명이 달린 말하는 토끼 인형
처럼, 그렇게 고장 난 장난감 같은 여자야. 네 사랑은 도박에
서 몽땅 잃은 자가 도박장을 떠나지 못하고 눌러앉아 있는,
붙박이장 같은 사랑이지. 넌 잃으면 잃을수록 거기 더 눌어붙
어 있구나. 반드시 딸 거라는 확신에 결국 고리로 돈까지 빌
리면서. 난 네가 상상하고 있는 너의 그 음란한 이야기의 속

편을 듣고 있어. 이번엔 바닷가 혹은 미국을 배경으로 한 이야기로군. 새로운 모임에서의 로르, 뉴욕에서의 로르, 새로운 시어머니 집에서의 로르. 벌써 새로 임신한 너를 상상하다니, 겨우 봉합했는데 케이크 찍어내는 틀처럼 벌써 다시 채우다니. 제발 그 모든 걸 몽땅 치우렴. 다, 전부. 그 터무니없는 이야기 전부. 네 입에 들어가 있는 그의 성기까지 모두 쓰레기통에 던져버려. 그래, 망가지는 건 네가 찍는 영화가 아니라, 바로 너라는 걸 알아야지.

한계까지 온 이 목소리. 그 목소리가 누구의 것인지는 모른다. 하지만 그 목소리를 듣고 있는 건 바로 너다. 그러나 그 목소리는 곧 부드럽게 너를 용서해주는 안나의 목소리에 덮인다.

"엄마, 가위로 뭐 만드는 거야?"

"인형."

구두 상자 뚜껑에서 뜯어낸 두꺼운 마분지 조각에서 너는 사람의 형태를 오려낸다. 머리, 팔, 다리. 그런 다음 각 팔다리를 털실로 감싼다. 백번 감고 나자, 두께를 가진 작은 몸이 나타난다.

"누구에게 줄 건데?" 안나가 묻는다.

너 자신에게 줄 인형이다. 너의 비밀이 담기게 될 마지막 형태. 너는 이름도 없는 고통을 더는 품고 싶지 않다. 그래서 털실 밑, 심장 옆에 푸른 잉크로 네가 가진 고통 중 하나의 이름을 써넣었다.

"왜 그렇게 해, 엄마?"

"그냥 재미로."

끝내야 할 것과 함께 땅에 묻으려고. 버텨내려고. 순환도 언젠가는 끝이 나기 마련이니까. 언제나. 죽음은 일상이고, 탄생은 다시 돌아온다. 언제나.

로르, 너는 지금 순환에 대해 이야기한다. 그건 망가져서 꼼짝하지 않는 망할 놈의 바퀴이고, 그 안에 갇힌 너에게 할 수 있는 일은 아무것도 없다. 약간의 먹을 것만 주어졌을 뿐. 그래서 너는 쥐와 다를 게 없다. 너는 바퀴를 다시 돌리려는 최소한의 본능으로 대중에게 균형의 환상을 주지만, 그 균형은 일시적이라서 네 내면의 법정에서는 다시 삐걱거리는 소리가 들린다. 그조차 곧 끝났다.

너는 테라스로 나간다. 안나가 너를 따라 정원으로 나간다. 너는 차가운 땅을 파고, 작은 전나무 밑에 그 형체를 묻는다. 네가 크리스마스 때마다 팠다가 크리스마스와 신년 파티를 보낸 후 1월 6일이면 다시 심는 전나무. 비가 오면 흠뻑 젖은 땅이 빗물을 흡수할 것이다. 너는 마치 그게 너인 것처

345

럼 인형을 어루만진 후에 다시 흙을 덮는다. 다시 안나가 묻는다. 좀 더 불안한 어조로, 이게 무슨 뜻이냐고. 너는 고백할 수 있을 것 같다.

"마법."

견뎌내려면 여자들에겐 마법밖에 없어. 너도 알게 될 거야. 안나는 다른 놀이를 하려고 네 곁을 떠난다. 너는 그 애가 잘 지낼 거라고 생각한다. 너희는 그저께 아이에게 이혼에 대해, 두 집에 대해 이야기했다. 아이는 "그럼 이제 소리 지르는 건 끝난 거지?"라고 물었고, 앙통은 그렇다고 대답했다.

너는 잠시 거칠거칠한 풀밭에 무릎을 꿇은 채 앉는다. 너는 이제 대지에서 나오는 기본적인, 자연적인 삶에 복종하길 원한다. 너는 떠나고 싶다.

너는 곧 차도에서 가능한 한 가장 부드럽게 자동차를 몬다. 조수석엔 작은 가방을 올려놨다. 너에겐 아무것도 필요 없고 어려울 것도 없다. 네가 잘 아는 두 가지 힘이 너를 튀어나가게 한다. 탈피와 자존심. 멀리서 보면 겸손처럼 보일 이 단단한 자존심.

오를로주 부두 17번지. 너는 4층으로, 거의 텅 빈 듯한 가벼운 몸으로 올라간다. 네 몸의 무게를 지고 가는 게 이처럼 간편했던 적이 없었다. 또 한 층, 클레망은 묶여 있는 네 몸과 깊이 상처 입은 네 피부를 침묵으로 진정시켜줄 것이다. 슬픔으로 바짝 말라붙어 쪼그라들었던 네 허파가 기쁨으로 본래의 크기를 찾게 되면, 몇 주 전부터 반사적으로 나오는 네 기침도 곧 멈출 것이다. 한 계단 한 계단, 너는 네 내장들을 하나하나 꺼내놓을 것이고, 모든 기능이 곧 치유될 것이다. 너는 지금 오직 너만 생각한다. 초인종을 누른다.

발소리에 네 호흡이 멈춘다. 열쇠가 딸깍 하는 소리가 들린다. 열린 문, 안쪽에 서 있는 그. 그가 여자로서 흔적만 간신히 유지하고 있는 너를 발견하고 놀라서 말한다.

"로르?"

너도 그를 겨우 알아본다. 그는 더 말랐고, 윤곽이 지워진 듯하다. 육체가 사라지면서 얼굴의 입체감이 모두 쓸려가 버린 듯하다. 그 안에 있던 왠지 모호한 어떤 것이 그를 뒤덮고 그를 대신한다. 그는 아름다웠었다. 그런데 지금의 그는 흐릿하다. 아니면 또다시 너에게 어지럼증이 일어난 것이든지. 그는 아무 말도 하지 않는다. 너는 들어가서 그를 포옹하고 싶다. 문을 닫고 너희 둘이 서로의 마음을 보듬길 원한다. 그냥 들어가기만 하면 그다음엔 뭘 할지 저절로 알게 될 거라고 생각한다. 지금은 거칠게 다루는 것이 네 역할이라고 생각한다. 관계가 발전하기 시작할 때 여자들은 관계 속에서 생명을 획득하려고 하고, 남자들은 기쁨을 획득하려고 한다. 국가도 마찬가지다. 그게 정상이다. 결국은 모든 게 복종으로 끝날 것이다.

그런데 그는 안 된다고 말한다. 로르, 집으로 돌아가.

그는 그렇게 말하고 다시 문을 닫는다. 너는 문밖에 혼자, 휑하니 서 있다. 오래도록 너를 갉아먹기 시작할 그 말들과 함께.

너는 주먹으로 문을 부숴야 했다. 그게 바로 더도 덜도 아니고 전진이라는 것이다. 하지만 너는 후퇴한다.

너는 계단을 내려온다. 어디서든 멈출 수 있을 정도로 아주아주 천천히. 밑으로 다 내려와서는 센 강을 바라본다. 아주 무심하게 흐르는 강. 너에겐 가야 할 길이 없다. 대법원 앞을 터벅터벅 걷는다. 도핀 광장의 차가운 먼지 속에서, 청바지 허리까지 먼지로 하얗게 덮인 아이들이 공놀이를 하고 있다. 그들은 세상에 아이들과 짐승들만 있는 것처럼 그렇게 논다. 열광적으로, 공 때문에 상처까지 입어가며. 공이 굴러가면 차도까지도 뒤따라가면서.

얼어붙을 듯한 추위가 너를 감싼다.

12월 22일 14시 12분, 체온 38.3도
호흡수 분당 15회, 심박수 분당 65회
혈압 80/53.3mmHg

/

파파, 너도 모두 들었지. 방금 로르에게 작별 인사를 해 버렸어. 다른 이야기로 넘어가자. 난 결국, 극도로 가증스러운 놈이었어. 침착한 척하며 똑바로 서 있었던, 더러운 똥 같은 놈. 그게 내가 취할 수 있는 마지막 자세였어. 차라리 삼십 분 만에 살인을 해치우는 게 더 쉬웠을 거야. 범죄를 저지를 때도 그렇게 갑자기, 순식간에, 별안간 해치우진 않아. 단계라는 게 있는 법인데. 파파, 너는 그녀를 사랑했지, 나도 알아. 하지만 그녀는 너를 사랑하지 않았어. 파파, 난 두려워. 용기가 필요해. 내가 평생 필요로 하지 않았던 개념. 세실도 모두 들었어. 역겨워하는 시선에 그녀가 이전에 이미 했던 말들이 모두 담겨 있구나. 그녀는 내가 마땅히 받아야 할 것보다 훨씬 더 많은 관심을 줘. 다시 말해 나를 경멸하지. 그녀가 내 신경을 건드리기 시작하네. 그런데 나는 이미 돈을 다 지불했어. 날 좀 도와달라고, 경우에 따라선 나 역시 아직 어떻게 될지 모르는 일에 대해 날 판단하지 말고 증언해달라고. 어쨌든 난 그녀에게 상황에 맞춘 옷을 입고 와줘서 대단히 고맙다고 말했어. 꼬고 앉은, 짧고 창백한 다리 위에 얹어놓은 저 가죽 스커트는 아주 격하게 말리고 싶었지만. 그녀가 다행이라고 대답했어. 내가 그녀를 쉽게 넘어오는 여자로 볼 수도 있다는 생각이 그녀를 밤새 끙끙대며 깨어 있게 하나 봐. 바보 같은 계집애. 난 그 정도로 누군가에 대해 착각한 적은 한 번도 없는데. 또 초인종이 울리고, 세실이 말한다. 안 들려요?

아니, 나도 들었어. 지금 생각 중이야.

파파, 너도 그가 누군지 알겠지. 수의사야. 너의 생존을 위해선 해줄 게 없지만, 너의 고통을 줄이는 일에 있어선 많은 걸 해줄 수 있는 사람. 그는 내가 화장 전문 회사에다 예약은 했는지, 다시 확인했는지 물었어. 내가 공동 화장터에서, 흰족제비까지 포함한 온갖 동물의 사체 더미에서 널 태우기를 거부했기 때문이야. 난 확인했다고 말했어. 사실 난 향기 나는 포도나무 가지로 개별 화장을 하고, 사체도 보장해준다는 꽤 값비싼 서비스를 부탁했단다. 파파, 말하자면 넌 갠지스 강에서 치러지는 인도 귀족의 대우를 받는 거야. 가연성 친환경 소재로 된 사리 덮개를 덮고 화장하는 거지. 수의사가 너의 이름과 내 이름, 날짜, 그리고 뭔가를 의미할 대문자 몇 개와 숫자들을 라벨 위에 쓰고는 그걸 가방 위에 붙였어. 그러더니 이젠 너의 앞발에다 카테터를 삽입할 거라고 소아과 의사처럼 부드럽게 알려주네. 이렇게 사람들의 팔뚝에다 하는 것처럼요, 아프지 않을 거예요. 그는 수건을 준비했는지, 개가 꼭 소파에 있어야 하는지 묻고 있어. 파파, 네 몸이 다 비워지면 소파에서 떨어질 정도로 경련을 일으킬 수도 있대. 그래서 네가 이 카펫 위에 펼쳐놓은 가방에서 쉬는 게 더 좋겠다는구나. 그래야 운송하기가 더 수월하다는 거야. 그러곤 이렇게 덧붙였어. 내 딸이 널 붙잡고 있는 걸 도와줄 수 있을 거라고, 물론 따님이 원하고, 또 할 수 있다면. 그가 말하는 내 딸이란 세실을 말하는 거야. 참 웃기지. 내가 딸이 아니라고 설명하자, 그는 착각했다며 사과했어. 그렇게 보였겠지. 어린 여자가 이런 자리에 와 있고, 또 눈에 띄게 나를 증오하고 있으니까. 그녀와 나, 우린 죽음으로 연결된 성인과 아이라 할 수 있을 거야.

의사가 작은 가방 하나를 열더니 거기서 조심스럽게 갈색 유리병을 꺼냈어. 파파, 보지 마. 난 저게 뭔지 알아. 바르비투르산 액체야. 아주 오래된 건데, 아주 위험한 거야. 이 약이 죽음에 확실히 이르게 해준다는 사실이 수많은 연인들과 말들과 죄수들을 통해 입증되었거든. 임종의 순간을 최대한 짧게 하려면 몸무게 1킬로그램당 1밀리리터로 계산하래. 오늘 네가 59킬로그램이니까, 약물은 75밀리리터로 하자. 걱정하지 마, 다 잘될 거야. 수의사가 작은 붕대로 소변관을 가리는구나. 아마 깔끔하게 보이라고 그러는 것 같은데 파파, 난 토하고 싶어. 날 좀 살려줘. 난 뭐라고 말해야 할지, 뭘 해야 할지 모르겠어. 아직 따뜻한 네 털 위에서 안식을 찾는 것밖엔⋯⋯. 십 분 후면 그 안식마저도 누릴 자격을 박탈당하겠지. 수의사가 널 쓰다듬을 수 있는 시간을 주었어. 그는 선량한 사람 같아. 그는 내가 네 눈을 감겨줄 수 없을 거래. 모든 동물이 그래요, 감겨줄 수 없어요, 근육이란 게 본래 그렇거든요. 감당해야겠지. 아무래도 토할 것 같아, 아니면 의사를 죽여버리든지. 난 울부짖을 거야. 지금 들려오는 이 소리, 선명하지 않은 이 그르렁거리는 소리는 파파, 네가 내는 소리가 아니라 내가 내는 소리야. 세실이 나를 여전히 혐오스럽게 바라보고 있군. 나도 한마디 해야겠어. 네가 말하고 싶은 게 뭐야? 네가 무슨 생각을 하는지 난 상관 안 해. 하지만 말로 하란 말이야, 말! 입 밖으로 내라고.

"내가 참을 수 없는 건 저 개가 아니에요." 그녀가 말한다. "당신이 역겨운 거지."

수의사는 그때 처음으로 그 애가 말하는 걸 들었을 거야. 주사기를 공중으로 쳐든 채, 나와 그 어린 여성을 번갈아 보는 속도가 점점 빨라지는구나. 얼빠진 듯한 시선에서 그게 다 읽혀. 세실이 벌떡 일어났어. 아이처럼 약간 어눌한 동작으로 비척거리면서. 난 왠지 모르지만, 그녀를 붙잡으려고 팔을 뻗었고, 그 애가 입고 있는, 엉덩이가 보일 듯한 짧은 가죽 스커트의 끝자락이 손끝에 닿았어.

그런데 언뜻 머리에 이상한 생각 하나가 스쳤어. 그걸 확인하고 싶어서 다시 한번 스커트를 만져보다가, 그만 찢어질 정도로 움켜쥐고 말았어. 분명 수의사는 여기서 나가고 싶을 거야. 아마 세실도 벗어나고 싶겠지. 그녀가 고함을 지르는구나. 그런데 나는 저 망할 놈의 스커트를 더 만져봐야겠어……. 주여, 제발! 이러시면 안 됩니다.

어떤 순간에 이런 것들을 깨닫게 되는 걸까. 어떻게 하나하나의 요소들이 갑자기 어느 순간 한꺼번에 모여 명백한 사실을 구성하고, 그렇게 나타난 끔찍한 사실을 느닷없이 우리 앞에 냅다 던져버리는 걸까.

제일 먼저는 가죽의 표면이었어. 가죽 스커트의 꺼끌거

림. 내가 이미 만져보고, 심지어 이미 들춰봤던 그 감촉. 그다음엔 냄새. 이 어린 여성의 머리카락 냄새. 장작불과 세탁 세제 냄새. 파파, 너도 이 냄새가 익숙할 거야. 그러고 보니 넌 처음부터 짖지 않았어. 이미 알고 있는 냄새였겠지. 이미 우리 집에 온 적이 있는 냄새니까. 그다음엔 얼굴. 냉장고에 붙어 있던 사진 속의 아이. 폴라로이드 사진 속에 있었던, 뭐라 표현할 수 없는 표정의 그 아이. 그 얼굴이 갑자기 세실의 얼굴로 겹쳐져. 잘난 척하면서도 뭔가 애걸하는 듯한 저 표정, 허기짐과 무례함 사이에 갇힌 어린애의 표정에 강렬한 빛이 남아 있어. 로르의 눈 깊은 곳에선 이미 꺼져버린 그 빛이.

그녀는 대학생이 아니라, 고등학생이야. 내가 그녀를 찾은 게 아니야. 그 애가 나를 찾아온 거지. 그녀는 세실이 아니야. 베라야. 그냥 어린 여자가 아니라, 심판이야.

빨리 자리를 뜨기만 기다리고 있던 수의사에게 내가 말했어. 모셔다드릴게요. 그는 삼십 초 만에 하던 일을 모두 접고, 출장비만 받겠다고 하면서, 모포는 그냥 버리라고, 대소변이 묻으면 다시 사용할 수 없다고 말하고는, 이 미친 남녀에게 작별 인사를 하고 황급히 떠났어.

아가씨, 아까 뭐라고 했죠?

"역겨운 건 당신이라고 했어요."

파파, 조용히 해, 지금 그렇게 짖을 때가 아니야. 학생, 내 개를 용서해요. 이 녀석이 지금 내게 위험하다고 경고하느라고 짖는 거예요. 전혀 안 짖는 것보다는 늦게라도 짖는 편이 낫긴 하지. 이 개는 지금 몸이 아파서 제대로 움직이지 못해요. 자, 학생. 가까이 와봐요. 이런 걸 한 번도 본 적이 없어서…… 흥미롭네요. 그렇게 거센 분노를 이렇게 가까이서 보기는 처음이거든요. 심지어 평온한 저녁 8시에. 분명히 그림으로는 본 적이 있겠지만, 난 그림은 따분해서…… 부탁이에요, 조금 더 가까이 와요. 당신은 지금 날 묵사발을 내고 싶어서 죽을 지경이겠지. 입이든 눈두덩이든. 느껴지는군. 난 이런 매서운 바람에 아주 이골이 난 사람이야, 어렸을 때 종종 그런 바람이 내 방으로 들어오곤 해서 잘 알아요. 자, 와서 날 짓밟아. 자신을 믿어봐요. 당신은 할 수 있을 거야. 그런 건 근육이랑은 아무 상관이 없는 거니까. 옳다는 착각에서 나오는 힘이란 실로 엄청나거든. 자, 더 가까이 와요. 앞으로 더 와. 당신 엄마와 정말 닮았군. 놀라울 정도야. 오직 파파만 생각하느라, 내 눈이 멀어버렸던 거야. 더 앞으로 와요. 벽에 등을 기대줄게. 그러면 내 골통을 부수기가 훨씬 편할 거야. 자, 1미터만 더 와요. 조심해요, 매트에 걸려 넘어지지 않게. 수의사가 서두르는 바람에 주사기를 놓고 갔으니 밟지 않게 조심하시고. 그 수의사는 아무도 죽이지 않고, 깨끗한 손으로 돌아갈 수 있어서 아주 행복했겠어. 아니면 차라리 그걸 주워요, 신경 쓰이니까. 싫다고? 좋아. 파파. 저 아가씨를 잘 봐. 저게 바로 다음 세대의 자존심과 불안과 두려움이야. 잘 봐두렴. 이들은 지금은 아무것도 확실한 게 없어 보이지만, 곧 저들만의 선명한 목소리, 이론들을 찾게 될 거야. 잘 보라니까. 그러다 또 다음 세대들이 나타나면 이들도 그걸 인정하고 자리를 비켜줘야겠지. 길을 내주고, 바보처럼 왕왕대는 걸 멈춰야 할 거야. 예로부터 항상 그랬어. 학대당하는 어머니들의 치마폭에서 자란 분노의 다음 세대가 군대처럼 몸집을 불리는 동안, 정작 우린 아무것도 못 보고 다른 곳만 보고 있었던 거야. 엉덩이나 쳐다보면서. 앗, 이게 뭐지? 걸쭉한 액체구나. 오호, 그녀가 침을 뱉었어. 겨냥을 제대로 했군. 그래, 방금 눈에 침을 맞았어. 이거 조짐이 좋은걸. 아가씨, 어서 날 때려요. 그래도 고깝게 받아들이지 않을 테니까. 난 당신이 누군지 알거든. 끓어오르는 분노, 그 자체잖아.

입을 보니 뭔가를 말하려고 하는군. 못 알아들었지만 다 보여. 당신은 외치고 있는 거야. 그렇게 보여. 더 크게 외쳐봐. 난 들을 수도 없고 듣지도 않아. 난 내 권리를 잘 알아. 난 이해하지 않아도 되고, 몰라도 되고, 응답하지 않아도 돼. 다자라지 못한 아이들이 갖는 권리지.

다가와요. 더 가까이. 확실하군. 어라, 더 소리치지 않고 울고 있네. 왜? 유감이야. 자, 병사여, 당신의 시간이야. 용기를 내라니까. 더러운 개새끼들을 끝내야지. 앞으로 더 와. 내 뒤엔 벽이야. 내가 한 걸음 더 뒤로 가지. 난 이미 끝장난 놈이야, 자.

주여. 그래, 잘했어. 담뱃진으로 갈색이 된 장갑을 끼고 있는 당신 주먹, 싸움꾼의 주먹이 따로 없군. 두개골이 띵해. 눈앞에 별들이 돌아다니네. 당신 얼굴이 흐릿해. 조금씩 분명해지는군. 점점 또렷이 보여. 아, 어지러워. 좀 이해해줘요. 자, 잘 봐. 카펫이 이런 상태의 나를 받아주는 게 이번이 처음은 아니야. 뒷다리를 목 밑에 모으고 쓰러진 개처럼 보이는 이런 자세. 벌써 기분이 훨씬 나아졌어. 어, 그렇게 내 엉덩이 위에 앉지 말고, 차라리 가슴 쪽을 덮쳐요. 그게 더 효과가 있을 거야. 어라, 지금 나를 무는 거야? 고작 무는 건가. 그렇게 살살하지 말고, 그래, 그렇게 연타를 퍼부어야지. 그래, 이제 아무것도 안 느껴지는군. 그렇지, 그렇게 머리카락을 쥐어뜯어. 잘하고 있어. 셔츠까지 잡아 뜯는 건가. 뭐, 안 될 것도 없지. 어라? 더 때릴 줄 알았는데, 수술이라도 하듯 칼을 쓸 생각인가 보군. 내 피부를 한 겹 한 겹 벗겨낼 생각인가? 그래도 되지. 자, 이젠? 그런 눈으로 쳐다보지 말아요. 내 얼굴은 새끼 고양이처럼 귀여운 면이 있어서, 그렇게 들여다보면 학생 마음이 움직이는 수가 있어요. 그러면 안 되잖아. 당신 손가락들을 내 입에 쑤셔 넣는다고 당신의 약해진 마음과 담배 냄새가 숨겨지지는 않아. 조심해요, 당신의 증오가 점점 더 반대쪽으로 가는 듯하니까. 적어도 그 사촌 격인 욕망을 닮아가고 있어. 학생은 실패할 거야. 욕망의 종착지는 늘 한 곳뿐이거든. 비참, 굴종으로 향하지. 자, 고아가 느끼는 그 충동으로 다시 돌아와서 날 때려. 난 당신이 모르는 당신 아버지라고 할 수 있어. 당신이 가정에 대해 갖고 있는 감정을 바퀴벌레처럼 무참하게 뭉개버린 포탄이지. 난 시스템이고, 적이야. 그러니 날 때려. 하지만 날 쓰다듬는 건 금지야. 당신의 작은 유방이 힘없는 내 손바닥 안에서 짓이겨지면 안 되잖아. 정신 차려, 내가 지금 괴로운 건 당신이 물어서가 아니야. 당신의 입술과 내 넓적다리 위에 있는 당신 손, 식욕부진인 내 페니스 위에 얹혀진 당신의 무게 때문이야. 이건 다른 이름을 지닌 또 다른 폭력이라고. 이건 강간이야, 나의 사령관이여. 당신은 군대에 가도 꽤 대단한 힘을 발휘하겠군.

거의 이 년 동안 똑같은 날들이 계속됐다. 너는 층계참에서 클레망과 마지막으로 대화를 나눴었다. 한편 앙통과의 이별은 서로 사랑한다는 확신이 없고, 서로를 참지 못하고, 서로 지칠 대로 지친 두 몸의 결별이었다. 신속하게, 한마디 말도 없이 이뤄진 이별. 각자 보관할 것, 경비, 가구, 책, 은행 계좌 등이 평화롭게 분배되었다. 앙통은 너의 생각보다 더 품위가 있었다. 안나가 격주로 네 집에 올 수 있도록 결정되었고, 너는 집을 새로 구하지 않아도 되었다. 가브리엘의 친구가 파리의 크리메 거리에 방 세 개짜리 집을 갖고 있었다. 언제든 들어갈 수 있게 비어 있었고, 너 또한 무엇에도 구애받을 필요 없이 자유로웠다. 거기서 베라와 한 달을 함께 지냈다. 너희의 관계가 좋아지기를 바라면서. 겨우 한 달이긴 하지만 그 애는 너를 비난하지 않았다. 아무것도. 네 한계에 대해서도. 고통에 대해서도. 그 애는 말도 외출도 거의 하지 않고 잠만 오래 잤다. 그러더니 네가 무기력한 틈을 타 독일에서 대학 생활을 하겠다는 허락을 받아냈다. 베를린에서 일자리를 찾았고, 언어를 배우려 했다. 어느 독일 프랑스 가정이 그 애의 재능을 알아보고 침대와 식사를 제공하는 조건으로 그 애를 고용했다. 너는 뜻밖에 운 좋게 만난 이 고용주를 의심했지만, 너무 불안해하진 않았다. 너는 본래 존재하는 것과 억지로 만들어낸 것 사이의 차이를 구별하는 법을 잊어버렸다. 사실 왜 독일인지, 왜 베를린인지 너는 아직도 모른다. 아마도 어떤 남자가 있을 수도 있고, 어쩌면 아무 이유 없이 그냥 떠난 걸 수도 있다. 너도 한때 떠났으니까. 베라는 어느 화요일 아침에 비행기를 탔다. 너는 집으로 돌아오기 전에 공항 주차장에서 한 시간 동안이나 머물렀다.

그것은 고독이었다. 네 삶에서 그 애를 알아가기엔 이제 너무 늦었다. 너는 빈자리를 공허감으로 메웠다. 너는 클레망을 기다렸다.

너는 하나의 사랑을 기다리는 고통이 무엇인지 배웠다. 그 고통을 한번에, 한 문장으로 말할 수 있을 정도로. 그건 보이지 않는 상처, 절대로 형체가 드러나지 않는 깊은 상처까지 들여다보는 일이다.

처음엔 그가 돌아올 거라 믿어야 한다고 생각했다. 희망은 없었지만 너는 습관처럼 믿었다. 버려졌다는 사실 때문에 식물처럼 늘어지는 걸 최대한 피하려고, 너는 여전히 그를 기다리면서 조금이라도 더 꼿꼿한 자세를 취해보려 애썼다. 그의 메일함을 꽉 채웠고, 조금 저 지나서는 전화를 해봤지만 없는 번호라는 이야기만 흘러나왔다. 그의 집 앞에 가서 기다린 적도 종종 있었다. 그때마다 너는 그를 보지 못한 채 다시 떠났고, 센 강을 다시 지나왔다. 어느 날에 용기를 내서 초인종을 눌렀더니 한 아이가 문을 열었고, 아이의 엄마가 현관에 나타났다. 그녀는 얼마 전에 이사를 왔고, 전에 살던 사람에 대해선 아무것도, 당연히 그의 새 주소도 모르고 있었다. 그녀는 네 앞에서 급히 문을 닫았고, 너는 네 얼굴이 하얗게 질렸다는 건 알았지만 그 정도로 처참한 표정이었는 줄은 몰랐다. 닫힌 문 뒤로 이제부턴 초인종이 울려도 열어주지 말라고 하는 소리가 들렸다. 낯선 사람은 항상 조심해야 한다며. 그래, 보다시피 바로 네가 그 증거다.

처음엔 매일 울었다. 너는 횡설수설하며 넋두리를 늘어

놓는 것 외엔 아무것도 하지 않고 살았다. 삶이 마침내 본연의 모습 그대로 너에게 나타났다. 열정과 노화 사이 단순한 유예기간으로.

그건 지하에 숨겨진 삶이었다. 그 위의 세계, 밖의 도시, 학교 안에서는, 무엇이라 이름 붙일 수 없는 어떤 냉혹한 의지가 앞면의 로르의 인격을 병적일 정도로 준엄하게 실행하면서, 너를 계속 그녀로 살게 했다. 너는 장 보는 것, 말하는 것, 심지어 웃는 것, 네 딸들에게 식탁을 차려주는 것, 한 주 걸러 안나를 학교에 데려다주는 것 등을 단 한 번도 멈추지 않았다. 너는 안나를 위해 고양이 한 마리를, 너를 위해 또 한 마리를 입양했다. 그리고 네 방의 벽을 과하다 싶을 정도의 푸른색 벽지로 직접 바꾸었다.

혼잣말하는 사랑 옆에서 다섯 달을 보낸 후에, 너는 주소가 없어서 보낼 수 없는 편지를 쓰는 일을 멈췄다. 일 년이 지났을 때는 배에서, 목에서 그의 이름을 부르짖는 너의 일부를 발견했다. 너는 밤이면 클레망의 이름을 부르면서 네 몸을 쓰다듬었다. 그러고는 네 모든 육체로부터, 네 모든 머리로부터 결심을 했다. 사실 결심이라기보다는 어쩔 수 없는 복종에 가까웠는데, 말하자면 노력해보기로 결심한 것이다. 기쁨, 후회, 혹은 고통을 그 남자에 대한 추억과 연결하는 어떤 말도, 어떤 일도 더는 하지 않았다.

우선 울지 않고 살았고, 그다음엔 네 몸을 만지지 않고 살았다. 너는 네 육체, 네 신경으로부터 물러나서 사는 법을 배웠다. 일 년 동안 그 불, 그 격렬한 불이 너를 절박하게 붙들고 있었던 것처럼, 너는 차갑게 식어 빠져나오기를 간절히 소망했다. 너는 그 노력에 헌신했고, 결국 변화했다. 너는 '그 이후'의 여자가 되었다. 옷 몇 가지를 버렸고, 네 방의 병적인 푸른색을 흰색으로 다시 칠했다.

너는 열정보다 더 열렬한 경험, 망각을 시작했다.

이제 너의 시선은 그가 살지 않는 모든 풍경에 익숙해졌다. 호흡하는 허파로, 고동치는 피로 들었던 그의 목소리. 너를 코마 상태로부터 끌어냈던 그 목소리를 이제 더는 꿈에서도 듣지 않았다. 너는 오늘 이처럼 흔적도 없이 사라진 여자, 반응도 없는 여자가 된 너 자신에게 놀라고, 미치광이라는 말과 사랑이라는 말을 함께 들을 때면 공허한 인상을 주는 네 모습에 놀란다. 너는 때로 네가 아는 길 주변에서 어떤 호텔, 어떤 장소, 그러니까 네가 버림받을 때까지 그에게 속했던 곳들을 너도 모르게 가끔 찾아본다는 사실에 놀란다. 너는 완전히 잊었다. 이제 너는 노년기를, 언어가 조각나고, 몸이 둔해지는 진짜 노화를 기다려야 할 것이다. 예를 들어 한 아이, 한 청년을 다른 사람으로 착각하고서 안녕, 클레망, 왜 어제도 전화를 안 한 거예요, 약속했잖아, 클레망, 헤어숍에 갔더니 당신이 좋아하는 이런 헤어스타일을 해줬어, 날 좀 봐요, 당신 어디 있었어요, 라고 말하게 되는 노화. 그러면 안나는 그 젊은이에게 양해를 구할 것이다. 어머니가 나이가 너무 들어서 그러니 이해해달라고. 그 애가 말할 것이다. 오래전에 클레망이란 사람을 알았었거든요.

지금 생각하면 왜 그랬는지 모르겠지만, 너는 이 년 전 그날들을 살아서 보낼 수 있으리라고 생각하지 못했다. 오늘은 그날들로부터 이 년이 지난 어느 일요일 오후다. 너는 사랑을 원한다. 새로운, 그러나 평온한 사랑. 너는 다가올 계절을 기다리고 있다.

베라는 여전히 베를린에 산다. 이 년 동안 그 애는 너를 보러 한 번 왔었고, 네가 안나를 데리고 독일로 두 번 갔었다. 그 애는 훨씬 행복해 보였고, 그 애가 사는 지몬다흐 거리의 작은 스튜디오에서 자기보다 훨씬 나이가 많은 몇몇 여자 친구들을 너에게 소개해줬다. 그 애는 중학교에서 프랑스어를 가르치고 있고, 올해 말에는 독일을 떠나 북부에 있는 한 나라로 떠날 것이다. 그 애는 자기가 찾는 게 무엇인지 아는 듯한데, 그게 무엇인지에 대해선 일절 말하지 않는다. 그녀는 분명히 언제나 너의 반대편에 설 것이다.

오늘 안나는 늦게까지 잠을 잤고, 너희는 한 끼밖에 먹지 않았다. 크레이프와 과일, 차를 나지막한 탁자 앞에 책상다리를 하고 앉아서 먹었다. 안나는 오늘 아침에 자기가 운전을 하는 꿈을 꿨다고 너에게 말해준다. 너는 아무것도 아닌 일에 행복을 느끼고 놀란다. 앙통이 전화로 약속 시간보다 조금 일찍 갈 거라고, 급해서 주차를 제대로 못 했다고, 급히 올라가서 미리 말해뒀던 종이 상자 하나만 올려놓고 가겠다고 말한다. 이사는 월요일에 끝냈다. 그는 네가 기억해주길 바란다. 너희가 살던 집을 구매한 자들이 크리스마스 이전에 이사 온다는 사실을. 너는 기억한다. 키 작은 전나무 밑의 땅을 아무도 파내지 않기를 바랐다. 그 나무뿌리 밑에 2분의 1 크기로 축소해놓은 너의 고통이 누워 있다. 하지만 털실로 만든 인형은 이미 거의 잊었다. 너는 자기 방에 있는 안나를 불러서 준비하라고 말한다.

앙통은 커피를 안 마시겠다고 한다. 서둘러 주차하느라 차를 인도에 댄 게 분명하다. 빨리 내려가서 다시 제대로 주차해야 한다. 그는 아직 식기도 치우지 않은 낮은 탁자 위에 네 이름이 적힌 상자를 내려놓고, 일주일 동안 너와 보낸 시간에 익숙해져 너에게 더 매달리는 안나를 채근한다. 너는 그 애가 아직 숙제를 끝내지 못했다고, 수학이 남았다고 말하고, 곧 새집에 들르겠다고 말한다. 그리고 또…….

그리고 끝.

더 부드럽게 다른 말을 덧붙이고 싶은데, 나오지 않는다. 앙통이 너에게 짧은 눈길을 보낸다. 그는 이제 너와 동일한 축에 초조함과 지난 사랑의 나머지를 함께 모아놓은 눈길을 갖고 있다. 그는 마치 얼굴을 맞대고 사는 것처럼 옆집과 거리가 가깝고, 커튼이 없고, 계단을 오르내리는 사람들 발소리가 다 들린다는 말을 한 뒤에, 곧 딸을 앞세우고 네 집을 떠난다. 그가 말한다. 파리에서의 삶은 확실히 다닥다닥 붙은 닭장 속의 닭들 신세야. 너는 우편물을 아직 갖고 오지 않았기 때문에 계단 밑까지 따라가서 배웅한다. 앙통은 공용 공간이 너무 낡고 승강기가 없다는 사실을 지적하면서, 네 관리비가 많이 나오지 않기를 바란다고 말한다. 그는 네가 원하면 관리비 내역도 살펴봐줄 것이다. 그것이 너를 완전히 떠나지 않으려는 그만의 방식이라는 걸 너는 알고 있다. 너는 그들에게 다시 입을 맞춘다.

편지함 안에 부동산 광고지들과 네 이름 앞으로 온 두꺼운 봉투 하나가 있다. 루아르에셰르 지방의 소인이 찍힌 봉투다. 너는 그곳에 아는 사람이 없다. 봉투 안에 더 오래된 또 하나의 봉투가 들어 있는데, 찢었다가 다시 스카치테이프로 붙인 것이다. 현관문을 반쯤 열고 계단에 몸을 구부리고 서니 앙통과 안나가 크리메 거리 모퉁이 뒤로 사라지는 게 보인다. 날씨는 춥지 않다.

밖에는 조금 특별한 초록, 조금 특별한 바람이 있다.

12월 22일 18시 30분. 파리.

어머니.

이 편지를 손에 들고 계시는 모습이 상상돼요. 아무도 다른 쪽 뺨을 내밀어주지 않은 이후로, 양초를 끄고 스타킹을 벗을 때 외엔 무용지물인 당신의 손이. 벌써 짜증이 나셨겠죠. 그래요, 깨알 같은 글씨로 쓴 쓰레기 같은 이 편지가 두 시간 동안이나 안경을 찾게 만들겠지요. 젠장. 어머니 안경은 목에 걸려 있어요. 완전히 망가진 어머니의 눈을 고려해서 16포인트 활자로 이메일을 쓸까 잠시 망설였어요. 하지만 어머니가 태블릿을 켤 줄 안다고 가정하더라도, 화면에서 보기만 해도 피곤한 내 이름을 발견하면 어머니는 차라리 그 옆에 광고로 나온 자동 현관문을 주문할 분이라는 거 알아요. 자, 본론으로 들어가죠.

어머니가 죽음을 면할 길 없는 '인간'에 지나지 않는다고 가정할 때, 나는 당신이 사람들에게 치명상을 입히는 데 성공했다는 확신 없이, 긴가민가하면서 땅에 묻히는 일은 절대로 없을 거라 믿어요. 반드시 승리하실 겁니다, 여사님. 우선 나에 대해선 확실히 성공하셨죠. 나는 이제 제대로 설 수 없으니까요. 남자답게 서려고 노력해봤지만 나라는 인간은 더는 작동하지 않아요. 오래전 당신이 내 슬개골을 겨냥했던 그때 뭔가 중요한 부분이 끊어졌던 거겠지요. 무릎으로, 엎드려 길 수도 있겠지만, 그건 또 그것대로 다른 문제들을 일으켜요. 항상 똑같은 문제들이죠. 다른 자들의 시선. 나를 지배 종족과는 전혀 반대인 못난 놈으로 쳐다보는 남자들의 시선……. 그들이 보기에 나란 놈은 보기에도 짜증스럽고 당황스러운 존재겠죠. 여자들의 시선도 마찬가지예요. 어떻게든 날 세워보려고, 다시 새롭게 탄생시키려고 시도했던 여자들의 시선이요. 몇몇은 나를 키운 첫 번째 자궁인 당신보다도 나를 더 품어줬지만, 그 시선도 부담스럽긴 마찬가지예요. 거칠고 무자비한 젊은이의 시선도 있죠. 최근에 그 시선이 내게 확신을 줬어요. 내가 이대로 계속 버틸 수는 없다는 걸요. 무엇보다도 개새끼들 틈에서 견디는 법을 가르쳐준 파파 없이는 절대 불가능하죠. 아시다시

피 그 녀석도 나를 놓아주려 했잖아요. 상상해보세요, 내가 지금도 당신의 말에 복종해서 그 녀석을 독살하려 했다면 어땠을지. 그런데 누가 내 눈을 열어줬어요. 내 인격을 장악한 비열함과 자기기만이 아주 교묘하게 배합된 탓에, 난 나의 죽음을 받아들일 용기가 없어서, 파파를 해방시킨다는 구실로 죽음에 필요한 여건들을 준비하고 있었던 거예요. 그런 한심한 놈이 이제 사라집니다! 어머니, 버쩌로 담으셨던 그 브랜디를 준비하세요, 이제 맛볼 시간이에요. 그래요, 이번엔 아주 극상품일 겁니다.

　어머니가 이 글을 읽을 때쯤이면 난 뻣뻣해져 있을 거예요. 태우기 쉽도록 개를 위해 준비한 화장용 모포에 몇 시간째 싸여 있었을 테니까요. 죽은 개를 담으려고 준비했던 이 가방의 뒤처리를 확실히 하기 위해서 동물 화장 서비스센터의 직원을 부를 겁니다. 그리고 미리 알려둘 거예요. '문은 열려 있으니 그냥 들어오십시오. 개 사체는 들고 가기 쉽게 두었고, 그 위에 수의사의 직인이 찍힌 서류들을 붙여두었습니다. 개가 떠나는 모습을 보고 싶지 않아서 외출합니다.' 이렇게 내 감정을 핑계로, 내가 그 자리에 없다는 사실을 분명히 해둘 거예요. 파파와 나는 요즘 들어 몸무게가 비슷해졌어요. 어떤 면에선 내가 이 순간을 준비해왔다는 증거이기도 하죠. 그 선량한 사람들은 그저 불에 태워야 할 물건으로만 보겠지요. 얼마나 재미

있는지. 그렇게 우스운 전화를 하고 난 뒤, 불붙기 쉬운 섬유로 만든 가방 안에 내가 들어갈 거예요. 그리고 안에서 지퍼를 올려 잠그는 거죠. 상상해보세요, 바람막이용으로 쓰는 침낭이 나의 관이 된다는 걸요. 그리 이상하지도 않죠. 난 파파에게 먹이려고 했던 주사약을 삼킬 거예요. 목구멍으로 넘기거나 주사를 놓거나 효과는 같을 테니까요. 치사율이 높은 그 약을 내가 어떻게, 왜 손에 넣게 되었는지, 그런 건 궁금하지도 않으시겠지만, 수의사가 깜빡하고 그걸 카펫 위에 놓고 그냥 가버렸어요. 설명하자면 길어요. 내가 내 삶을 끝내고 어머니와의 관계를 끝내기도 전에, 수의사가 약병을 떠올리고 다시 돌아올까봐 조금 전에 내가 먼저 전화했어요. 약은 화장실에 버리고, 약병은 재활용 쓰레기통에 버렸다고요. 그가 막 항의하더군요. 약 처리에 대해 공식 보고서를 올려야 하는데 그렇게 제멋대로 처리하면 어떻게 하느냐고요. 하지만 그는 이미 자기가 바보처럼 느껴졌는지 더는 뭐라 하지 않았어요. 한마디로 나는 죽고, 파파는 다른 방식으로 삶을 마감하게 되는 거죠. 아마도 고속도로를 자유롭게 질주하다가 죽을 수도 있을 거예요. 그게 우리 집 가장들의 내림일 테니.

어머니, 당신은 나를 많이 울게 했어요. 내가 마지막으로 부려보는 허세는 바로 이처럼 손글씨를 쓰면서, 단어들을 통해

엄숙한 이야기를 늘어놓는 거예요.

만일 이블린의 화장터에 들르시면, 언제라도 내 시신의 재를 회수할 수 있을 거예요. 재가 장미나무를 더 빨리 자라게 해준다잖아요. 등록번호 78854를 말해줘야 한다는 걸 잊지 마세요. 그러면 어머니에게 다른 엉뚱한 동물의 잿가루를 떠넘기는 일은 없을 거예요.

만일 로르가, 어머니도 아시는 '그 여자'요, 그녀가 어머니에게 전화해서 날 찾으면, 전화번호를 잘못 안 거라고 말씀해주세요. 그녀는 이런 사실을 알아선 안 돼요. 난 그녀가 한동안은 내가 살아 있다고 믿었으면 좋겠어요. 언젠가는 그녀도 날 용서해줄 거예요. 날 이해하게 되었을 때요. 그녀가 내게서 찾으려고 했던 거, 그게 내 안엔 없어요. 부디 파파를 돌봐주세요. 그리고 그 녀석이 평온을 누리게 해주세요. 오늘만큼 즐거운 날은 없는 거 같네요.

유감스럽지만, 그럼 안녕히.

클레망

feu

막다른 골목에 내몰린 피로의 시대
그 속에서 번져오는 매혹적인 불길

마리아 푸르셰가 《불》을 처음 선보인 2021년, 프랑스 문단이 들끓었다. 파멸하는 사랑이라는 고전적인 주제 위에 냉소적인 유머와 날카로운 풍자, 재치로 가득한 저자의 과감한 문체가 매혹적인 불길을 일으켰기 때문이다.

여자는 치열하게 살았고, 남자는 외롭게 살았다. 목표했던 위치에 도달한 여자는 이제 권태롭고, 아무도 믿지 않게 된 남자는 이제 공허하다. 그 남녀가 '이 시대'를 논하는 심포지엄의 진행자와 패널의 자격으로 한 레스토랑에서 짧은 만남을 갖는다. 그리고 다음 날 새벽, 당신은 대체 누구냐고 한마디 툭 던진 남자의 문자에 한참을 고민하던 여자가 답장을 보낸다. '당신을 원해요.' 그러니까 성냥을 휙 그어 불을 붙인 건 여자다. 순식간에 걷잡을 수 없이 타오른 불……. 그리고 그 불을 한순간에 꺼버린 건 남자다.

두 사람은 그 불길 앞에서 수치감을 느낀다. 여자의 수치감은 죽은 어머니가 들이미는 윤리적 잣대에서 온다. 그래서 여자는 자신을 둘로 분리한다. 로르의 이야기는 불길 밖의 로르가 불길 속의 로르를 '너'로 지칭하며 던지는 이야기다. 한편 숫자와 계산으로만 이뤄진 냉소적 세계에서 사는 남자의 수치감은 종교적 교리의 화신인 냉혹한 어머니에게 느끼는 무력감에서 온다. 그래서 클레망의 이야기는 그가 유일하게 마음을 준 반려견 '파파'를 향한 코믹한 고백이다. 두 사람의 이야기는 이렇듯 서로를 향하지 않는다. 두 사람 사이의 불길은 서로를 향해 불타기보다, '연인'이라는 추상적 개념을 향해 타오르는 것처럼 보인다.

불이란 얼마나 매혹적인 물질인가! 클레망이 그 불에, 사랑에, 로르에게 뛰어들 순 없었을까? 저자는 한 인터뷰에서 이렇게 밝혔다. 클레망이 한순간 로르의 열정에 유혹되긴 했지만, 사실 그는 이 책이 시작될 때 이미 죽어 있었노라고.

그에게 만일 열정이 있었다면, 그것은 권태와 죄의식과 수치감과 고독에 대한 열정이었을 거라고. 로르는 클레망의 절망을 껴안으며 그 힘으로 다시 삶을 불태우려 했지만, 오래전부터 자살을 시도했던 클레망은 아이러니하게도 로르가 일으킨 그 불길로 죽음을 완성했다. 두 인물의 관점을 교차시킨 구성은 발화發火에서 진화鎭火에 이르는 이 묘한 과정을 긴장한 채 따라가게 만든다. 마리아 푸르셰의 사랑 이야기가 뻔하지 않은 이유가 여기에 있다.

게다가 그 불길 안엔 이 시대가 녹아 있다. 시나리오 작가이자 소설가이며, 또한 사회학자인 마리아 푸르셰는 매 작품에서 독창적인 방식으로 우리 시대를 관통하는 문제들을 다룬다. 그의 여섯 번째 소설인 《불》에는 '막다른 골목에 이른' 이 시대의 한 단면이 담겨 있다. 더는 삶의 지표를 세울 수 없는 사람들의 시대, 강해야 한다는 남성성 강박에 지친 남자들, 사회에서 제자리를 차지하기 위한 투쟁에 지친 여자들, 그리고 태어나기도 전에 생긴 엄청난 빚 폭탄을 일생 안고 살아야 하는 현실에 지쳐버린 청년들……. 이 시대의 구성원은 모두 피곤하다. 남자는 무력감과 두려움 속에서 피곤하고, 여자는 제 권리를 찾으려는 안쓰러운 시도 속에서 피곤하며, 청년들은 부당함과 거짓으로 가득 찬 세상에 저항하느라 피곤하다.

작가는 클레망의 입을 빌려 말한다. "시대란 건 이제 없어요, 전쟁이 있을 뿐이죠." 국가들 사이의 전쟁에서부터 개인의 내면에서 일어나는 전쟁에 이르기까지, 모든 영역에서 전쟁에 시달리는 이 시대는 피로의 시대다. 타고 남은 하얀 재 같은 피로. 그래서 이 시대를 살아가는 우리는 저마다 무언가를 위해 다시 뜨겁게 타오르기를 바라는지 모른다. 신을 향해서든, 연인을 향해서든, 혹은 예술이나 욕망을 향해서든.

타오를 수 없다면, 하다못해 훨훨 타오르는 불길을 아무 생각 없이 바라보기라도 원하는지 모른다.《불》에 이 시대가 이토록 열광하는 것은, 모두가 그렇게 내면의 불을 갈구하기 때문일 것이다.

김주경

옮긴이 김주경

이화여대 불어교육학과와 연세대학교 대학원 불문학과를 졸업했다. 프랑스 리옹 제2대학교에서 박사 과정 수료 후 현재 전문 번역가로 활동하고 있다. 옮긴 책으로는 한국화의《도시에 사막이 들어온 날》, 가스통 르루의《오페라의 유령》, 엘리자 수아 뒤사팽의《블라디보스토크 서커스》, 실뱅 테송의 《눈표범》, 비올렌 위스망의《나의 카트린》, 에릭 엠마뉴엘 슈미트의《엄마를 위하여》등 다수가 있다.

불

1판 1쇄 인쇄 2023년 11월 29일 **1판 1쇄 발행** 2023년 12월 6일

지은이 마리아 푸르셰 **옮긴이** 김주경
펴낸이 고세규
편집 이승현 정혜경 **디자인** 윤석진
마케팅 이헌영 **홍보** 박상연
발행처 김영사
주소 경기도 파주시 문발로 197(문발동) 우편번호10881
등록 1979년 5월 17일(제406-2003-036호)
구입 문의 전화 031)955-3100 **팩스** 031)955-3111
편집부 전화 02)3668-3270 **팩스** 02)745-4827 **전자우편** literature@gimmyoung.com
비채 블로그 blog.naver.com/viche_books
인스타그램 @drviche @viche_editors **트위터** @vichebook
ISBN 978-89-349-4625-0 03860 책값은 뒤표지에 있습니다.

비채는 김영사의 문학 브랜드입니다.